KB110435

무례한
남자

무례한 남자 vol.1

초판 1쇄 인쇄일 2017년 12월 20일
초판 1쇄 발행일 2017년 12월 28일

지은이 | 은밀
펴낸이 | 김기선

편집장 | 김은지
편집부 | 임종성, 박지은, 김지현, 김아름
디자인 | 한주희

펴낸곳 | 와이엠북스(YMBOOKS)
출판등록 | 2012년 7월 17일 (제382-2012-000021호)
주소 | 서울시 도봉구 노해로 379, 802호(창동, 대성빌딩)
전화 | 02)906-7768 / **팩스** | 02)906-7769
E-mail | ymbooks@nate.com

ISBN 979-11-322-4397-7 03810
ISBN 979-11-322-4396-0 03810 (set)

값 9,000원

무례한 남자

YMBOOKS
ROMANCE STORY

vol.1

은밀 장편소설

ym
BOOKS

차 례

제1화 ······ 007

제2화 ······ 036

제3화 ······ 067

제4화 ······ 098

제5화 ······ 126

제6화 ······ 152

제7화 ······ 194

제8화 ······ 234

제9화 ······ 263

제10화 ······ 286

제11화 ······ 314

제12화 ······ 340

제13화 ······ 363

제1화

"그러니까 나랑 자고 싶다고 했습니까."

태혁은 소파 위에 올려진 손가락을 피아노 치듯 두드려 댔다.

오만한 지배자처럼 1인용 소파에 앉아 다리를 꼰 채 그녀를 내려다보는 눈빛은 가차 없었다.

"그래요."

지우는 부끄러움을 무릅쓰고 대답했다. 그의 두 눈이 그녀의 전신을 날카롭게 훑어 내렸다.

"네 친구는 너 이러는 거 알아?"

태혁은 경멸을 가득 담은 눈으로 바라보았다.

"……몰라요. 아직은."

"그래요? 생각보다 지저분하게 노는 여자네."

……지저분.

더한 소릴 듣더라도 할 말이 없었다.

이 남자 눈에 비치는 제 모습이 어떠한지 여실히 깨달은 지우는 딱딱하게 얼어붙는 표정을 조금이라도 밝게 하려 애를 썼다.

지금은 그가 어떤 모욕을 주더라도 참아야 한다. 이를 악물고 견뎌 내야 한다.

어떻게 잡은 기회인데, 절대로 놓칠 수 없었다.

지우는 이보다 더한 모욕과 멸시를 받더라도 견뎌 낼 각오가 되어 있었다.

"그만 가 봐요. 난 생각 없으니까."

형형한 눈빛으로 차갑게 응시하던 그는 더 할 말이 없다는 듯 자리에서 일어났다. 흔들리는 눈동자로 태혁을 올려다보던 지우는 고개를 숙였다. 허벅지 위에 올려진 그녀의 주먹이 파르르 떨려 왔다.

"후, 후회하실 거예요."

태혁이 가던 걸음을 멈추고 지우를 말없이 내려다보았다. 검은 눈동자는 똑똑히 경고하고 있었다.

더 기어오르면 가만두지 않겠다는 듯이.

"……!"

이 남자가 누구인지 새삼 깨달은 지우는 제 손으로 입을 틀어막았다. 친구 희선이 아니었다면 감히 바라보지도 못할 만큼 높은 곳에 있는 남자.

세계 자동차 시장에서 1, 2위를 다툴 만큼 그 위상을 드높이고 있는 K 자동차그룹의 실세 중의 실세였다.

K 자동차 사에 입사하기만 하면 부사장 기태혁을 아주 쉽게 만날 수 있을 거라 믿었던 그녀는 그것이 얼마나 큰 착각이었는지 금방 깨달았다.

본사에서 근무하는 기태혁이 연구소에 발을 디디는 날은 1년에 열 번도 채 되지 않았다. 설령 그가 연구소에 왔다 하더라도 저 같은 일개 직원은 눈 한번 마주치기 어려웠다.

이렇게 가까이서 말을 섞는다는 것은 꿈도 꿀 수 없는 일이었다.

그래 놓고 지금 이런 말도 안 되는 망발을 하다니.

미친 게 분명했다.

태혁은 짙은 눈썹을 위로 휘며 나직이 말했다.

"할 수 있다면 해 봐요. 나도 그 후회란 게 어떤 건지 맛이라도 보게."

하긴 천하의 기태혁에게 후회란 것이 있을 수 있을까.

그는 어느 것 하나 부족함 없이 살아왔을 테고, 여자에 있어서도 예외는 아닐 것이다.

가당치도 않은 소리를 지껄이는 그녀를 향해 가소롭다는 듯 비웃음이 던져졌다. 그리고 그는 뭔가 더 생각났다는 듯 말을 이었다.

"아, 정신병원 소개는 해 줄 수 있는데. 필요하면 말해요. 부담 갖지 말고."

그 말을 끝으로 태혁은 문 쪽으로 향했다. 한마디로 정신 나간 여자란 소리였다.

"그러죠. 필요하다면요."

그의 뒤통수에 대고 덧붙이자 태혁은 가던 걸음을 멈추고 그녀를 돌아보았다.

살짝 위로 치켜 올라간 눈매가 가늘어지며 표정이 굳어 갔다.

"피차 서로 볼 일 없겠지만, 혹시나 내 눈에 띄는 일 없도록 해요."

위압적이면서도 감정이 전혀 섞이지 않은 건조한 음성이었다.

탁.

그가 사라진 자리에는 서늘한 침묵이 내려앉았다. 지우는 떨리는 제 몸을 양팔로 껴안았다.

'그건 어렵겠네요, 기태혁 씨.'

시간을 돈으로 환산할 수 없을 만큼 바쁜 그가 이 말도 안 되는 제안에 나왔다는 것.

우선 지금은 그것만으로도 만족해야 했다.

첫술부터 배가 부를 수 있겠는가.

지우는 어두운 창밖으로 비치는 화려한 야경을 내려다보며 흐트러지려는 마음을 다잡았다.

이렇게 쉽게 포기할 것 같았으면 그런 말조차 꺼내지 않았을 것이다. 수단과 방법을 가리지 않고서라도 그를 손에 넣어야만 한다.

테이블 위에 올려 둔 휴대전화의 진동이 울렸다.

[희선]

액정에 발신자의 이름이 떴다. 분명 그가 희선에게 전화를 걸었을 것이다. 지우는 심호흡을 하며 천천히 휴대전화를 받아 들었다.

"희선아."

-그래, 나야. 그런데 어떻게 된 거니?

제 짐작이 맞았다.

희선은 기태혁으로부터 전화를 받은 모양인지 목소리가 격양돼 있었다.

"그 사람한테 무슨 말이라도 들은 모양이네."

-말도 마. 난 갑자기 무슨 일인지 놀라서 아무 말도 못 했단 말이야.

"그렇게 됐어."

지우는 한숨을 내쉬었다.

-너 진심이었니? 그 사람이 얼마나 냉혈한인지 알면서 그래?

희선은 안타깝다는 듯 소리쳤다. 희선은 기태혁과 맞선을 봤고, 그 후로 두 번을 더 만났지만, 그걸로 끝이었다.

4선 국회의원을 아버지로 둔 희선은 아버지의 강요로 선을 봤지만, 그녀는 집안 몰래 사귀는 남자가 있었다. 그 사실을 모를 리 없는 태혁은 예의상 맞선에 나왔고, 두 번 더 만나는 성의를 보였지만 그날로 끝이었다.

"희선아, 너 그 사람이랑 다시 어떻게 해 볼 생각은 아니지?"

지우는 재차 확인했다.

-아니야, 절대로 그럴 일 없어.

정이 많은 희선은 사람을 만나면 쉽게 정을 주고, 빠르게 빠져들었다. 하지만 그것도 나름 확고한 기준이 있었다.

희선은 저보다 잘난 남자는 절대로 만나지 않았다. 이미 돈은 넘치도록 있으니 남자가 능력이 있든 없든 개의치 않았고, 오로지 저를 사랑해 주는 남자여야 했다.

그런 점에서 기태혁은 희선에게 제외 대상이었다.

-그런데 너는 왜 그러는 건데?

"……좋아, 그 사람이."

좋다는 말을 하기 위해서 몇 번이고 속으로 되뇌어야 했다.

지금 그녀에겐 기태혁이 꼭 필요했다.

-기가 막혀서. 한번 만나게 해 달래서 만나게 해 줬더니, 그게 무슨 말이야. 너 그 사람이 어떤 사람인지 몰라? 그렇게 어려운 사람을 어쩌려고…….

희선에게는 친구의 짝사랑쯤으로 생각하도록 내버려 뒀다.

"그렇게 됐어."

-설마, 그 남자는 네가 K 자동차 연구소에 다니는 줄 모르는 거야?

"몰라. 알 리가 없잖아. 일개 직원이 부사장을 만나기가 쉬울 수 있겠니?"

그녀는 어떻게든 태혁의 눈에 들어야 했기에 희선을 이용할 수밖에 없었다. 그들이 만나기로 한 날 약속 장소로 찾아간 그녀는 마치 우연인 것처럼 자연스럽게 모습을 드러냈었다. 예상한 대로 태혁은 그녀를 알아보지 못했고 처음인 것처럼 인사를 나눴었다.

-뭐가 어떻게 돌아가는 건지. 아무튼, 너 조심해. 그 사람 보통 아니야. 너 같은 순둥이가 어떻게 감당하려고.

희선은 지우를 세상물정 모르는 순진하기 짝이 없는 어리바리한 학구파로 보았다. 유학할 때 알게 된 희선은 특유의 친화력으로 그녀와 친구가 되었고, 한국에 돌아온 뒤에도 둘은 꾸준히 연락을 해왔다.

"희선아, 모른 척해 줘. 부탁이야."

-그래. 그런데 그게 중요한 게 아니잖아. 만나자. 너 어디니?

"다음에. 조만간 연락할게."

-너 괜찮아? 그 사람 많이 화났던데.

"응. 그럼 끊을게."

지우는 전화를 끊어 버렸다. 그가 무슨 소리를 어떻게 했는지 모르겠지만, 희선이 저렇게 걱정할 정도면 어지간히 몰아붙인 모양이었다. 놀랐을 희선의 모습이 상상이 가고도 남았다.

지우는 쓴웃음을 지으며 창밖으로 시선을 돌렸다.

K 자동차그룹 부사장 기태혁.

난 당신을 잡을 수밖에 없어. 그러니 모른 척 넘어와 줘.

제발.

* * *

멤버십 클럽의 프라이빗 룸에 덩그러니 혼자 남은 지우는 로열 살루트 30년산을 크리스털 잔에 가득 부어 단숨에 들이켰다. 창백할 만큼 흰 지우의 얼굴에 보기 좋은 홍조가 어렸다. 여기서 한 잔 더 마시면 얼굴뿐만 아니라 목덜미, 가슴, 손까지 빨개진다.

에어컨이 너무 차가운 걸까.

유난히 피부가 여린 지우는 차가운 공기에 시퍼렇게 얼어 버린 손등을 내려다보았다. 푸른 핏줄이 비치는 손목과 가느다란 팔뚝을 양손으로 문질렀다.

그래, 한 잔 더 마시면 추위가 가시겠지.

지우는 비어 버린 잔에 다시 술을 따랐다.

쪼르르.

황금색으로 채워진 잔을 입가로 옮기는 순간 룸의 문이 열렸다.

"……무슨 일이죠?"

웨이터는 빈방인 줄 안 모양인지, 날 선 목소리로 묻는 지우를 보며 당황해했다.

"여긴가?"

웨이터 등 뒤로 웅성거리는 소리가 들리더니 한 남자가 머뭇거리며 서 있는 웨이터를 거칠게 밀쳐내고 룸 안으로 들어섰다. 곧이어 일행으로 보이는 남자들도 우르르 따라 들어왔다. 착잡한 마음을 달래려 술을 마시던 지우는 이 난데없는 상황에 미간을 찌푸린 채 웨이터를 쳐다보았다. 바로 그때 그런 지우를 보며 누군가가 어깨를 툭 건드렸다.

"어?"

흠칫 놀란 지우는 소리 지르는 대신 남자를 노려보았다.

"새로 온 아가씨? 뭐야, 혼자서 마시고 있었어?"

뭐라는 거야.

남자들은 모두 술에 취해 있었다. 보아하니 돈깨나 있는 집 자제들 같은데, 하나같이 하는 짓들은 개망나니 같았다. 다들 제멋대로였다.

"죄송합니다. 제가 다른 룸으로 안내해 드리겠습니다."

"됐고, 저리 비켜."

웨이터는 남자들을 다른 룸을 안내하려고 했지만, 그들은 이지를 잃은 짐승처럼 막무가내로 웨이터를 밀치며 지우 옆으로 다가왔다.

"반반하게 생겼네. 마음에 드는데?"

"자식, 밝히긴."

"마담 오라고 그래. 왜 한 명이야?"

"손님, 여기 회원제 룸입니다. 이러시면 안 됩니다."

"시끄럽고, 빨리 마담이나 오라고 해!"

웨이터는 제힘으로 어쩔 수 없겠다 싶었는지 재빨리 룸을 벗어났다.

그사이 남자 둘은 지우의 양옆을 차지했고, 남은 두 사람은 맞은편에 앉았다. 정말 웃기지도 않는 상황이었다.

지우는 자리에서 벌떡 일어나, 옆자리 남자가 깔고 앉은 핸드백을 거칠게 빼냈다.

"이거 왜 이래. 앉아."

그녀 또래로 보이는 젊은 남자는 이미 눈이 풀려 있었다. 팔목을 꽉 움켜쥐고 아래로 끌어당기자 그녀는 힘으로 당해 낼 수가 없었다. 도로 주저앉게 된 지우는 이를 악물었다.

"놔!"

지우는 남자가 쥐고 있는 팔을 빼내려고 소리쳤지만, 남자는 유들거리며 웃을 뿐 손을 전혀 놔주질 않았다. 룸의 문을 열어 놓은 채 마담을 데리러 간 웨이터는 아직도 깜깜무소식이었다.

"교육을 덜 받은 건가? 아니면 왜 이리 뻣뻣해? 술이나 따라 봐."

남자가 술잔을 내밀며 그제야 손을 놓아주었다. 머리끝까지 화가 치민 지우는 손이 풀려나자마자 남자의 따귀를 올려붙였다.

철썩!

"뭐 이런 자식이 다 있어. 취하려면 곱게 취해."

"쌍, 지금 나 때렸냐? 이년이 죽으려고 환장했네."

남자는 지우의 얼굴을 커다란 손으로 후려갈겼다.

퍽!

"아악!"

순간 눈앞이 캄캄해졌다. 사정없이 내리친 손에 맞은 지우는 강한 통증에 정신을 차릴 수가 없었다. 하나로 묶고 있던 헤어핀이 풀어지면서 긴 머리카락이 흩날렸다.

"야, 시발. 안 일어나? 어?"

소파 위로 쓰러진 지우를 툭툭, 발로 차며 씨근덕대던 남자는 야비한 미소를 지으며 일행들을 향해 외쳤다.

"이 년 죽은 척하는 거 좀 봐. 내가 오늘 진짜 죽여 줄까?"

"존나 밝혀요."

저들끼리 낄낄대며 음담패설을 늘어놓고 있었다. 그 와중에 간신히 정신을 차린 지우는 이를 악물고 몸을 일으켰다. 그때 검정 양복을 입은 기도들과 화려한 옷을 입은 마담이 룸 안으로 몰려왔다.

"다들 뭐 하고 있어!"

마담이 고함을 지르자 기도들은 술에 취한 남자들을 룸 밖으로 끌어내기 시작했다.

"야, 이거 놔, 놓으라고!"

"시발, 내가 누군지 알고 이러는 거야? 마담! 가게 닫고 싶어?"

고함을 지르며 발광하던 남자들이 룸을 다 빠져나가자 마담은 문을 닫고 재빨리 지우 곁으로 다가왔다.

"제 불찰입니다. 죄송합니다."

마담은 연신 고개를 조아리며 사과를 했다. 지우는 마담에게 그만하라고 손사래를 치며 말했다.

"그만 사과하세요. 괜찮으니까."

"제가 좀 더 신경 썼어야 했는데, 정말 죄송합니다."

마담은 바닥에 떨어진 헤어핀을 주워 지우에게 내밀었다. 그것을 말없이 바라보던 지우는 부들부들 떨리는 손으로 받은 뒤 주먹을 꽉 움켜쥐었다.

"곧 병원으로 모시고 가겠습니다. 정말 죄송합니다."

병원은 무슨.

하, 기가 차서 웃음이 났다.

"소독약이랑 얼음찜질팩 있으면 주시겠어요?"

"그거면 될까요? 아무래도 병원을 가야 할 거 같은데."

"괜찮아요."

지우는 별 대수롭지 않다는 듯 낮게 가라앉은 목소리로 말했다.

정말 괜찮은 건지, 다시 한 번 더 유심히 지우를 살피던 마담은 고개를 저었다.

"그냥 넘어갈 상처가 아닌 거 같아요."

"병원 가도 딱히 할 게 없잖아요. 괜찮으니까 제가 말한 거나 가져다주세요."

"네, 그, 그럼 빨리 가져오겠습니다."

당황한 마담은 서둘러 룸을 빠져나갔다. 복도에는 푹신한 카펫이 깔린 탓에 발소리가 들리지 않았다. 다만, 웅성대던 사람들의 소리가 사라지고 고요한 정적만이 감돌았다.

지우는 입안에 고인 피를 휴지에 뱉어 내며, 얼굴 위로 흘러내린 머리카락을 쓸어 넘겼다.

"아!"

날카로운 통증이 느껴졌다.

"아야, 미친놈이 도대체 어떻게 때린 거야."

지우는 혼자 욕설을 내뱉으며 차가운 얼음을 손에 쥐었다.

빨리 냉찜질을 하지 않으면 얼굴은 보기 흉할 만큼 부풀어 오를 것이다.

급한 대로 물수건에 얼음을 담아 얼굴에 갖다 댔다. 이 몰골로 지금 나갈 수도 없었다. 어느 정도 가라앉을 때까지 있을 생각으로 의자 등받이에 머리를 기대며 눈을 감았다.

* * *

한편, 마담은 이 뒤처리를 어떻게 해야 할지 막막했다.

회원제로 운영되는 곳에서 불미스러운 일이 생긴 만큼 확실한 뒤처리를 해야 했다. 회원들 사이에 소문이 나게 되면 가게 문을 닫는 건 순식간이었다.

기태혁이 룸에서 나오는 것을 보고 그 룸에 아무도 없다고 착각해서 벌어진 일이었다. 제일 큰 책임은 자신에게 있었다.

아무리 인품이나 모든 것이 검증된 회원이라 해도, 술을 마시다 보면 지금처럼 불미스러운 일이 생기기도 했다. 하필이면 술버릇이 고약하기로 소문이 난 CL그룹의 둘째 아들을 어제 들어온 웨이터에게 맡길 건 뭐란 말인가.

그녀로서도 이렇게 황당한 일은 처음이었다. 손님을 이곳 아가씨로 착각해서 이런 사태가 벌어진 모양인데, 일단 여자를 잘 달래서 보내야 한다는 생각뿐이었다.

하지만 기태혁 부사장이 데리고 온 여자.

그에게 이야기가 들어가게 되면 어찌 될지 눈앞이 캄캄했다. 어느새 등골에 땀이 흘렀다.

마담은 구급상자를 챙겨 들고 룸으로 뛰었다.

기태혁은 지금 맞은편 룸에서 다른 모임을 하고 있었다. 재벌 2, 3세의 모임으로, 우리나라에서 내로라하는 대기업의 자제들이 모이는 자리였다.

정기적으로 모이는 것뿐만 아니라 개인적으로 찾아오는 횟수를 놓고 봐도 가게 수입의 대부분을 차지할 만큼 중요한 고객들이었다. 그리고 그들 중에서도 가장 영향력이 큰 사람은 기태혁이었다.

싹싹 빌어서라도 여자의 입을 막는 수밖에 달리 방법이 없었다.

* * *

태혁은 좀처럼 모임에 집중하지 못했다. 건성으로 대화를 주고

받으며 의미 없는 눈길을 보냈다. 그러면서도 부지런히 술을 잔에 따르고 입에 털어 넣었다.

어느 정도 취기가 오르자 한결 느긋해진 태혁은 소파에 등을 기대며 편안하게 자세를 잡았다. 한 손은 소파 등받이에 걸치고, 다른 손에는 술잔을 들어 생각날 때마다 입안을 적셨다.

예성이 그런 태혁에게 말을 걸어왔다.

"맞선 본 여자가 강 의원 딸이라고 했지? 소문 끝내주던데?"

오늘 아무래도 강희선 이야기가 자꾸 나오는 걸 보니 모두 작정했나 싶은 생각이 들었다.

태혁은 대답 대신 예성을 빤히 쳐다보았다. 그러자 예성은 어깨를 으쓱하며 태혁의 눈치를 살폈다.

"설마 너를 강희선한테 장가보내겠어? 그 여자 아주 꼴통이던데. 소문이 정말 장난 아니더라고. 어지간한 남자 못지않게 추문을 뿌리고 다니던데?"

"술이나 마셔."

태혁에겐 강희선이 문제가 아니라 발칙한, 그 친구라는 여자가 문제였다. 강희선과 마지막으로 차를 마시며 서로 결혼 의사가 없음을 확실히 하던 날, 이지우란 여자를 처음 보았었다.

강희선과 유학할 때 만났다던 두 사람은 제법 친한 모양인지, 합석한 뒤부터는 그를 아예 없는 사람처럼 취급하며 수다를 떨어 댔었다.

그래 놓고는 이 앙큼한 여자가 며칠 뒤 할 이야기가 있다며 연락을 해 왔다. 없는 시간을 내서 만나 줬더니, 여간 웃긴 게 아니었다. 세상에 별의별 여자가 다 있다지만, 천박하게 대놓고 자고 싶다고 말하다니.

그것도 친구와 맞선을 본 남자에게.

강희선 친구라서 그런지 아주 대담했다. 어떻게 보면 더한 것 같기도 하고.

테이블 위의 담배를 집어 한 대 꺼내 입에 물자 옆에 앉은 예성이 흘끗 쳐다보더니 라이터를 건넸다.

"왜 이렇게 저기압이야?"

"내가 뭘."

담배를 입에 문 채 건성으로 대답한 태혁은 담배에 불을 붙였다. 볼이 홀쭉하도록 빨아들인 연기를 천천히 내뱉으며 다리를 바꿔 겹쳤다. 자세를 바꾼 그는 검지와 중지 사이에 담배를 끼운 채로 앞에 놓인 위스키 잔을 들어 한 모금 삼켰다. 식도가 타는 듯한 통증에 저절로 미간이 찌푸려졌다.

"온더록스로 해서 줘?"

태혁은 고개를 끄덕였다.

"결혼할 나이가 되니 여기저기서 중매가 들어오는데, 막상 가서 만나 보면 딱 마음에 드는 여자가 없더라고."

예성은 자신이 선본 이야기를 안주 삼아 주절주절 늘어놓았다.

"입맛대로 고를 순 없겠지."

"태혁아, 장가가면 끝이니까 지금 실컷 즐기자고. 인생 별거 있어?"

"지금도 충분해."

태혁은 무심한 듯 싸늘한 음성으로 일갈했다.

"너무 그러지 마. 너 때문에 우리는 뭔 죄야? 아가씨들도 못 부르고 이러고 있잖아. 자식이 유난히 깔끔을 떨어요. 아예 업소 여자는 근처에도 안 가니, 원."

태혁은 대꾸하는 것 대신 천천히 술을 들이켰다.

여자가 없었던 것도 아니고, 적당히 만나고 헤어지는 선에서 서로 욕구를 충족시키는 관계는 지금까지 있어 왔다. 다만, 예성의 말처럼 그가 가장 경멸하고 혐오하는 부류가 있긴 했다. 조금 전 만난 이지우처럼 몸만 믿고 까부는 여자들이 특히 그랬다.

태혁은 유학을 마치고 한국에 들어온 뒤로부터 일에 전념해야만 했다.

지금은 K 자동차 사 부사장으로 있는 그였지만, 그 자리도 그냥 주어진 게 아니었다. 철저한 약육강식의 원칙이 지배하는 정글 세계와 다를 바 없는 곳에서 얻어 낸 자리였다.

제 것에 손을 대거나 넘보는 사람은 지금까지 그냥 놔둔 적이 없었고 한번 목표한 것은 어떤 수단과 방법을 써서라도 최종에는 반드시 이루어 냈었다. 그에겐 성취가 곧 쾌락이었다. 그것은 어떤 최음제보다도 강렬하고 짜릿했다.

그에게 인생을 즐기는 방법은 여자의 아랫도리가 아니라도 얼마든지 많았다.

"그런데 대성은 아직도 안 온 거야?"

태혁이 침묵하자 예성은 다른 누군가를 잡고 말을 걸었다.

"다 왔다고 하던데, 늦네."

"그래? 이 자식은 한 번도 제시간에 온 적이 없어. 우리 다 취해서 쓰러질 때쯤 나타나서는 혼자 몸 사리고."

"걔 아버지가 장난 아니잖아. 우리가 이해해야지. 지난번에는 골프채로 두들겨 맞았다더라."

"나이 서른 넘어서 맞고 다닌다고?"

"맞고 다니긴 누가 맞고 다닌다고 그래? 설마 내 이야기야?"

언제 왔는지 대성이 문 앞에서 비딱하게 노려보고 있었다.

"왔으면 앉아. 그러고 있지 말고."

예성이 손짓하자 대성은 투덜거리며 자리를 잡고 앉았다.

"직원들이 놔줘야 말이지. 늦어서 미안하다."

"새삼스럽긴. 자, 한잔 받아."

자연스럽게 술잔이 오갔다.

"나 오다가 좋은 구경 했는데. 여기 별일 없었지?"

대성은 앞에 놓인 물잔을 시원하게 들이켰다.

"좋은 구경이라니. 혼자만 알지 말고 다 같이 좀 알자."

"기다려 봐, 숨 좀 돌리자. 그런데 정말 여기 무슨 일 없었어?"

"일은 무슨."

대성이 고개를 갸웃하더니 말을 꺼냈다.

"나 여기 올 때 마담이 구급상자 들고 룸으로 뛰어가던데. 바로 맞은편에 있는 룸 말이야."

방마다 방음장치가 완벽하게 되어 있어서 룸 안에 있으면 바깥 소리는 어지간해선 들리지 않았다.

"여기서 어떻게 알아."

"CL그룹 둘째, 남경태 알지? 완전 고주망태가 돼서는 주차장에서 고래고래 고함지르고 난리도 아니던데? 왜, 같이 다니는 무리 있잖아. 걔들도 약을 빨았는지 제정신 아니더라고."

"하여튼 가는 곳마다 사고를 치고 다니네. SJ 자동차 한현우도 있었어? 걔 있으면 구경해 볼 만할 텐데."

"없었어. 그 새끼 있었으면 남경태가 더 날뛰었겠지."

태혁은 그들이 주고받는 대화를 묵묵히 듣고 있었다.

"하긴, 그런데 마담은 왜?"

"아, 맞다. 그러니까 그 녀석이 술 처먹고 여자 때린 모양이야. 주사가 보통이어야 말이지."

"지난번에도 여기 아가씨 때려서 돈으로 막았다던데."

"아가씨면 뭐가 문제야. 여기 손님을 때려서 마담이 죽상을 하고 뛰어다니잖아."

"허, 미친놈. 어지간히 여자가 마음에 들었나 보네."

"어느 룸으로 들어갔다고?"

침묵한 채 술만 들이켜던 태혁이 술잔을 내려놓으며 고저 없는 목소리로 물었다.

대성은 제 말에 태혁이 반응을 보이자 신이 난 목소리로 말했다.

"대각선으로 맞은편 방 있잖아. 여기보다 좁은 방."

태혁은 고개를 끄덕인 뒤 조용히 자리에서 일어났다.

"어디 가?"

예성이 물었다.

"화장실."

태혁은 무뚝뚝하게 한마디 내뱉고서는 기분 나쁜 예감이 틀리길 바라며 룸을 나섰다.

맞은편 룸이라면 그가 조금 전까지 그 여자와 있던 룸을 말하는 게 분명했다.

그 멍청한 여자가 지금까지 가지 않고 있었다면.

생각만으로도 짜증이 치밀었다.

귀찮은 일이 벌어질 듯했다.

* * *

태혁은 어두컴컴한 복도를 걸어 맞은편 룸으로 향했다. 문을 열고 들어가려는 찰나, 안에서 누군가가 문을 열고 밖으로 나왔다.

마담이 구급상자를 들고 있었다. 그것에 시선을 길게 주던 태혁은 제 앞을 막고 있는 마담에게로 다시 눈길을 옮겼다. 흠칫 놀란 마담은 얼른 고개를 숙이며 태혁의 시선을 피했다.

"무슨 일입니까."

태혁의 단호한 목소리에 마담은 더욱 고개를 조아리며 다 기어들어 가는 소리로 말했다.

"죄, 죄송합니다, 부사장님."

지금 죄송하다는 소리 듣자고 이곳에 왔겠는가. 마담의 입에서 제대로 된 소리가 나올 때까지 기다리기에는 인내심이 모자랐다. 벌벌 떨며 사색이 된 마담에게 낮게 일갈했다.

"비켜요."

그리고 거침없는 손길로 룸의 문을 열어젖혔다. 날 선 태혁의 두 눈은 지우의 모습을 순식간에 훑어 내렸다.

얼굴 반쪽은 눈부터 입술까지 손자국이 선명하게 나 있었다.

그것뿐만 아니라 입술은 터져 피딱지가 앉았고, 눈언저리와 뺨
은 살갗이 부풀어 올라 있었다. 게다가 실핏줄이 터진 모양인지 군
데군데 피멍이 보였다.

여자는 가늘게 숨을 몰아쉬며 그를 올려다보았다. 그 처연한 모
습을 보자 어이가 없기도 하고, 알 수 없는 화가 치미는 것도 같았
다.

태혁은 가느스름하게 뜬 눈으로 여자를 주시하며 휴대전화를
꺼내 들었다. 단축 번호를 누른 뒤 김 실장을 호출했다.

"지금 당장 제우스로 오세요."

-네, 부사장님.

태혁은 전화를 끊은 뒤에도 지우에게서 시선을 떼지 않았다. 오
히려 한층 더 냉정하고 고요해진 눈길로 주시했다. 확실히 여자에
게선 그의 신경을 잡아채는 무언가가 있었다.

저 모습을 하고서도 뭐가 그리 당당한지 여자는 한 치의 흔들림
도 없이 그의 눈길을 받아내고 있었다. 그 모습이 대담하면서도 아
주 떳떳해 보여 실소가 흘렀다.

한편, 지우는 터진 입술을 아랫니로 지그시 깨물었다.

최악이다, 이지우.

떠지지 않는 눈을 억지로 부릅뜨고 태혁을 올려다보았다. 그는
마치 구역질이 날 만큼 혐오스럽다는 눈빛으로 자신을 내려다보
고 있었다.

지우는 덜덜 떨리는 손으로 헝클어진 머리카락을 모아 핀을
찔렀다. 어떻게든 덜 비참하게 보이려 수습해 보지만 소용없다
는 것쯤은 알고 있었다. 다만, 뭐라도 해서 이 비참한 순간을 버

터 내야 했다.

여전히 침묵한 채 그녀를 내려다보는 태혁의 시선은 차갑고 매
서웠다. 그녀를 둘러싼 무거운 침묵이 숨통을 조여 오는 기분이었
다. 마주한 시선을 떼지 못한 채 천천히 숨을 내쉬었다.

언제까지 이렇게 있을 순 없었다. 그녀는 태연한 척하며 가까스
로 마음을 다잡았다. 이제 쥐꼬리만큼이라도 남은 자존심을 지켜
야 했다.

집요하고 끈덕진 그의 시선을 정면으로 마주하며 입을 열었
다.

"왜, 그렇게 보고 있는 거죠?"

제대로 나오지도 않는 목소리를 억지로 끌어냈다.

"……최악이네요."

그는 마치 그녀의 속마음을 읽기라도 한 것처럼 말했다. 그러고
선 느릿하게 담배를 뽑아 입에 물었다.

찰칵.

라이터를 켜자 조도가 낮은 복도가 순간 환해졌다. 살짝 고개를
숙이고 볼이 홀쭉하도록 담배를 빨아들이자 담배 끝이 주황색 불
꽃을 내며 타들어 갔다.

후-

그는 담배 연기를 내뿜으며 천천히 그녀에게 다가왔다. 한 발짝
씩 가까워질 때마다 어깨가 움츠러들었다.

기어이 코앞까지 다가온 그는 가늘게 내리뜬 눈으로 지우의 얼
굴을 유심히 살폈다.

"……누가 이랬어요?"

담배를 입술 끝에 물고선 손을 뻗어 지우의 턱을 들어 올렸다.

"시, 신경 쓸 거 없잖아요."

지우는 수치심을 견디기 위해 아랫입술을 질끈 깨물며 태혁의 손을 탁, 쳐 냈다.

"가만."

태혁은 단호한 목소리로 짧게 내뱉으며, 이번에는 좀 더 강한 악력으로 지우의 턱을 붙들어 그를 보게 했다.

알싸한 니코틴 향과 스킨로션 향이 뒤섞여 콧속으로 훅 하고 밀려들었다. 불쾌하거나 역겹지 않은, 오히려 푸른 바다가 연상되는 시원한 향에 안도하며 참았던 숨을 들이켰다.

무례할 만큼 노골적으로 얼굴을 훑어보던 남자는 천천히 상체를 들어 올리며 그녀의 전신을 훑었다.

순간 그의 짙은 눈썹이 꿈틀했다. 남자의 시선이 배와 옆구리에 닿아 있었다.

왜 저러는 거지?

지우는 그의 시선을 따라 제 몸을 살폈다.

아, 정말 최악이었다.

아까 술 취한 놈이 쓰러진 그녀를 차고 밟는 바람에 검은 원피스에는 신발 자국이 선명하게 나 있었다.

지금 이 꼴을 보고 무슨 생각을 할까.

지우는 입술을 꾹 깨물며 주먹을 움켜쥐었다.

그 새끼, 걸리기만 해. 죽여 버릴 테니까.

그나저나 이 사람은 왜 다시 온 거지? 머릿속이 갑자기 복잡해졌다.

남자는 상체를 숙여 테이블 위 재떨이에 담배를 비벼 끄며 물었다.

"걸을 수 있겠어요?"

무표정한 얼굴만큼이나 목소리도 무심했다.

아닌가, 위축되지 않을 만큼의 거리감을 둔 얼굴에는 짜증이 슬쩍 묻어나고 있었다.

무슨 의도로 이러는 걸까.

지우는 의심이 가시지 않은 얼굴로 그를 보며 차갑게 일별했다.

"못 본 척하고 그냥 가 주세요."

지우는 뻐근하고 욱신대는 옆구리를 손으로 감싸며 자리에서 일어났다. 타박상 정도는 아무것도 아니었다. 그것보다 이 흉측한 얼굴로 그를 대면하고 있어야 한다는 사실이 더 견딜 수 없었다. 지우는 그의 시선을 피하며 말했다.

"그럼 먼저 가 볼게요. 오늘 실례 많았습니다."

지우는 최대한 침착하게 인사하고 걸음을 옮겼다.

"기다려요."

뜻밖의 소리에 걸음을 멈추고 그를 바라보았다. 또다시 고개를 쳐드는 기대감에 심장이 작게 일렁였다.

그가 손목시계를 흘깃 쳐다보더니 룸의 출입구로 시선을 돌렸다. 바로 그때, 한 남자가 다급하게 뛰어왔다.

남자는 가쁜 숨을 내쉬며 기태혁에게 인사를 한 뒤 옷매무새를 다듬었다.

"부사장님, 찾으셨습니까."

"늦었습니다."

"죄송합니다."

"저 여자, 병원 데리고 가서 검사하고, 이 변호사 불러서 처리하도록 해요. 어떤 문제나 말썽이 생기지 않도록, 아시겠습니까. 내가 저 여자를 먼저 만났고, 내가 나오고 난 뒤 저 여자는 CL그룹 남경태와 만났습니다. 그 점 명확히 하세요."

"아, 네, 알겠습니다."

비서로 보이는 남자가 그녀의 얼굴을 재빨리 훑어 내렸다.

아마도 그의 비서가 맞는 모양인데, 지나치게 얼어붙은 모습에 기태혁을 힐끔 쳐다보았다. 둘은 비슷한 연배로 보였다.

"자칫하면 구정물 튈 수 있으니까, 구정물 안 튀도록 해 달란 말입니다."

하, 기가 막혀서.

지우는 재차 반복되는 그 소리에 어금니를 깨물었다.

"명심하겠습니다."

"실장님 믿고 가겠습니다."

실장님?

완전 아랫사람 부리는 것처럼 하대하면서 호칭은 '님' 자를 붙여 가며 존대하고 있었다. 이 이상한 화법에 그를 물끄러미 보고 있자니 그의 눈썹 끝이 묘하게 치켜 올라갔다.

"……할 말 있습니까."

행여나 그가 때렸다는 오해를 받을까 봐 부랴부랴 실장이란 남자를 부른 것이다. 어쩌면 당연한 반응일지도 모른다. 지우는 떫은 표정으로 그를 보며 고개를 저었다.

"……."

"다리 잘 벌리는 모양인데, 봐 가면서 해요. 사람인지 개인지 구분도 좀 하고."

순간 숨이 멎었다.

지우는 조금 전 미친놈한테 맞은 뺨보다 이 남자의 독설이 더 따끔했다.

"무슨…… 말을……."

그대로 얼어붙었다.

몇 년 전 일이라 제 기억이 왜곡된 것일까.

애초에 기태혁이란 남자에 대한 기억이 잘못된 것이 아닌 다음에야 어떻게 저렇게 다를 수 있단 말인가.

오늘 만남이 아무리 황당하고 어이없었다 하더라도 사람을 앞에 대놓고 저런 말을 하다니.

그를 유혹했다고 해서 저런 비난을 받아넘겨야 하는 걸까.

그의 여자가 되기 위해서 힘겹게 선택한 길이었다.

지우는 찬물 세례를 맞은 것처럼 정신이 번쩍 들었다. 남자는 이미 룸을 빠져나가고 없었다.

홀로 남은 지우는 재빨리 휴대전화와 핸드백을 챙겨 들고 그의 뒤를 쫓았다. 이렇게 보낼 순 없었다.

허겁지겁 복도로 뛰어나가자 저만치 가고 있는 기태혁의 뒷모습이 보였다.

"거기 서요. 기태혁 씨, 거기 서라고요!"

태혁은 그녀의 목소리가 안 들리는 건지, 못 들은 척하는 건지 계속 앞으로 걸어갔다.

"야, 기태혁! 거기 서라고!"

지우는 부들부들 떨리는 손을 꽉 움켜쥐고 그를 향해 고함을 질렀다.

"이봐요. 지금 뭐 하는 짓입니까."

실장이라는 남자가 지우의 몸을 가로막으며 다그쳤다.

그러자 이번에는 또 무슨 일인가 싶어 종업원들이 달려오기 시작했다.

그제야 태혁은 가던 걸음을 멈추고 뒤를 돌아보았다.

검은 두 눈이 날카롭게 번득이고 있었다.

"데려와요. 내 차로."

그가 실장에게 지시했다.

"부사장님 차 말씀입니까."

"두 번 말하는 거 싫다고 했습니다."

싸늘하게 내뱉은 태혁은 더 사람들이 몰려오기 전에 서둘러 자리를 빠져나갔다. 지우도 그 뒤를 따라 부지런히 걸었다.

주차장으로 나가자 그의 수행비서로 보이는 남자가 고급 세단의 뒷좌석 문을 열고 태혁이 타길 기다리고 있었다.

뒤를 흘깃 돌아본 태혁은 수행비서에게 지우를 가리켰다.

"저 여자 태워요."

"알겠습니다."

태혁은 뒷좌석에 몸을 실었다.

"타시죠."

수행비서가 지우를 보며 뒷좌석을 가리켰다.

잠시 머뭇거리던 지우는 이내 마음을 다지며 차에 올랐다.

태혁은 지우를 쳐다보지도 않으며 수행비서를 향해 낮은 목소리로 말했다.

"출발해요."

수행비서는 신속하게 주차장을 빠져나갔다.

차 안에는 아까와는 비교할 수도 없을 만큼의 무거운 침묵이 흘렀다.

등골로 진땀이 솟았다.

지우는 일단 숨죽인 채 남자의 처분을 기다렸다.

"나한테 딱 한 시간의 시간이 있습니다. 그 시간 안에 할 수 있는 모든 것을 동원해서 이 거지 같은 기분을 바꿔야 할 겁니다.

"……!"

그가 버튼을 누르자 운전석과 뒷좌석 사이에 설치된 스마트 글라스가 위로 올라갔다.

둘만의 밀폐된 공간에 놓이자 중압감에 지우는 심장이 터질 것만 같았다.

뭘, 어떻게 해야 기분이 바뀌는데.

지우는 손톱을 물어뜯으며 머리를 굴렸다.

"이지우 씨."

그가 부르는 소리에 고개를 들자, 다리를 겹친 채 팔짱을 끼고 턱을 쓸던 그가 얕은 한숨을 내쉬었다.

"흐음, 내가 만만합니까. 유유상종이라더니, 강희선 그 여자와 내가 맞선 본 사이라고 하니 그 여자 수준으로 보는 겁니까."

"아, 아니에요."

"그런데 내 기분이 왜 이렇게 더럽죠? 혹시 거울 봤습니까."

"아뇨, 안 봤어요."

목소리가 저절로 기어들어 갔다.

"내가 치마만 두르면 환장하는 놈으로 봤다면 잘못 생각한 겁니다. 그리고 난 원래 흠집 난 물건은 취급 안 합니다."

흠집 난 물건?

지우의 낯빛이 순식간에 어두워졌다.

"도저히 세울 기분이 나질 않잖습니까."

"……."

"한번 세워 보겠어요? 대신 절대 고개 들지 말고."

지우는 모멸감에 입술이 피가 나도록 깨물었다. 그런 그녀를 빤히 바라보던 태혁이 나지막한 한숨을 내쉬었다.

태혁은 제 허벅지 위를 톡톡 두드리며 그녀의 행동을 기다리는 여유까지 보여 줬지만, 얼어붙은 지우의 입은 도무지 떨어지지 않았다.

그렇게 속절없이 시간만 보내고 있을 때, 허벅지를 두드리던 손이 뚝 멈추었다. 그는 지우를 없는 사람 취급하며 아주 자연스럽게 차에 설치된 인터폰을 눌러 지시했다.

"차 세우세요."

그의 지시에 차는 곧바로 갓길에 세워졌다.

"내려."

상대할 가치조차 없다는 말투였다.

하얗게 질린 지우는 삐걱거리는, 고장 난 인형처럼 꾸역꾸역 차에서 몸을 빼냈다.

운전석에서 내린 수행비서는 미처 닫지 못한 뒷문을 닫고서는 재빨리 운전석에 올랐다. 곧이어 그를 태운 세단은 미끄러지듯 그곳을 벗어났다.

　멍하니 서서 그 모습을 지켜보던 지우는 어느새 긴 차량 행렬에 합류한 고급 세단을 하염없이 바라보았다.

제2화

2년 뒤.

"좋은 아침입니다."

K 자동차 연구소 A동. 디자인 팀 사무실 문이 열림과 동시에 활기찬 목소리가 울려 퍼졌다.

올해 입사한 신입 디자이너 은찬은 외장디자인 1팀 소속으로, 지우의 대학 후배이기도 했다.

오늘도 어김없이 테이크아웃 커피를 양손에 들고 나타나서는 당연하다는 듯 지우의 책상 위에 커피를 내려놓았다.

"선배님."

은찬이 고개를 쓱 내밀자 지우는 늘 하듯이 머리를 두어 번 쓰다듬어 주었다.

"머리는 감고 다니니?"

"당연하죠. 헤헤."

은찬은 고맙습니다, 라고 크게 외치며 제자리에 가서 앉았다.

"저 자식은 정말 누굴 닮아 저렇게 넉살이 좋은 거야?"

문철이 손에 텀블러를 들고 다가왔다.

30대 중반의 문철은 지우와 허물없이 지낼 만큼 사이가 좋은 편이었다.

"팀장님, 은찬이 본받으세요. 사다 주진 못할망정 뺏어 먹는 게 말이 돼요?"

"쉿! 팀장님 알기를 우습게 알고 말이야."

문철은 은찬이 사 온 지우의 커피를 제 텀블러에 반쯤 채우고서는 남은 것을 슬그머니 내려놓고 자리를 떠났다.

그렇게 커피를 가져갔던 문철은 얼마 있지 않아 다시 지우 곁으로 다가왔다.

"이지우, 바빠?"

한창 스케치에 집중하고 있던 지우는 하던 것을 내려놓고 흘깃 시계를 쳐다보았다. 몇 분 안 지났겠거니 생각했는데 벌써 두 시간 가까이 지나 있었다.

오늘따라 능률은 오르지 않고 시간만 빨리 가니 속이 상한 지우는 문철을 향해 퉁명스럽게 대답했다.

"무슨 일 있어요?"

"어, SE(Studio Engineering) 팀에서 지금 좀 보자고 하는데?"

"……설마?"

"그 설마가 맞을 거야. 설계 쪽에서 디자인 변경을 요청했나
봐."

"지난번에는 이상 없다고 하고선, 참 어렵네요."

"일단 가 보자."

물과 기름과도 같은 엔지니어와 디자이너 사이에서 SE 팀은 업
무를 협의하고 조율하는 중재 역할을 담당했다.

지우는 자리에서 일어나며 머리카락을 묶고 있던 고무줄을 풀
어 버렸다.

쓱쓱.

손가락으로 빗어 내리자 윤기 흐르는 머리카락이 탐스럽게 출
렁였다.

그 모습을 말없이 바라보던 문철은 얼른 시선을 돌리며 앞장섰
다.

연구소 내에서 사람 좋기로 소문이 난 문철은 외장디자인 1팀의
책임연구원으로, 공석인 팀장 자리를 대신해서 팀장 대리를 맡고
있었다. 차기 팀장으로 가장 유력한 인물이라서 다들 그를 부를 때
팀장으로 불렀다.

그에 비해 지우는 존재감 따위는 전혀 느낄 수 없을 만큼 조용
히 지내 왔다.

그렇게 2년을 보낸 지우는 지난해부터 서서히 존재감을 드러내
기 시작했다.

작년 디트로이트 모터쇼 공식 디자인 시상식에서 그녀가 디자
인에 참여한 K 자동차의 프리미엄 세단이 최고 모델로 선정되면
서 그녀의 실력도 점점 두각을 나타내기 시작했다.

하지만 그녀의 목표는 세계적인 디자이너가 되는 것이 아니었다. 지우가 바라는 것은 다른 데 있었다.

만일 최고의 디자이너 자리를 욕심냈다면, 굳이 한국에 들어오지 않았을 것이다.

그녀가 뉴욕에서 유학을 마치고 포드 사에 디자이너로 취직했던 것조차 K 자동차 연구소에 들어오기 위한 발판일 뿐이었다.

지우는 문철이 뭐라 말을 걸어와도 깊은 생각에 빠져 알아듣질 못했다. 바닥을 보며 걷던 지우는 눈앞을 가로막은, 고급스러운 이태리 수제 남성 구두를 발견하곤 서서히 시선을 위로 올렸다.

연구소에 이런 비싼 구두를 신는 직원이 있었던가.

저도 모르게 심장이 미친 듯이 뛰어 댔다.

……무섭도록 예리한 감각을 곤두세우며 지우는 칼날로 난도질하듯 남자를 훑기 시작했다.

슈트로도 숨길 수 없는 탄탄한 근육질의 잘빠진 몸매가 시야에 잡혔다.

나이는 20대 후반이나 30대 초반, 키는 180cm 이상, 몸무게는 80kg 정도. 탄탄한 복근과 너른 어깨를 지나 남성임을 명확히 드러내는 목울대에서 잠시 시선을 멈추었다.

지우는 마른침을 삼킨 뒤 다시 천천히 눈길을 옮겼다.

날렵한 턱선과 육감적인 입술, 우뚝한 콧날. 그리고 단 한 번도 잊어 본 적 없던 서늘한 눈매 속에 반짝이는 새카만 눈동자가 그녀를 직시하고 있었다.

온몸의 피가 심장에 몰린 듯 격렬히 뛰어 댔다.

드디어 오늘 만났다.

기태혁.

* * *

K 자동차 서울 본사 빌딩 30층에서 아래를 내려다보는 태혁의 마음은 아무런 감동도, 느낌도 없었다.

팔짱을 낀 채 습관처럼 턱을 느리게 쓸던 그는 손목시계를 보며 미간을 찌푸렸다.

오늘 연구소에서 은찬을 보기로 했는데, 이렇게 일이 더뎌서 어쩌자는 건지 짜증이 치밀었다.

다시 자리로 돌아온 태혁은 넥타이를 느슨하게 당기며 책상 위에 놓인 잔을 들었다. 언제 비웠는지 커피가 바닥이었다.

인터폰을 눌러 커피를 갖다 달라고 한 뒤, 의자에 깊숙이 몸을 파묻었다.

새로 온 직원인지 처음 듣는 목소리였다. 비서실 직원의 경우 신원이 확실한 사람이 아니면 들어오기 힘들었다. 알아서 김 실장이 뽑았을 테니, 그쪽으로는 신경을 접었다.

조금 전 미국에 있는 제임스 리와 통화를 해서 그쪽 회사도 별 문제 없이 잘 돌아가는 것을 확인했다.

IT 관련 회사는 태혁이 설립했지만, 현재 그의 친구 제임스 리가 맡고 있었다.

이제 그쪽도 자리를 잡아 운영은 흑자로 돌아섰고, 매년 흑자 폭이 기하급수적으로 커지고 있었다. 그가 예상한 대로 모든 것이 순조로웠다.

똑똑.

노크 소리가 두 번 울리더니 문이 열렸다.

태혁은 모니터에서 시선을 떼어 문 쪽으로 시선을 뒀다.

새로 온 신입이 문 앞에 서서 그를 향해 미소를 짓고 있었다. 지금 보니 언젠가 스치듯 인사를 한 것도 같았다.

"무슨 일입니까."

태혁은 미간을 좁힌 채 멀뚱히 서 있는 여자를 보며 물었다.

"저, 시원한 거로 드려야 할지, 뜨거운 차로 내와야 할지 몰라서요."

"시원한 거로 가져와요."

뭐 하자는 짓인지 지켜보기로 했다.

"아, 알겠습니다."

신입 비서가 상냥하게 눈웃음을 치더니 엉덩이를 살랑대며 뒤돌아 나갔다.

스커트 길이가 너무 짧았다.

태혁은 미간을 찌푸리며 혀를 찼다.

그리고 잠시 뒤 신입이 아이스커피를 가져왔다.

"거기 내려놔요."

회의용 테이블 위를 가리켰다.

"네."

비서는 허리를 숙이며 조심스럽게 잔을 내려놓았다.

허리를 조금 숙였을 뿐인데 스커트 길이는 더욱 짧아져서 팬티가 보일 지경이었다.

"다른 시키실 일 없으십니까."

"비서실에 누가 있습니까. 지금."

태혁은 바지 주머니에 한 손을 찔러 넣은 채, 회의용 소파 앞으로 걸어갔다.

"아, 내가 확인하지."

그가 책상 위로 팔을 뻗어 인터폰을 눌렀다.

-네, 부사장님.

"다 들어와요. 지금."

-아, 네. 알겠습니다.

신입 비서는 어리둥절한 표정으로 태혁의 눈치를 살폈다.

그리고 1분이 채 되지 않아 그의 비서 팀이 들어왔다.

나란히 선 그들을 날카로운 눈으로 쳐다보다, 김 실장이 자리에 없는 것을 알고 성 대리를 쳐다보았다.

"김 실장님은 어디 갔습니까."

"아, 금방 오실 겁니다. 회장님 비서실에서 찾으셔서 잠시 그곳에 가셨습니다."

"그래요?"

"네."

"좋습니다. 그럼 성 대리에게 묻죠. 신입이 들어오면 비서실 교육은 누가 합니까."

"기본적인 것은 제가 하고, 중요한 부분은 김 실장님께서도 하십니다."

"그래요? 그럼 다시 묻죠. 성 대리, 직원 교육을 어떻게 하는 겁니까."

태혁의 목소리 톤이 한층 낮아졌다.

"죄, 죄송합니다."

눈치 빠른 성 대리는 지금 신입이 부사장의 비위를 거스르게 했다는 것을 바로 알아챘다.

당황한 신입은 얼굴을 붉히며 고개를 떨구었다. 뿐만 아니라 손톱을 자근자근 씹으며 금방이라도 눈물을 떨어뜨릴 것 같았다.

태혁의 한쪽 눈썹이 위로 치켜 올라갔다.

"내 방에 들락거릴 수 있는 사람은 누구라고 했죠?"

"죄송합니다."

"지금 뭐 하자는 겁니까. 저 물건 안 치울 겁니까."

"곧 정리하겠습니다."

성 대리가 눈짓하자 다들 일사불란하게 움직였다. 테이블 위에 놓인 잔을 치우며 행동을 서둘렀다.

그리고 벌벌 떨고 있는 신입은 성 대리가 데리고 나갔다.

"창문 열고. 싸구려 향수 냄새가 진동합니다."

그의 말이 떨어지기가 무섭게 직원들은 창문을 열고 공기청정기를 최고치로 올렸다.

그 모습을 차분하게 보고 있던 태혁은 마침 부사장실로 들어서는 김 실장을 향해 시선을 돌렸다.

잔뜩 움츠러든 김 실장이 재빨리 그에게 다가왔다.

"부사장님, 제 불찰입니다."

성 대리로부터 무슨 언질을 들은 모양인지 상황 파악을 하고 온 것 같았다.

태혁은 긴말 않고 지시했다.

"도청장치가 있는지 확인하세요."

"네, 곧바로 확인하겠습니다."

"그리고 누가 보낸 것 같습니까."

"부사장님 직속 직원은 신원 조회를 확실하게 합니다. 이번 신입도 마찬가지로-"

"저랑 몇 년 있었습니까. 이제 그만둘 때가 됐나 봅니다. 내 눈에는 훤히 보이는데, 김 실장의 눈에는 안 보이니 말입니다. 천박하게 미인계를 써서 나를 어떻게 자빠뜨려 보라고 지시를 내린 듯한데, 그럴 사람이 누가 있겠습니까."

태혁의 날 선 질문에 김 실장의 낯빛이 변해 갔다.

"사람은 제 버릇 개 못 줍니다. 늙은 여우가 회장님한테 써먹던 방법과 똑같지 않습니까. 아마 몸에 녹음기를 지니고 있을 테니, 찾아내세요."

"네, 죄송합니다. 다음부터는 이런 일 없도록 하겠습니다."

"그러면 또 이따위로 할 생각이었습니까."

"죄송합니다."

"됐고, 오늘 연구소에 가서 은찬이를 보기로 했습니다. 시간 촉박하니 서두르세요. 간 김에 그쪽 분위기도 파악할 겸 쭉 둘러볼 겁니다."

"네, 빨리 준비하도록 하겠습니다."

팔짱을 낀 채로 지시하던 태혁은 성 대리가 커피를 들고 들어오는 것을 보며 책상 위를 가리켰다.

책상 위에 조심스럽게 아이스커피를 내려놓은 성 대리는 태혁 앞으로 와서 양손을 모으고 고개를 깍듯이 숙였다.

"성 대리, 신입 소지품 확인하세요. 수상한 물건은 김 실장님한 테 다시 확인하도록 하고, 성북동 조 여사와 관련 있는지 캐물어 봐요."

"그렇게 하겠습니다. 죄송합니다, 부사장님."

"복장, 화장, 태도, 어느 것 하나 비서실 직원다운 게 없었습니 다. 내 눈에만 그래 보이는 겁니까."

"아닙니다. 죄송합니다."

"똑바로 해요. 두 번은 없습니다."

하얗게 질린 성 대리를 두고 돌아선 태혁은 자리에 가서 앉았 다.

톡톡.

책상 위에 올려 둔 손을 두드리며 이런 일을 벌인 인간이 누구 일지 다시 고민해 봐도, 딱 한 사람으로 결론이 내려졌다.

성북동에 기 회장과 같이 사는 여자는 기 회장의 비서실에 근무 했던 조 비서였다. 안방을 차지하더니 이젠 주제를 모르고 설쳐 대 고 있었다.

사람을 뭐로 보고.

기분이 점점 언짢아졌다. 이럴 땐 꼭 예상치 못한 일들이 생기 곤 했다.

태혁은 담배를 피우는 대신 성 대리가 놓고 간 아이스커피 잔을 들었다. 차가운 얼음을 입안에서 굴리다 와삭 씹었다.

언제는 괜찮았고?

늘 긴장의 연속이었다. 새삼스럽게 이러는 자신을 비웃으며 넥타이를 조여 맸다.

* * *

"다 왔습니다. 부사장님."

A동 연구소 주차장에 차를 세운 김 실장은 눈을 감고 있는 태혁을 향해 말했다. 태혁은 천천히 눈을 뜨며 낮게 잠긴 목소리로 대답했다.

"네."

차에서 내린 태혁은 곧바로 K 자동차 디자인 연구소가 있는 A동 건물로 향했다.

태혁의 하나밖에 없는 조카가 뉴욕에서 유학을 마치고 돌아와 자동차 외장디자이너로 일하고 있었다.

뭔가를 보여 줄 게 있다고 꼭 시간을 내 달라는 바람에 바쁜데도 짬을 내서 찾아왔다.

앞으로는 연구소로 자리를 옮겨 올까 싶은 생각도 있었다. 본사와 연구소를 오가는 시간이 왕복 두 시간이었다. 길에 시간을 허비할 만큼 너그러운 성격은 되질 못했다.

연구소로 들어서자 안내 데스크 직원이 자리에서 일어나 정중하게 인사를 해 왔다.

보안 게이트를 통과한 태혁은 외장디자인 팀이 있는 곳으로 직접 가 볼 생각이었다.

"은찬이가 외장디자인 몇 팀에 있다고 했습니까."

"네, 외장디자인 1팀에 있습니다. 중·대형 차를 디자인하는 부서입니다.”

아침에 벌어진 일 때문에 태혁의 목소리는 더욱 저조했고, 표정은 말할 것도 없었다.

모처럼 보는 조카인데 인상을 쓰고 볼 수 없으니 그는 한 손으로 얼굴을 쓸어내렸다.

“갑시다.”

스리피스 정장을 갖춘 그는 한 치의 흐트러짐도 없는 외모와 당당한 걸음으로 주변을 압도했다.

그들은 로비를 지나 오른쪽 복도로 방향을 꺾었다.

LED 센서모듈이 달린 복도 등은 움직임이 감지되자 불이 환하게 켜졌다.

맞은편 복도 끝에서부터 직원 두 명이 그가 있는 쪽으로 걸어오고 있었다. 그들이 걸어오는 동안 전등은 차례대로 불을 밝혔고 뒤에서부터 꺼졌다.

그들과의 거리가 완전히 좁혀졌을 때였다. 태혁은 입매를 단단히 굳혔다.

지금 그의 눈에 보이는 여자가 일란성 쌍둥이가 아니라면, 분명 2년 전 제우스에서 본 이지우가 맞을 것이다.

오늘 아침 신입 비서의 일은 전조에 지나지 않았단 생각이 들 만큼 이지우의 등장은 그에게 놀랍고도 불쾌했다.

네가 왜 여기 있는 거지? 넌 누가 심은 거야, 이지우.

한편 그와 마찬가지로 여자도 놀란 모양인지 그 자리에 멈춰 서서 말을 잇지 못했다. 하지만 그것도 잠시였다.

이내 평정을 되찾은 여자의 두 눈은 이채를 띠고 있었다.

2년 전과 달리 여자는 세련된 직장인의 모습이었다. 단정하게 어깨까지 내려온 머리카락은 그때와 별반 다를 게 없었지만, 화장기 없는 얼굴에 자연스럽게 흘러내리는 모습이 이지적인 외모를 돋보이게끔 했다.

밝기를 자랑하는 LED 조명 아래 선 여자의 모습을 그는 샅샅이 훑어 내렸다.

노골적으로 적의가 느껴질 만큼 직선적인 시선은 어지간한 남자도 견뎌 내기 어려워하는데 이 여자는 그 시선을 태연자약하게 받아 내고 있었다.

완전 닳고 닳은 여자인 모양이네.

Rrrrr. Rrrrr.

태혁은 여자에게서 시선을 떼지 않은 채로 전화를 받았다.

"네, 기태혁입니다."

-삼촌, 어디예요?

"A동 1층 로비 쪽이야."

-그럼 거기 있어요. 바로 갈게요.

"그래."

지우는 그가 통화하는 동안 시선을 떼어 내고 문철을 올려다보았다.

"팀장님, 가죠."

"어? 그래, 잠시만. 통화 끝나셨으니 인사는 제대로 해야지."

문철은 그가 통화를 끝내자마자 가까이 다가가서 정중하게 인사를 했다.

"부사장님, 외장디자인 1팀, 팀장 대리 서문철입니다. 반갑습니다."

"반갑습니다."

태혁이 먼저 손을 내밀어 악수를 청했다. 그러자 문철은 얼른 제 손을 내밀어 그의 손을 맞잡았다.

짧게 악수를 마친 태혁은 손을 놓으며 문철에게 물었다.

"팀장 대리라고 했으니 조만간 팀장 직책 달겠습니다. 미리 축하드리고, 앞으로 잘 부탁합니다."

"하하하. 감사합니다, 부사장님. 최선을 다하겠습니다."

부사장이 팀장 대리에서 팀장이 되겠다고 하니 그보다 좋은 소식이 있을까.

문철은 상기된 얼굴을 한 채 그를 우러러보았다.

문철에게서 시선을 떼어 낸 태혁은 지우 쪽으로 고개를 돌렸다.

"이쪽은 누굽니까."

그가 그녀를 지목하며 물었다.

"외장디자인 1팀 연구원 이지우입니다."

"반갑습니다."

그가 크고 단정한 손을 쭉 뻗으며 악수를 청했다. 마치 처음 본 사람처럼 구는 그의 태도에 지우는 갑자기 혼란스러워졌다.

정말 저를 모르나 싶은 생각이 들기까지 했다.

뭐 해.

옆에 선 문철을 보자, 그가 입 모양으로 타박을 주었다.

그제야 지우가 공손한 자세로 오른손을 내밀어 그의 손을 맞잡았다. 살짝 닿았다가 떼어 내려 했는데, 그가 손아귀에 힘을 주었다.

단단하게 붙들린 손은 커다란 손안에서 형체도 없이 녹아내릴 것만 같았다.

"이지우 연구원은 디자이너입니까."

"네."

"앞으로 창의적이고 획기적인 디자인 기대하겠습니다."

"······열심히 하겠습니다."

그제야 손을 놓아준 그는 짙게 눈을 빛냈다.

지우는 그의 시선을 피해 고개를 모로 돌렸다.

지우와 인사가 끝나자 문철이 나서서 씩씩하게 말했다.

"부사장님, 그럼 저희는 이만 가 보겠습니다. 만나 뵙게 되어 영광입니다."

"그래요."

지우는 고개를 숙여 인사를 한 뒤 재빨리 그를 비켜 갔다.

몇 걸음 떼지 않아 등 뒤로 나직한 소리가 울렸다.

"그런데, ······그날 집에 잘 들어갔어요?"

지우는 그의 질문에 발걸음을 멈추고 돌아보았다.

뭐 하자는 거지?

방금까지 전혀 모르는 사람처럼 굴어 놓고선 돌아선 지 1분도 채 되지 않아 알은체를 해 왔다.

"2년 전 제우스. 아닙니까. 맞잖습니까."

얼어붙은 지우는 아무 말도 못 하고 그를 쳐다보았다. 그는 냉담한 눈길을 맞추어 왔다.

"내가 묻잖습니까. 얌전히 들어갔는지."

지우는 실소를 머금고 그를 보았다.

그때, 뒤탈이 없도록 그녀의 뒤처리를 지시한 만큼 그가 보고받지 않았을 리는 없을 테고, 지금 이러는 건 그녀에게 전적으로 불리한 그날의 기억을 떠올리게 해서 수치심을 주려는 것으로 생각됐다.

기태혁의 입장에서 보면 남자에게 몸을 파는 행위나 다름없는 짓을 하려 한 그녀가 뻔뻔하게 자신의 회사에 직원으로 다니고 있으니 기가 막힐 것이다.

"무슨 말씀을 하시는지 모르겠습니다, 부사장님."

지우도 지지 않고 모른 척 시침을 뗐다.

그러자 태혁의 눈이 가늘어졌다.

지우는 이런 우연한 만남이 올까 싶어 단 한 순간도 긴장을 풀 수가 없었다. 거의 매일같이 새벽에 수영하며 몸을 관리했고, 피부에도 신경을 썼었다.

하지만 그녀가 가장 신경 쓴 것은 디자이너로서 커리어를 쌓는 것이었다.

자동차 디자인 연구소에서 빠져서는 안 될 인재가 되기 위해 디자인 분야뿐만 아니라 협업 부서의 업무도 이해하려고 노력했다.

그것은 최종적으로 기태혁 부사장에게 필요한 인재란 인식을 심어 주고 싶었기 때문이었다.

치열하고 열정적으로 2년을 보냈다. 그가 비아냥거리며 지난날을 들먹여도 당당할 수 있는 이유였다.

그가 입꼬리를 비딱하게 올리며 비웃음이 역력한 표정으로 쳐다보았다.

지우는 태연하게 보이기 위해 살짝 미소를 지었다.

"그럼 이만 가 보겠습니다."

지우는 자리를 떴고, 문철은 그런 지우의 뒤를 쫓았다.

태혁은 그들의 뒷모습을 말없이 한참을 바라보다, 곁에서 자리를 지키고 있던 김 실장을 향해 입을 열었다.

"김 실장님, 인사과에 연락해서 왜 저 여자가 여기 있는지 알아봐요. 지금 당장."

"네, 부사장님."

김 실장은 태혁에게서 멀어져 어딘가로 전화를 걸었고, 태혁은 복도 끝에서 빠른 걸음으로 다가오는 은찬을 보았다.

"삼촌, 오랜만이에요. 그동안 잘 지내셨어요?"

"그래. 이제 앞으로 연구소에서 자주 볼 수 있을 거야."

"와, 본사에서 바쁜 일은 다 끝난 거예요?"

태혁은 그동안 본사에 새로 설립된 전략기술 연구소 총괄 책임자로 눈코 뜰 새 없이 바쁘게 보냈었다.

"일이야 끝이 없겠지만, 그래도 이젠 이곳에 주력해야지."

"자주 볼 수 있게 되다니, 너무 좋아요."

은찬은 장난스럽게 눈웃음을 치며 친밀감을 표시했다. 태혁은 그런 은찬을 말없이 바라보다 희미하게 미소 지었다.

"기은찬, 갈까?"

"네."

은찬의 눈동자에는 태혁을 향한 믿음과 신뢰, 고마움이 넘실거렸다.

태혁이 먼저 발걸음을 떼어 놓았고, 은찬이 그 뒤를 바짝 따라붙었다.

예상치 못한 이지우의 등장으로 태혁의 마음이 어수선해졌다. 그의 통제하에 일어나는 일이 대부분인 K 자동차 내의 일이, 벌써 두 번이나 어그러졌다.

그것만으로도 그는 견딜 수 없었다.

이럴수록 예민하게 반응하면 안 된다.

조금 느긋하게 기다린다고 해서 달라질 것은 아무것도 없으니까.

그런데 이건 뭐, 좀 많이 짜증이 났다. 난폭한 기운이 가슴속에서 들끓어 올랐다.

정말, 한번 해보자는 거지.

태혁은 혼잣말을 내뱉으며 머리를 털었다.

한차례 심호흡을 하며 화를 삭인 뒤, 조카 은찬에게 집중했다.

* * *

"제가 유학할 때 그렸던 거예요. 꼭 보여 드리고 싶었어요."

"궁금하네."

"사실, 반대를 무릅쓰고 했으니 뭐라도 제대로 된 결과물을 만들어야 하는데, 어디 수상 경력도 없고, 정말 재능이 있긴 한 것인지 의심이 떠나질 않더라고요. 그래서 포기할까 생각도 많이 했어요."

은찬이 유일하게 제 속마음을 털어놓는 사람이 바로 저라는 것을 태혁도 알고 있었다.

은찬에게 태혁은 친구, 형, 어쩌면 그보다 더한 아버지 같은 존재일지도 모른다.

"양산형 차를 디자인하고, 그 차가 굴러다니는 것을 보면 정말 짜릿할 것 같은데, 가능성 있을까요?"

"꿈은 크게 가질수록 좋지만, 그에 버금갈 만큼 노력도 해야겠지."

"하긴요."

은찬이 씁쓸한 미소를 지으며 태혁을 올려다보았다.

태혁은 그런 은찬을 새삼스러운 눈길로 바라보았다.

녀석은 언제 이렇게 어른이 되었을까.

"삼촌처럼 하다 보면 뭐라도 되지 않을까요. 자신 없지만 그래도 제 눈앞에 살아 있는 신화가 있잖아요."

"자식도."

날 때부터 모든 것을 가지고 태어나는 자가 있는가 하면, 죽을 만큼 노력해야 간신히 하나를 가질 수 있는 사람이 있다는 걸 은찬은 모를 것이다.

태혁은 말없이 은찬을 응시했다. 창으로 비쳐 드는 햇살을 받아 반짝반짝 빛이 나는 은찬을.

지금 그가 은찬에게 해 줄 수 있는 말은 노력하라는 말뿐이었다.

그리고 언제 기회가 되면 꼭 해 주고 싶은 말이 있었다.

'함부로 장담하지 말고, 함부로 예측하지 마라. 이 세상에 벌어지지 않을 일은 없다.'

"삼촌?"

태혁은 희미하게 미소 지으며 말했다.

"그래, 결국 자랑하고 싶다는 거지?"

"어떻게 아셨어요? 제가 좀 천재적이거든요."

"하하."

태혁은 기분 좋게 웃음을 터트렸다.

은찬은 자신이 기숙사로 사용하는 곳에 모아 둔 자동차 모형과 스케치한 드로잉 북을 꺼내 쭉 늘어놓았다.

태혁은 그것들을 살펴보며 어느 때보다 날카롭고 정확하게 가감 없이 느낀 대로 밀해 주었다.

태혁의 전공이 경영이고, 디자인 쪽으로 따로 배운 적은 없지만, 이 바닥에서 쌓아 온 감각과 실력은 전문가 못지않다고 자신할 수 있었다.

"그런데 삼촌, 정말 너무하시는 거 아닙니까?"

은찬은 벌겋게 달아올라 자신을 지적하는 태혁을 향해 원망을 쏟아 냈다.

"기은찬, 칭찬 들으려고 보여 준 거 아니잖아. 겨우 이 정도에 흥분해?"

태혁이 싸늘하게 날 선 시선으로 은찬을 쳐다보자 은찬은 재빨리 시선을 떨구었다.

"죄송해요."

"노력해. 정말 원하면 죽기 살기로 매달려. 그리고 그 태도, 어디서 배워 먹은 버르장머리야."

"죄송해요. 잘못했습니다."

"까불다 맞으면 안 아프고?"

"사실, 차라리 한 대 터지고 싶네요."

피식 웃으며 태혁은 이것저것을 들춰 보았다.

사기를 꺾었으니 이젠 칭찬해서 올려 줘야겠지.

하지만 역시 사업가 집안에서 예술가가 나오기는 어려운 건가. 영 가망 없어 보이는 건 아니었지만, 크게 끌리지도 않았다.

태혁은 널려 있는 드로잉 북 중 다른 하나를 집어 들었다.

첫 페이지를 펼치는 순간 그래도 제법인데, 라는 생각을 하며 흐뭇하게 미소를 지었다.

그렇게 여유롭게 페이지를 넘겨 보던 태혁은 뒤로 갈수록 넘기는 손길이 빨라졌다. 급기야 마지막 장까지 넘긴 뒤에는 참았던 숨을 탁 토해 냈다.

자식, 이런 실력이면서 뭘 걱정하는 거야.

은찬이 사업가 집안에서 예술가가 나올 수 있다는 걸 증명해 보인 거나 다름없었다. 태혁은 의미심장한 미소를 지으며 은찬을 바라보았다. 그런데 어째 은찬의 낯빛이 좋지 않았다. 금방이라도 울 것 같은 표정이었다.

"이거, 3D로 구현해 봐. 여기 있는 거 전부 다. 어쩌면 네가 디자인한 차가 굴러다니는 것을 생각보다 빨리 볼 수 있겠네."

은찬의 낯빛이 마음에 걸린 태혁은 좀 더 솔직하게 그의 감상평을 늘어놓았다. 어지간하면 칭찬을 잘 하지 않는 그였지만, 은찬의 드로잉 북에 그려진 자동차 외장디자인은 꽤 수준급이었다.

이 정도면 되겠지?

후.

은찬이 한숨을 내쉬며 고개를 푹 떨구었다. 너무 기뻐서 저러나 보다 생각하며 태혁이 은찬의 어깨를 툭 쳤다.

"기은찬, 다시 봤다. 디자인 하나하나가 다 살아 움직이는 것처럼 힘이 느껴져. 드로잉 북 안에서 엔진 소리가 들려오는 기분이야."

은찬이 벌게진 눈을 들어 태혁을 보았다.

"잘했어. 대단해, 기은찬."

태혁은 다시 한 번 더 진심을 담아 말했다.

"……삼촌."

"그래, 말해."

"그 드로잉 북은 제가 디자인한 거 아닙니다. 아는 선배한테 잠시 빌려 둔 건데, 아직 돌려주질 못했어요."

태혁은 아차 싶었다.

"음, 그래? ……그런데 표정이 왜 그래? 그 선배란 사람처럼 그리면 되잖아. 그러려고 빌려 온 거 아니었어?"

일부러 덤덤하게 말했지만, 태혁은 은찬의 일그러진 표정이 어디서 기인하는 것인지 누구보다 잘 알았다.

지독한 열등감.

자신에게 가장 익숙한 감정이기도 했다. 그걸 떨치지 못하면 결국 패배자가 되고 만다. 그 사실을 하루빨리 은찬이 깨닫게 되길 바랄 뿐이었다.

그나저나 저 정도 실력을 갖춘 선배라니.

탐이 났다.

은찬의 상처받은 마음보다 저 드로잉 북의 주인이 누군지가 더 궁금했다.

"그 선배라는 사람, 지금 뭐 해? 연락은 가능하고?"

"네, 연락 가능해요."

"가능성이 무한한 디자이너야. 내가 만나 볼 수 있을까?"

"싫은데요."

"뭐?"

은찬 특유의 장난기가 발동한 모양인지 언제 그랬냐는 그를 놀려 댔다.

"이젠 약 올리기까지."

"그 선배가 산업디자인 중에서도 운송디자인을 전공해서 이쪽으로는 아주 특화되어 있어요. 졸업하기 전부터 선배를 노리는 자동차 회사가 많았어요."

태혁은 다시 처음부터 끝까지 드로잉 북을 넘기며 살펴보기 시작했다. 탄탄한 기본기, 힘이 느껴지는 터치감, 수석 디자이너 못지않은 감각적인 디자인. 거기다 자동차에 대한 애정까지. 드로잉 북에 그 모든 것이 녹아 있었다.

"이거 내가 가져가서 봐도 될까?"

"그건 좀 곤란해요."

"그럼 어쩔 수 없지."

은찬의 눈을 지그시 바라보며 이제 원하는 대답을 내놓을 때가 되지 않았냐는 무언의 압박을 주었다.

"다음에 알려 드릴게요. 지금 제가 남 챙길 정신이 아니라서요."

"챙기는 건 내가 할 테니까 누군지 알려만 주면 돼."

"삼촌 하시는 거 봐서요."

"자꾸 기어올라. 기은찬."

"하아, 저 슬픈데 언제 한번 술이나 사 주세요."

"그 시간에 연필 잡아."

K 자동차 사에서는 세계적으로 유명한 자동차 디자이너를 고액의 연봉으로 모셔 오다시피 하고 있었다.

이왕이면 우리나라 디자이너를 키우고 싶은 게 태혁의 솔직한 심정이었다. 그런데 오늘 은찬 덕분에 뜻하지 않게 꽤 괜찮은 디자이너를 알게 되었다. 태혁은 무슨 수를 써서라도 그 디자이너를 K 자동차 사에 데려올 생각이었다.

* * *

SE 팀 사무실로 가고 있는 문철은 자꾸만 뒤처지는 지우를 챙기느라 연신 뒤를 돌아보았다. 지우는 문철이 무슨 생각을 하는지 돌아볼 정신적인 여유가 없었다.

아무리 태연한 척해도 기태혁과의 갑작스러운 조우에 제정신이 아니었다.

"이지우, 회의 들어갈 정신은 있어?"

결국 문철이 먼저 입을 열었다.

"네. 괜찮은데요?"

"네가 괜찮다면 괜찮은 거겠지. 그런데 안 좋은 일로 엮인 건 아니지?"

역시 배려가 깊은 사람이었다. 이래저래 궁금한 게 많을 듯한데,

그보다 지우를 먼저 걱정하고 있었다.

"팀장님, 걱정 안 하셔도 돼요. 죄송해요. 더는 뭐라 드릴 말씀이 없네요."

"그럼 정신 단단히 차려. 지금 회의해야 하니까."

"네."

그가 먼저 SE 팀으로 들어가고 지우는 뒤를 따랐다. 한결 마음이 차분해지고 담담해졌다.

* * *

SE(Studio Engineer) 팀으로 간 지우와 문철은 한 시간이 넘도록 그 어떤 결과도 도출하지 못한 채 시간만 흘려보내고 있었다. 그럴수록 분위기는 험악해져 갔다.

자동차의 기본 골격이 나오고 나면 그 뒤부터 수많은 디자이너들은 어떻게 디자인할 것인지 고민하며 의견을 제시하고 서로 의견을 나누어 하나의 디자인으로 좁혀간다.

그런 일련의 과정을 거쳐야 겨우 외장디자인이 완성되는 것이다. 그렇게 1년 가까이 거듭된 회의를 통해 완성된 것을 갑자기 바꿔야 한다고 하니, 기가 막힐 따름이었다.

이번에 출시될 XC-70Ⅳ는 지우가 디자인한 스케치 원형의 모습을 거의 유지하고 있었다. 그래서 더 애착이 가는지도 모른다.

하지만 이번 문제는 개인적인 애착을 떠나서 뭔가 부당했다. 설계팀과 디자인팀은 떼려야 뗄 수 없는 관계인 만큼 이 중간에서 이견을 조율해 줄 SE 팀의 역할이 아주 중요한데 오늘따라 편파적이게 느껴졌다.

여전히 팽팽한 대립이 이어지는 가운데 지우가 조용히 입을 열었다. 즉흥적으로 화가 나서 내뱉는 말이 아니었다. 지금까지 일하면서 느껴 왔던 부분이었다.

"SE 팀도 엔지니어 출신이 대부분이다 보니 디자이너 의견보다는 엔지니어 쪽에 무게를 두시는 거 같아요. 지금 상황에서는 비용이 조금 더 들더라도 디자인에 맞게 부품을 제작할 수도 있잖아요."

"이지우 씨, 말이면 다야?"

SE 팀 책임연구원도 이 상황이 짜증스러워 죽겠다는 표정을 지으며 지우에게 큰 소리로 따져 댔다.

지우는 도리어 목소리가 차분해졌다.

"제가 틀렸습니까. 지금 팀장님, 책임연구원, 일반연구원까지 다 따져 보면 엔지니어 출신이잖아요. 산업디자인은 차치하더라도 미술 전공한 직원이라도 있나요? 지금 저희를 부르신 이유가 뭐죠? 이견을 조율하기 위해서 부르신 거 아닌가요? 일방적으로 이렇게 하자, 라고 말하면 그게 무슨 조율인가요."

문철이 지우의 팔을 잡으며 고개를 저었다. 지우의 성격을 누구보다 잘 아는 그는 여기서 목소리가 더 커지기 전에 중재했다.

"하아……."

지우는 깊은 한숨을 내쉬며 일단 마음을 가라앉혔다.

SE 팀도 지우의 말에 딱히 반박하지 못했다.

"자자, 이렇게 시간 보낼 게 아니라 잠깐 쉬자고. 머리 식히고 다시 냉철하게 생각해 보자. 그리고 이지우 씨, 실력 좋은 거 아니까 우리가 이렇게 불렀잖아."

SE 팀 강 팀장이 과열된 분위기를 가라앉히기 위해 나섰다.

"그러면 지금 상황에서는 회의를 더 이어 가기도 그런데, 내일 다시 하면 안 될까요? 오늘 좀 더 생각해 볼게요."

지우도 하는 수 없이 한발 물러섰다.

"그래, 당장 결정 안 해도 되니까 팀 회의도 해 보고 말해 줘."

"알겠습니다."

디자인을 변경하게 된다면 이번에 출시될 XC-70Ⅳ는 그 앞 세대에 만들어진 XC-70 시리즈들과 디자인의 일관성을 유지할 수 없게 된다.

내일 다시 회의하기 전까지 팀원들의 의견도 들어 봐야 할 것 같아서 지우는 먼저 자리에서 일어났다.

"그럼 내일 다시 오겠습니다. 팀장님, 가시죠."

문철은 태블릿 PC로 3D 디자인을 돌려 보고 있었다. 책임연구원에게 이것저것을 물어보고 하는 것을 보니 좀 더 자세히 알아볼 모양이었다.

"어, 먼저 가. 난 좀 더 보고 나중에 갈게."

"네."

지우는 SE 팀을 나왔다. 바짝 긴장해서 날을 세웠더니 급속도로 피곤이 몰려왔다.

최근 디자인 팀에 구조 조정이 있을 거라고 했는데, 이렇게 뾰족하게 날이 서서 일하다 보면 모난 돌이 정 맞는다고, 저가 떨어져 나갈 수도 있겠다 싶었다.

거기까지 생각이 미치자 정신이 번쩍 들었다.

지우는 자신이 왜 이곳에 왔는지 단 한시도 잊어 본 적이 없었다.

그래, 이제 시작인데 어떻게든 버텨야 해.

기태혁이 저를 보았으니, 분명 어떤 액션이 있을 것이다. 기태혁의 눈에 들기 전까지는 무슨 수를 써서라도 살아남아야 한다.

그렇게 생각하자, 조금 전까지 치열하게 의견을 주고받으며 제 주장을 조금이라도 관철하고자 언성을 높였던 것들이 다 시시하게 느껴졌다.

지우는 곧장 사무실로 가려던 발걸음을 돌려 도서관으로 향했다. 연구소 내 도서관에는 방대한 양의 자료가 있어 필요한 것은 그때그때 찾아서 보곤 했다.

지금 그녀에게 필요한 것은 번뜩이는 아이디어를 얻을 만한 자극적인 사진이나 그림이었다.

그래야 그가 말한 것처럼 창의적이고 독특한 차를 디자인하지 않겠는가.

자동차 디자인이라면 누구보다 자신 있었다.

* * *

지우는 연구소 도서관에 새로 들어온 책 중에 볼만한 것이 있는지 검색부터 시작했다.

테마 룸 곳곳에는 팀원 서너 명이 모여 회의하는 모습이 보였다. 외장디자인 1팀도 종종 그러곤 했었다.

저들을 보니 온돌방에서 두 다리를 쭉 뻗고 편안하게 쉬면서 책을 보고 싶단 생각이 들었다.

일단 새로 들어온 월간 매거진부터 끌어모아 온돌방으로 된 룸에 자리를 잡고 앉았다. 낮은 좌식 탁자에 그것들을 내려놓고 다리를 쭉 뻗었다.

발끝에 힘을 주고 스트레칭하듯 위, 아래로 젖히자 입에선 절로 앓는 소리가 튀어나왔다.

스커트를 입지 않았다면 양반 다리를 하고 편안하게 봤을 텐데, 그 점이 약간 아쉬웠다.

지우는 가져온 책 중 손에 잡히는 대로 하나를 집어 들었다. 그녀가 빠지지 않고 보는 자동차 잡지 중 하나였다.

잡지에 나온 신형 차들을 보며 그녀가 디자인한 차들과 어떻게 다른지, 요즘 추세는 어떻게 흘러가는지 파악하고 비교, 분석하는 일은 많은 공부가 되었다.

첫 장을 넘기자 포드 사의 머스탱이 눈에 들어왔다. 정열적인 붉은색의 머스탱 쿠페는 그녀가 좋아하는 차종이기도 했다.

빨간색과 흰색의 차가 나란히 달리는 장면의 사진을 보자, 결코 잊을 수 없던 그날이 자연스럽게 떠올랐다.

지우가 맨해튼 브루클린에 있는 프랫 인스티튜트 대학을 다닐 때였다. 졸업이 다가오자 좀 더 취업에 유리한 스펙을 쌓기 위해 졸업 전 OPT프로그램(유학생 인턴십 과정)을 신청했다. 다행히 그녀가 원하던 포드 사의 인턴십 프로그램에 참여할 수 있었다.

정식 디자이너가 되기 전인 만큼 디자이너 보조 일을 하면서 어깨너머로 일을 배웠고, 그곳 직원들과도 친분을 쌓아 가고 있었다. 그러던 중 서울에서 모터쇼가 열리게 되었다.

포드 사는 이미 서울 모터쇼에 참여하기로 결정이 난 상태였고, 그때 선보일 신차도 이미 준비되어 있었다.

지우는 비록 인턴 신분이긴 했지만, 성실하고 부지런한 근무 태도와 한국인이라는 점이 유리하게 작용하여 디자인 팀원들과 함께 서울에 가게 되었다.

세계적인 여타 모터쇼와 달리 서울 모터쇼는 볼 것 없기로 유명했지만, 그해는 지금껏 얼린 모터쇼와 달리 장소도 넓은 곳으로 옮겨 규모도 컸고, 자동차 해외브랜드 대부분이 참여한 이례적인 행사였다.

지우는 모터쇼가 열리기 전날 전시회장에 설치된 포드 사 부스로 가서 이것저것 챙겨 보며 빠진 것은 없는지 살폈다.

포드 사의 머스탱은 남자들의 로망이라고 불리기도 했는데, 미끈한 차체와 굉음의 배기음이 특징이기도 했다.

레드 머스탱은 위장막으로 가려져 있기 때문에 아직 세상에 공개된 것이 아니었다. 대부분 부스의 차들도 그랬지만, 보통 모터쇼가 열리는 하루 전날에야 위장막을 걷고 오픈을 했다.

지우는 눈을 반짝이며 다른 자동차 회사에서 선보일 새로운 차들을 기다렸다.

포드 사 바로 옆쪽에 있는 부스는 K 자동차 부스였다. 서울에서 모터쇼가 열리는 탓이기도 했지만, 이번 모터쇼의 최대 후원사가 K 자동차 사라는 말도 있었다. 그래서인지 부스의 크기도 포드 사보다 더 넓고 뭔가 신경 쓴 티가 역력했다.

아무튼 각 부스마다 모터쇼 진행 요원들과 각 회사에서 나온 인력들로 시장을 방불케 할 만큼 복잡했고, 지우는 화려한 조명, 음악들로 기분이 들떠 있었다.

K 자동차 사의 모델은 유명 연예인이었고, 그들은 처음 모터쇼에 참석하는지 리허설 준비로 미리 와 있었다.

그때 누군가 높은 사람이 온 모양인지 옆 부스 직원들의 행동이 일사불란해졌다.

양복을 입은 남자들 속에 유독 돋보이는 남자가 있었다.

나중에 안 사실이지만, 그가 바로 K 자동차 사의 기획총괄 본부장 기태혁이었다.

제3화

　　당시 그는 기획총괄 본부장이었지만 기 회장의 친아들이란 이유만으로도 많은 주목을 받았고, 직원들도 그의 등장에 숨 쉬는 소리가 달라진 느낌이었다.

　　K 자동차 사는 서울 모터쇼 최고의 후원사인 만큼 이벤트도 다양하게 벌일 모양이었다. 유명한 모델과 연예인들이 리허설을 하고 있었고, 기태혁은 진행요원에게 이것저것 지시를 내리고 있었다.

　　화려한 퍼포먼스는 분명 사람들의 시선을 집중시킬 테고, 포드 사는 바로 옆 부스이니만큼 몰려드는 사람들의 관심을 덤으로라도 받을 수 있을 것 같았다.

　　그들이 준비한 것과는 비교도 되지 않을 만큼 규모가 컸다. 세계와 당당하게 어깨를 겨누는 K 자동차다웠다.

　　어쩐지 자랑스럽게 느껴지기까지 했다.

조금은 흐뭇한 마음으로 돌아서는 그때, 귀청을 때리는 날카로운 여자의 비명소리가 들려왔다.

"악!"

지우는 흠칫 몸을 떨며 제 몸을 감싸 안았다.

"아악, 사, 살려 줘요!"

부스 뒤에서 한 여자가 달려 나왔다. 헝클어진 옷매무새는 꼭 성폭행을 당하기라도 한 것처럼 보였다.

놀란 지우는 어떻게 된 상황인지 몰라 다른 사람들과 마찬가지로 몸을 사리기에 바빴다.

그때 뒤편에서 한 남자가 달려 나왔다. 누가 봐도 알 만한 유명 연예인이었다.

"씨팔, 어디 갔어. 너 당장 이리 안 와!"

남자는 술에 취해 인사불성이었다. 여자를 향해 다가가는 남자의 번들거리는 눈동자에는 욕정이 가득했다.

자칫 남자가 몸을 던지면 전시된 차에도 피해가 갈 상황이었다.

진행 요원들이 남자를 잡으려 했지만, 손에 칼을 들고 있어 쉽사리 접근하기가 어려웠다.

바닥에 주저앉아 두려움에 떠는 여자는 사람들이 에워싸며 보호하려 했고, 기태혁이 그들을 보며 지시를 내렸다.

"여자분 빨리 병원 데려가세요. 그리고 김 실장님은 어서 경찰에 신고하세요."

기태혁이 차분한 목소리로 말하며 앞으로 나섰다.

그러자 그의 뒤를 따르던 남자 중 몇 명이 자세를 잡고 달려 나왔다. 경호원인지, 그들은 기태혁 본부장을 엄호하기에 바빴다.

기태혁은 최대한 집기들에 피해가 덜 가도록 남자를 빈 곳으로 유인하였다.

"이리 나오세요. 김인섭 씨. 왜 거기서 그러고 있습니까."

"너, 나 알아? 니가 그년 빼돌렸어?"

"취한 척하는 거 다 알고 있습니다. 더 망신당하기 전에 여기서 멈추세요."

"내가, 내가 지금 어떤 심정인지 알아? 씨팔, 너희들이 뭘 알아. 내가 어떻게 이 바닥에서 살아남았는데. 나 말리지 마. 죽기 전에 삼삼한 년 맛이나 실컷 볼 건데 왜 날려!"

"지금 여기서 멈춘다면 최대한 죗값을 적게 물도록 하겠습니다."

"웃기지 마! 그래, 너부터 죽여 줄게. 으아악!"

남자는 실성한 놈처럼 달려들었다. 기태혁은 순식간에 남자를 제압하고 손에 들린 칼을 발로 차 버렸다.

"칼 챙겨요. 그리고 이 사람 손 묶으세요. 어서."

"놔, 으윽, 놓으라고!"

기태혁의 몸에 깔린 남자는 바닥에서 몸부림쳤다. 격렬한 몸부림에 시뻘게진 얼굴을 한 김인섭이 주위를 두리번거렸다.

"흐흐, 저, 저년도 죽여주게 생겼네. 크흐흑."

바닥에 깔린 김인섭은 번들거리는 눈을 치켜뜨며 지우를 향해 중얼거렸다.

놀란 지우는 겁에 질려 한 발 뒤로 물러섰다.

김인섭은 마치 지우를 어떻게 하려는 것처럼 시선을 떼지 않고 계속 노려보았다.

그 눈빛은 끔찍할 만큼 소름 돋는 눈빛이었다.

얼어붙은 지우는 벌벌 떨며 김인섭의 눈을 피해 몸을 움츠렸다.

사람들이 웅성대며 몰려오고 진행요원들이 남자를 포박해서 끌고 갔다.

"퉤, 시팔년."

눈을 질끈 감은 지우는 귀를 막아 버렸다. 자신을 향해 욕설을 내뱉은 것 같아 무섭고 두려웠다.

김인섭의 시선을 피해 뒤로 밀려나다 보니 구석진 자리에 혼자 남아 벌벌 떨고 있었다.

방금 벌어진 장면이 자신의 과거 모습과 겹쳐져 어느 게 현실이고 과거인지 구분할 수가 없게 되었다.

점점 숨이 쉬어지지 않았다. 누군가 목을 조르는 것처럼 호흡 조절이 곤란해지고 몸의 떨림이 점점 심해졌다.

눈물을 흘리며 가슴을 두드리고 있을 때, 커다란 남자가 그녀를 향해 다가왔다.

날카로운 눈빛으로 그녀를 살피던 그는 재빨리 상황을 판단한 듯 그녀 목에 걸린 네임카드를 확인하고 이름을 불렀다.

"이지우 씨?"

지우는 손으로 가슴을 두드리며 숨을 헐떡였다.

그러자 그가 눈살을 찌푸리며 좀 더 가까이 다가왔다. 주변을 둘러보며 누구 도와줄 사람이 없는지 확인하더니 이내 지우에게 집중했다.

"숨 천천히 쉬어 봐요. 어서."

"끄으윽."

지우는 목구멍이 조여 와서 제대로 숨을 내쉴 수가 없었다. 눈물을 흘리며 꺽꺽대자 그가 지우의 양어깨를 잡고서 허리를 숙여 두 눈을 맞추었다.

"이지우 씨, 이제 다 끝났어요. 괜찮아요. 자, 착하죠. 어서 따라 해 봐요. 후우, 후우."

색색거리는 호흡에는 여전히 산소가 부족했고 지우는 괴로웠다. 그가 등을 쓸어내리며 다독이기 시작했다.

"이지우 씨, 여긴 안전해요. 그 누구도 당신을 괴롭힐 순 없어요. 자, 날 따라 해요. ……후우."

여기서 이렇게 울고 있는 건 전혀 저답지 않은 일이었다. 김인섭의 눈동자가 그 누군가와 닮았다고 해서 겁먹을 필요도 없었다.

하지만 몸은 의식하기도 전에 먼저 반응을 보였고, 그때는 이미 늦어 버린 상태였다.

종종 이런 일이 있었지만, 혼자서 몇 분이고 가슴을 치다 보면 서서히 풀리곤 했었다. 멍청하고 어리석게 구는 자신을 나무라며 눈에 힘을 주고 호흡을 하려 애를 썼다.

뿌옇게 흐려진 시야 속에 오직 저를 위해 다독이고 눈을 맞추며 나직이 속삭이는 소리에 집중했다. 가슴을 찢어 낼 것처럼 고통스럽던 감각은 서서히 사라지고 있었다.

"……후우."

"잘했어요. 다시 그렇게 천천히 쉬는 겁니다. 후우."

"……후 ……우."

숨이 쉬어졌다.

그에게서 나는 시원한 향이 콧속으로 밀려왔고, 두려움과 공포에 꽉 막혀 있던 기도도 서서히 열리기 시작했다.

사람들이 웅성거리는 곳에서 한 발짝 멀어진 자리에 그와 둘이서 그렇게 마주 보며 호흡을 나누었다.

서서히 안정되는 상황을 지켜보던 남자는 여전히 눈을 떼지 않은 채 그의 재킷 안에서 울리는 휴대전화를 꺼내 들었다.

"네, 기태혁입니다."

기태혁.

그래, 이 남자는 기태혁 본부장이지.

지우는 가만히 그를 보며 이름을 입속으로 되뇌었다.

그가 한쪽 눈썹을 추켜세우더니 그녀와의 거리를 바싹 좁혔다.

"뭐라고 했습니까?"

지우는 고개를 저었다. 그리고 작게 대답했다.

"……고맙습니다."

입을 벌리자 그는 입술에 귀를 바싹 붙였다. 지우는 끝이 갈라진 목소리로 간신히 말했다.

다 마른 줄 알았던 눈물이 뺨을 타고 흘러내렸다.

그는 휴대전화에 대고 '잠시만요'라고 하더니 그녀의 얼굴을 뚫어지게 쳐다보았다. 그 순간 세상이 정지하고 시간도 멈추었다.

커다란 손이 뺨에 닿고 나서야 지우는 멎었던 숨을 내쉬었다. 그가 그녀의 눈물을 훔쳐내고 있었다. 순간 놀란 지우는 흠칫 몸을 웅크렸고, 그는 제 손을 한번 바라보더니 아래로 내리며 주먹을 그러쥐었다.

"잠시 여기 앉아서 쉬고 있어요."

그는 몇 발짝 떨어진 곳으로 가서 통화했다.

"네, 말해요. ……내 말 잘 들어요. 당신 여동생이 그런 일을 당했어도 쉽게 넘어갈 겁니까. K 자동차 신차 모델로 온 여잡니다. 이곳에 오지 않았으면 저런 험한 꼴을 당하지 않았을지도 모르죠. 그런데 내 눈앞에서 그 꼴을 봤는데도 그냥 있으란 말입니까."

기태혁 본부장의 목소리는 지우가 앉은 곳에서도 정확하게 들려왔다. 저음의 목소리지만 이상하리만치 또렷했다.

호흡이 정상으로 돌아온 지우는 고맙다는 인사를 하고 가야 하는데, 그의 통화는 끝날 기미가 보이지 않았다.

"김 실장님, 돈을 왜 악착같이 버는 줄 아십니까. 이럴 때 쓰려고 버는 겁니다. 그런 쓰레기 같은 자식은 죗값을 단단히 받아야죠. 행사도 행사지만, 자칫 한 여자 인생을 송두리째 망칠 뻔했습니다."

화가 난 그는 점점 목소리 톤이 낮아졌다.

"……그러니까 내 말대로 하세요. 법무 팀에 연락해서 최대한 형량 받도록 하고 내일 행사에 차질 없도록 관련 팀장들 소집하세요. ……곧 갈 겁니다. 아, 그리고 지금 여기 환자가 한 명 있습니다. 간이 산소호흡기 준비해서 방금 행사장 뒤편으로 오세요."

통화가 끝나는 소리가 들렸다. 지우는 자리에서 벌떡 일어나 기태혁에게 다가갔다.

"고맙습니다. 덕분에 아주 좋아졌어요. 그럼 이만 가 보겠습니다."

그는 잠시 지우의 상태를 유심히 살피더니 이내 수긍했다.

"다행입니다. 그런데 포드 사에서 오셨습니까."

"네. 정식 직원은 아니에요."

"아, 그래요. 우선 험한 꼴 보여서 미안합니다. 행사 기간 동안 이런 일 절대 없도록 할 테니 안심해도 좋아요."

"네. ……믿어요."

"날 믿어요?"

약간 놀란 듯 눈을 크게 뜨고 지우의 눈동자와 시선을 맞춘 그는 천천히 입꼬리를 끌어 올렸다.

"고마워요. 이제 병원에 가야 할 것 같은데 아무래도 포드 사 직원에게 말은 해야 할 것 같네요."

"아니에요. 저 괜찮아요. 병원 안 가도 돼요. 정말 고맙습니다."

지우는 시선을 내리뜬 채 상기된 얼굴로 간신히 인사를 하고 포드 사 부스로 향했다.

그날 이후 모터쇼는 무사히 끝났고, 다시 미국으로 돌아갔지만 그녀는 그 뒤로도 종종 그를 떠올렸었다.

그는 지금도 그때와 마찬가지로 숨이 멈춰 버릴 만큼 아름답고 주변을 압도하는 존재감을 갖고 있었다. 과거의 기억이 왜곡되고 과장된 것일 수도 있지만, 그래서 2년 전에도 상처를 받았었지만, 지금의 차가운 모습 이면에 과거의 따뜻함, 다정함이 여전히 남아 있을 것이라 믿었다.

지우는 보던 잡지를 계속 넘기며 특이한 거나 참고할 만한 것들은 휴대전화 카메라로 사진을 찍었다.

하지만 머릿속은 오전에 갑자기 만난 기태혁 때문에 온전히 집중하기 어려웠다.

잡지를 덮고 다른 책으로 손을 뻗는 그때, 귓가에 쏙 파고들 만큼 매력적인 중저음의 음성이 간간이 들려왔다.

잘못 들은 거라고 생각하며 책을 챙겨 드는데 또 남자의 목소리가 들려왔다.

이번에는 아주 가까웠다.

지우는 멍하니 룸 밖으로 시선을 뒀다.

회의실용 룸이지만 따로 문이 있는 것은 아니었다. 출입구 쪽의 각도를 다르게 해서 안을 일부러 자세히 들여다보지 않으면 잘 볼 수 없었다.

"여기는 온돌식으로 된 룸인데, 전기 패널을 사용해서 바닥을 따뜻하게 하고 있습니다."

"바닥 청소를 잘해야겠네요."

"네, 보시죠."

말 그대로 입술을 살짝 벌린 채 룸의 입구를 바라보던 지우는 방심한 순간 허를 찔린 사람처럼 화들짝 놀라고 말았다.

"아, 직원이 있었네요."

기태혁 부사장을 안내하던 사서가 한 발짝 뒤로 물러섰다.

사서보다 머리 하나는 더 큰 그가 짙은 속눈썹을 내리뜬 채 지우를 보며 얕은 한숨을 내쉬었다. 그의 시선이 좌식 테이블 아래로 뻗어 나간 맨다리에 닿아 있었다.

지우는 얼른 다리를 오므리고 자리에서 일어나려다 테이블 모서리에 무르팍을 쾅 소리가 나도록 찧고 말았다.

"윽!"

그녀는 입술을 짓씹으며 튀어 나가려던 소리를 목구멍으로 삼키며 자리에서 일어났다.

"아, 안녕하십니까."

"방해했나 봅니다."

"이제 일어나려고 했습니다."

"그래요? 그럼 잠시 이야기 좀 나눠 볼까요?"

"네?"

지우는 무릎 통증을 느낄 새도 없이 치고 들어오는 기태혁 때문에 정신을 차릴 수가 없었다.

"여기 이지우 씨와 직원 고충에 관해 이야기를 나눠 볼까 하는데, 잠시 비켜 주시겠습니까. 나머지는 내가 알아서 둘러보겠습니다."

"네. 그럼 저는 이만 가 보겠습니다."

"수고했어요."

그는 구두를 벗고 성큼 안으로 들어섰다. 아늑한 룸이 꽉 찬 것처럼 느껴질 만큼 그의 존재감이 훅 끼쳐 왔다.

지우는 한쪽 벽에 서서 그의 처분을 기다리는 하녀처럼 고개를 숙였다.

"왜 그러고 있어요. 앉읍시다."

그가 테이블 위에 올려진 잡지책을 내려다보더니 방석이 놓인 곳에 앉았다. 양반 다리를 한 그는 상체를 테이블 쪽으로 기울이며 양손을 테이블에 올려 두고 깍지를 꼈다.

지우는 그와 맞은편에, 다리는 양쪽 무릎을 접고 다소곳이 앉았다. 그러곤 내리뜬 눈을 천천히 들어 올리며 그를 보았다.

먼저 탄탄한 상체와 늘씬한 복부가 팽팽하게 당겨진 셔츠 아래 고스란히 비쳐졌다. 우람하기보다는 날렵한 몸에 가깝다는 생각을 하며, 문철 팀장을 떠올렸다.

저절로 비교되는 건 어쩔 수 없었다.

그런 그녀를 흥미롭다는 듯 바라보던 그가 영문 모를 소릴 했다.

"구경 다 했습니까."

"……."

지우는 그의 말투에 담긴 모욕을 고스란히 느끼며 아랫입술을 지그시 깨물었다.

"무릎 멍들었네요."

"괜찮습니다."

"연구소 직원들은 복장 규제가 없나 봅니다. 맨발로 다리를 쭉 뻗고 앉아서 볼썽사납게 있는 직원은 좀 별로네요."

놀란 지우는 말로 형용할 수 없는 심정이었다. 다리가 멍들었기에 걱정하는가 보다 했더니, 노골적으로 나무라고 있었다.

여름에는 여직원 대부분이 원피스나 스커트를 입고 올 경우 샌들 안에는 맨발로 있는 경우가 많았다.

"그런 식으로 말씀하시는 거, 여성차별 발언 아니십니까."

그가 피식 웃더니 싸늘하게 바라보았다.

"상당히 건방지네요, 이지우 씨. 상사에 대한 기본 예의도 없을 뿐더러, 직장인으로서 기본적으로 갖춰야 할 품위조차도 없다니. 어디서 굴러먹던 버릇입니까."

지우는 그의 가차 없는 말에 눈시울이 뜨끈해졌다.

그걸 들키지 않으려고 테이블 위에 놓인 잡지들을 챙겨 나갈 준비를 했다.

그 모습을 하나도 빠짐없이 비뚜름한 시선으로 바라보던 그는 미간을 좁히며 말했다.

"단도직입적으로 묻죠. 누굽니까."

"무슨……."

"조 여사? 아니면 최하란? 그것도 아니면 기범선 회장입니까."

"부사장님."

"말하세요."

"저는 당당히 공채로 입사했습니다. 누구의 백으로 들어온 것이 아닙니다."

"누구냐고 물었는데 계속 헛소리를 늘어놓네요."

어금니를 물고 짓씹듯 내뱉는 말투에 지우는 아무 생각도 나질 않았다.

왜 이렇게, 이렇게.

"좋습니다. 그건 두고 보면 밝혀질 거고. 이번 정기인사 때, 능력 없는 디자이너들은 나갈 각오를 해야 할 겁니다. 이미 공고가 나갔겠지만, 여기 계속 다니려면 증명해요. 자신이 얼마나 필요한 인재인지. 사실 사생활쯤은 얼마든지 눈감아 줄 수 있습니다. 그걸 다 커버하고도 남을 만큼의 실력이라면."

"실망입니다, 부사장님."

그의 짙은 눈썹이 꿈틀했다.

"주제 파악이 안 되나 봅니다. 오늘 잘릴지, 내일 잘릴지도 모를 일개 직원이, 그것도 내게 다릴 벌리겠다고 찾아왔던 여자가 입에 담을 소리는 분명 아닌 것 같은데. 안 그렇습니까."

"언제까지 그 이야기를 하실 생각이세요."

"내가 하고 싶을 때까지. 아니면 당신이 나갈 때까지."

"……."

"다음에 보죠."

옷을 털며 자리에서 일어난 그는 위압감을 뿜어 대며 지그시 내려다보다 룸을 빠져나갔다.

지우는 그의 적대감에 어떻게 대응해야 할지 난감했다. 첫 단추를 그렇게 끼웠으니 그때로 되돌릴 수도 없고, 지금 이 상황이 막막하다 못해 암담했다.

능력으로 보여 주면 인정한다고 했으니 방법은 그것 하나뿐이었다. 어설픈 수를 써서 통할 남자가 아니었다.

지우는 재빨리 잡지를 제자리에 꽂아 두고 도서관을 나왔다. 아직도 그의 위압감이 자신을 짓누르는 기분이었다.

* * *

거대한 건물의 내부 온도는 서늘했다.

2층에서 다시 1층으로 내려온 지우는 곧장 사무실로 향했다.

로비를 지나 복도로 접어든 지우는 어쩐지 평소보다 조용한 건물 내부를 보며 나름 짐작했다. 이미 부사장이 떴다는 소문이 돈 모양이라고.

자칫 잘못 찍혀서 좋을 거 없으니 다들 몸을 사리는 듯했다.

복도를 지나다니는 직원도 거의 없었다. 뜨거운 창밖 날씨와는 대조적이었다.

"하하, 삼촌, 엄마한테 말 잘해 주세요."

복도 끝에서 들려오는 소리에 지우는 발걸음을 멈추었다. 상당히 귀에 익숙한 음성이었다.

저 멀리 실루엣이 눈에 들어왔다. 두 명의 남자가 나란히 걸어오고 있었고, 그들 뒤로 한 명의 남자가 따라오고 있었다.

은찬이가 왜 기태혁 부사장이랑 같이 있는 거지?

기태혁이 은찬이를 보러 온 건가?

무슨 사이기에?

아! 기은찬!

그제야 은찬의 성이 기태혁 부사장과 같다는 사실을 알아챈 지우는 마치 뒤통수를 한 대 맞은 기분이었다.

사무실 쪽에서 기태혁과 기은찬이 함께 걸어오는 모습은 저뿐만 아니라 다른 누가 보더라도 보통 사이가 아닌 것처럼 느껴질 것이다.

저들과의 거리가 점점 좁혀질수록 복도를 울리는 발소리가 크게 들려왔다.

덩달아 심장의 고동 소리도 빨라지고 있었다.

떨리는 손을 꽉 움켜쥐며 질끈 입술을 깨물었다.

아직 그녀의 존재를 알아차리지 못한 둘은 다정하게 대화를 나누며 로비 쪽으로 걸어오고 있었다.

기태혁의 잔잔한 미소와 나직한 음성이 복도를 울렸다. 이제야 그녀가 익히 알던 기태혁 같았다. 지금 이 순간의 모습이야말로 5년 전 그의 모습과 흡사했다.

아까 얼핏 듣기로는 삼촌이라고 했던 것 같은데.

그렇다면 조카를 격려하기 위해 친히 나선 삼촌이란 말인가. 예전의 그라면 저런 모습은 충분히 상상이 가고도 남았을 테지만, 오늘 그녀에게 보인 냉엄한 태도는 도저히 같은 사람이 아닌 것만 같았다.

하지만 사람의 본질은 쉽게 바뀌지 않는다고 하지 않았던가. 아마도 저 다정한 모습이야말로 진짜 그의 모습일 것이다.

'이지우 씨, ……괜찮아요. 자, 착하죠. 어서 따라 해 봐요. 후우, 후우.'

'여긴 안전해요. 그 누구도 당신을 괴롭힐 순 없어요.'

지우는 다시 그에게 잘했다는 칭찬도 받고 싶고, 위로도 받고 싶었다. 그녀가 아는 기태혁은 원래 저런 사람이었다.

지우는 은찬을 향해 질투와 부러움이 뒤섞인 눈빛으로 바라보았다.

그들과의 거리가 점점 좁혀졌다. 은찬이 지우를 먼저 알아보고 기태혁의 곁에서 떨어지더니, 그녀 쪽으로 힘차게 달려왔다.

지우는 여전히 은찬의 뒤에 서 있는 기태혁을 보고 있었다.

은찬이 그녀에게 달려오자, 기태혁 곁으로 김 실장이 자연스럽게 자리를 메웠다.

"선배님!"

"어, 은찬 씨. 무슨 일 있어? 이 시간에 왜 나온 거야?"

지우는 일부러 밝은 목소리로 말했다. 그러자 은찬이 머리를 긁적이며 당황해하더니 슬쩍 말을 돌렸다.

"회의는 잘 끝났어요? 설마 또 디자인 변경하라고 그래요?"

"응, 그렇게 됐네. 내일 다시 회의할 거야."

지우는 멈췄던 걸음을 이었다.

"선배님, 너무 피곤해 보이세요. 나중에 제가 어깨 주물러 드릴 게요."

지우는 말없이 은찬을 바라보았다. 정말 그럴 거냐는 표정을 지어 보이자 그가 얼른 꼬리를 내렸다.

그 모습에 웃음이 나왔지만, 몇 발짝만 가면 만나게 될 기태혁 때문에 웃는 것조차도 쉽지 않았다.

바짝 긴장되고 심장 고동이 빨라졌다.

지우는 떨리는 손을 꽉 움켜쥔 채 정면을 주시하고 걸었다.

1m.

마주 오던 기태혁과 1m 정도 거리를 두고 멈춰 섰다.

지우는 고개를 숙이며 묵례했다. 그러곤 그를 비켜 지나쳤다.

"이지우 디자이너."

차게 식은 목소리가 뒷덜미를 낚아챘다. 이름과 직위를 불러 곧바로 제 처지를 깨닫도록 하고 반면 그가 누구인지도 확실히 했다.

지극히 기태혁다운 반응이었다. 사람을 압도하는 카리스마는 여전했다.

지우는 고개를 돌려 그를 바라보았다.

"거는 기대가 큽니다."

분명 비아냥거림이었다.

"네, 부사장님."

그럴수록 지우는 최대한 정중하게 대답했다.

은찬은 멀뚱하니 두 사람을 번갈아 바라보고 있었다. 그러자 기태혁은 은찬을 향해 녹아내릴 듯 부드러운 눈빛으로 바라보며 어깨를 두어 번 두드렸다. 그러니까 기태혁의 차게 식은 목소리와 눈빛은 고스란히 그녀가 감당해야 할 몫이었다.

아직은 시간이 필요했다.

"저, 부사장님. 지금 출발하셔야 합니다. 약속 시간까지 가시려면 조금 빠듯합니다."

옆에 서 있던 김 실장이 매우 조심스럽게 말했다. 그러자 슬쩍 인상을 쓰던 태혁은 이내 표정을 지우며 말했다.

"……가죠."

태혁은 단호하게 돌아섰다. 지우와 은찬은 그의 뒤통수에 대고 인사를 했다.

당당한 보폭과 걸음걸이로 로비를 지나쳐 가는 기태혁의 뒷모습을 말없이 응시했다.

……가능할까.

오늘 보니 더 자신이 없어졌다.

달걀로 바위를 치는 기분이 이럴까.

"……하아."

잔뜩 위축된 지우는 옆에서 심각한 표정으로 바라보는 은찬을 쳐다보았다.

은찬의 두 눈에는 궁금증이 가득했다.

"선배님, 부사장님과 잘 아세요?"

지우는 고개를 가로저었다.

속 시원하게 털어놓을 수도, 물어볼 수도 없는 지금 상황이 그 못지않게 갑갑했다.

"정말 모르세요? 그런데 부사장님이 왜 그러시는 거죠?"

내가 미친 척하고 같이 자자고 했었거든.

"내가 디자인한 차가 최고 모델로 선정된 적이 있거든. 그걸 아시는 모양이지."

"……그래요?"

여전히 미심쩍은 표정으로 바라보는 은찬을 뒤로한 채 사무실로 향했다. 책상 위에는 아침에 은찬이 사다 준 커피가 놓여 있었다. 그녀는 식은 커피를 한 모금 삼켰다.

……기은찬.

어쩌면 너를 이용해야 할지도 모르겠다.

지우는 쓴웃음을 지으며 은찬 쪽을 쳐다보았다. 은찬이 저를 보고 있었던 모양인지 곧바로 눈이 마주쳤다.

지우는 손에 들린 커피를 들어 보이며 환한 미소를 보냈다.

그러자 은찬이 황급히 시선을 떨구었다. 평소라면 같이 웃거나 할 텐데, 어딘가 모르게 어색한 은찬이 은근히 신경 쓰였다.

행여나 부사장과의 관계 때문일까.

그럴 가능성이 농후했다.

지우는 커피를 한 모금 삼키며 표정을 굳혔다.

* * *

서울 본사로 돌아가던 중 김 실장은 태혁에게 중간에 들어온 소식을 전했다.

"부사장님."

차창 밖을 내다보던 태혁은 룸미러로 그를 쳐다보았다.

"말해요."

"소희 씨는 인사과에서 직접 파견한 직원입니다. 물론 저희 쪽에서도 신상에 대해서……."

"소희 씨라뇨. 비서실 신입 말하는 겁니까."

태혁이 말허리를 자르며 짜증 섞인 목소리로 물었다.

"아, 네. 그렇습니다."

"계속하세요."

"크흠, 신상에 대해서 파악을 했었는데, 조 여사님이 연관되어 있다는 것은 몰랐습니다. 죄송합니다."

"그럼 조 여사라는 거네. 맞습니까."

"네, 소희 씨가 조 여사님 남동생과 관계가 있는 듯합니다."

"김 실장님, 내가 왜 그 소리를 지금 들어야 하는 겁니까. 내가 아침에 그 여자를 그냥 보고 넘겼으면 어떻게 되는 겁니까."

태혁은 가까스로 화를 억누르며 거칠게 머리카락을 쓸어 넘겼다.

"죄송합니다."

"……지금 내 심정이 어떤 줄 압니까. 자칫 내 계획이 틀어질 뻔했는데, 그것도 모르고 ……밥을 처먹고, 잠이나 잤다는 게 참을 수 없이 화가 납니다. 그리고 무능한 비서실장을 믿었다는 게 가장 열 받습니다."

"다시는 이런 일 없도록 철저하게 하겠습니다."

"……철저하게? 철저하다는 게 뭔지 알고 입을 놀리는 겁니까."

"죄송합니다."

"차 돌려요. 성북동으로."

태혁은 머리카락을 거칠게 쓸어 넘기며 크게 숨을 내쉬었다. 지글지글 타오르는 감정은 분노뿐만이 아니었다.

"회장실에는 연락을 넣겠습니다."

"놔둬요. 후우, 내가 연락할 테니까. 운전이나 똑바로 하란 말입니다."

태혁은 곧장 반 비서실장에게 전화를 넣었다. 신호가 가고 곧 그가 전화를 받았다.

-부사장님 아니십니까.

"회장님께 전해요. 개 같은 일이 있어서 성북동으로 간다고. 그래서 오늘 미팅은 다음으로 미룬다고."

-음, 왜 그렇게 화가 나셨습니까.

"개소리 집어치우고, 그렇게 전해요."

-좀 더 알아듣기 쉽게 말씀해 주시면 안 되겠습니까.

"만약, 내가 반 비서실장이라면 지금 숨소리도 내지 않겠습니다."

-……네, 그렇게 전하겠습니다, 부사장님.

전화를 끊은 태혁은 눈을 감았다. 분노를 다스려야 하는데 아직 쉽지 않았다.

단, 자신을 건드리면 어떻게 되는지 오늘 확실히 보여 줄 생각이었다. 기 회장의 뒤에 숨어서 수작질하던 것이 정도를 넘어선 것이다.

"조 과장에 대한 자료입니다. 그리고 혹시 몰라 준비했습니다."

김 실장이 조심스럽게 그에게 파일을 전달했다. 그것을 받아 든 태혁은 거친 손길로 펼쳤다.

조 여사의 남동생은 지금 연구소에서 과장이란 직함을 달고 연구소를 방문하는 사람들을 안내하는 역할을 하고 있었다.

홍보실의 과장직을 달고 있긴 했지만, 별정직이나 다름없는 한

직이었다. 일반 홍보실의 역할을 해내리라 기대는 애초에 하지도 않았지만, 이건 뭐 거저먹고 노는 거나 다름없었다.

어찌 보면 가장 적절한 자리 배치라고 볼 수 있었다.

다음 장을 넘기자 그곳에는 예상치 못한 사진이 보였다. 끝까지 넘겨 본 뒤 비릿한 미소를 머금었다.

"챙겨서 들고 와요."

"알겠습니다."

태혁은 담배를 꺼내 입에 물었다. 시가잭으로 불을 붙이고 연기를 길게 내뿜었다.

연달아 두 대를 피우자 성북동에 도착했다.

차에서 미끄러지듯 빠져나온 태혁은 바지 주머니에 손을 찌른 채 늙은 여우가 있는 곳을 향해 걸어갔다.

성북동.

이곳에는 늙은 여우가 안방을 차지하고 있긴 했지만, 온전히 들어앉은 것은 아니었다. 태혁과 은찬이 두 눈을 시퍼렇게 뜨고 지켜보고 있는데, 그러기가 쉽지 않을 것이다.

만약 그 이유가 아니라면 기 회장이 생각하는 늙은 여우는 딱 거기까지. 잠자리용뿐일지도 모른다.

기 회장이 늙은 여우 몰래 정관수술을 받은 것을 보면 대충 답이 나왔다.

역시 교활한 늙은이였다.

그가 실수로 낳은 자식은 기태혁 하나로 충분하다는 말을 언젠가 들었었다.

그러게 아랫도리 간수를 잘했어야지.

태혁은 초인종을 눌렀다. 안에서 바로 문이 열렸다.

정원사가 태혁을 보더니 꾸뻑 인사를 해 왔다.

"둘째 도련님 아니십니까."

"네. 잘 지내셨습니까."

"저야 늘 그렇죠."

"정원이 아름답네요."

"예전 본가에 비하면 아무것도 아니죠. 거긴 정말 지금도 떠나올 때를 생각하면 가슴이 아픕니다."

그러고 보니 확실히 정원이 좁긴 했다. 조 여사를 안방으로 들인 뒤 기 회장은 원래 살던 본가에서 성북동으로 이사를 왔다. 사용인들도 모두 따라오긴 했지만, 그들은 예전의 집을 그리워했다.

태혁에게도 애증이 점철된 곳이었다.

"더운데 너무 애쓰지 마시고 쉬엄쉬엄하세요."

"네. 어이쿠, 바쁘신 도련님을 제가 쓸데없이 붙들었습니다."

태혁은 다시 걸음을 이어 갔다. 지금 정원사는 어릴 적 태혁을 괴롭히던 정원사가 해고된 뒤에 다시 들어온 정원사였다.

과묵한 정원사는 어린 태혁을 유일하게 감싸 주던 사용인이었다. 그걸 잊을 리 없는 태혁은 다른 사용인과 달리 마주치기라도 하면 이런 식으로 가볍게 대화를 주고받기도 했다.

"아, 아저씨."

갑자기 생각난 것을 말하기 위해 걸음을 멈추고 뒤를 돌았다.

"네, 도련님. 뭐, 하실 말씀 있으십니까."

"아드님, K 자동차 본사에서 잘 지내고 있습니다. 이번에 승진

대상에도 올랐고, 실력이 뛰어납니다."

"우리 정석이가 그렇단 말씀이시죠? 우리 정석이가. ……고맙습니다. 도련님, 정말 고맙습니다. 도련님."

"제가 뭘 한 게 있다고 그러십니까. 실력 없으면 도태되는 곳입니다. 아드님 돈 많이 버니까 용돈이라도 찔러 달라고 하세요."

눈물을 글썽이던 정원사는 거친 손등으로 눈가를 훔치더니 씩 미소를 지어 보였다. 따로 살아서 더 그리운 모양이었다.

부성이란 이런 것이다.

험난한 사회에 던져진 이들을 생각하면 가슴 아리고, 걱정되고. 그러면서도 대견하고 애잔한 것이 아들을 생각하는 아비의 마음일 것이다.

과연 기 회장은 저에게 그런 마음이 있기나 한 것일까.

태혁은 쓴웃음을 삼키며 현관으로 걸어갔다. 뒤에는 그를 향해 고개를 숙인 정원사의 모습이 눈에 그려졌다.

문 앞에 도착해서 뒤를 흘깃 돌아보자 역시나 그랬다.

조 여사의 행태로 가슴 가득 차 있던 화가 조금은 꺼지는 기분이었다.

하지만 눈에는 눈, 이에는 이.

어설프게 건드릴 바에야 이렇게 오지도 않았다.

도어폰으로 그가 다가오는 것을 보고 있던 모양인지 문이 활짝 열리며 그를 맞이했다.

태혁은 특유의 냉소를 머금으며 눈을 치켜떴다.

눈앞의 조 여사가 비굴한 표정으로 그를 올려다보았다.

"어, 어서 와."

"그 입으로 잘도 그런 소리가 나옵니다."

그가 넥타이를 살짝 끌러 내린 뒤 셔츠 단추 하나를 풀며 조 여사를 노려보았다.

"천박한 인간들은 고상하게 대화를 나누면 꼭 장난인 줄 알더라고요."

그다음 재킷을 거칠게 벗어 김 실장에게 건넸다.

묵묵히 뒤에서 자리를 지키던 김 실장은 기민하게 움직이며 그것을 받아 들었다.

"수준에 맞게 대화를 해 볼까 하는데, 준비됐습니까."

마지막으로 손목에 찬 커프스단추를 빼냈다.

"나, 나한테 왜 이래. 뭐, 안 좋은 일 있었어?"

"일단 앉죠. 열 올렸더니 목이 마르네."

"그, 그래? 내가 그럼 생과일주스 내올게. 키위 좋아하지?"

"수작 부리지 말고 앉죠. 음료는 김 실장님이 가져다줄 겁니다. 뭘 탈 줄 알고 여기서 간 크게 마시겠어. 안 그렇습니까."

김 실장이 마실 것을 가지러 주방 쪽으로 향하는 것을 본 조 여사는 마지못해 태혁이 앉은 맞은편에 자리했다.

"회, 회장님 오실 거야. 내가 불렀어."

"아, 그래요? 잘됐네요."

"나한테 이러면 후회할 거야. 잘 생각해. 지금 회장님이 누굴 총애하시는지."

"계속해요."

태혁은 팔짱을 낀 채 소파에 등을 묻으며 다리를 꼬았다.

"명색이 그래도 내가 부사장 엄마 자리에 있잖아. 그렇게 무례하게 굴어서 좋을 게 뭐가 있어? 그건 회장님을 무시하는 행동 아니야?"

김 실장이 태혁 앞에 얼음이 든 물잔을 내려놓았다.

물은 한 잔뿐이었다.

그것을 본 조 여사는 김 실장을 째려보더니 큰 소리로 아줌마를 불렀다.

"아줌마, 여기 생과일주스 한 잔 가져와요."

주방 쪽에서 도우미가 나오더니 얼른 안으로 들어갔다.

"김 실장님, 그거 주고 여기 사용인들 다 내보내세요."

"알겠습니다."

"네, 네가 뭔데 사람을 내보내? 참는 것도 정도가 있지. 내가 굽실거려 주니까 네가 무서워서 그러는 줄 알아? 어디서 배워 먹지 못한 행동을 하고 있어. 하긴 술집 마담 출신 어미한테서 뭘 배웠겠어."

"더 해 봐요. 더 지껄여 보라고."

시퍼런 불꽃이 눈에서 뿜어져 나올 것처럼 분노한 태혁은 낮게 깔린 목소리로 느릿하게 내뱉었다.

"저것 봐, 지껄여 보라니."

"그럼 뭐라고 할까요. 짖어 보라고 할까요."

"뭐? 태생이 그래서 그래? 왜 이렇게 말투가 천박해?"

조 여사는 벽시계를 힐끔거리며 시간을 확인했다.

태혁은 김 실장에게 손을 내밀었다.

"여기 있습니다."

어금니를 질끈 깨문 그가 잔뜩 미간을 좁힌 채 분기를 다스리려 애를 썼다.

제길!

그의 입에선 저절로 욕설이 튀어나왔다. 그의 아킬레스건이나 다름없는 술집 마담인 어미를 꺼낸 것은 조 여사의 가장 큰 실수였다.

지금 그가 쥐고 있는 서류철에 적힌 내용보다 더 큰 잘못을 한 것이나 다름없었다.

"빌어. 당장. 어디서 굴러먹다 온 거지 같은 게 사람을 뭐로 보고. 얌전히 뒷방에서 늙은이 물건이나 빨 일이지 어딜 나대."

"뭐, 뭐?"

"인사과 누구랑 붙어먹었는지 내가 다 불까요."

툭.

태혁은 김 실장으로부터 받은 파일을 직접 펼쳐서 테이블 위로 던졌다.

그것을 본 조 여사의 눈동자가 사정없이 떨려 왔다. 태혁은 그 모습을 냉정하게 바라보며 속으로 욕을 뇌까렸다.

마침 그때 도우미가 주스를 내왔다.

"사모님, 여기 있습니다."

"아줌마, 사람들 데리고 퇴근하세요."

"아직 저녁 준비가 덜 끝났는데."

"돼, 됐어요. 내가 할 테니까 다 퇴근해요. 어서!"

"알겠습니다."

도우미는 재빨리 그곳을 벗어났다. 사람들이 모두 조용히 빠져나가는 모습을 지켜보던 조 여사는 허벅지 위에 올려 둔 서류철을 다시 펼쳤다.

"이, 이건!"

경악한 조 여사의 표정은 볼만했다.

태혁은 비릿하게 웃으며 관조하는 자세를 취했다.

"자, 잠시만 회장님한테 전화 좀 할게."

조 여사는 휴대전화를 들고 거실을 벗어났다. 기 회장이 오는 것을 막으러 가는 모양인데, 무슨 핑계를 댈지 궁금했다. 저런 여자를 옆구리에 끼고선 희희낙락하던 기 회장의 모습이 떠올랐다.

같은 남자로서 기 회장이 받을 상심과 분노가 눈에 선했다.

조 여사의 뒷모습을 노려보던 태혁의 눈매가 더욱 사나워졌다.

1분도 채 되지 않아 다시 돌아온 그녀의 하얗게 질린 표정이 가관이었다.

"이제 제대로 이야기할 준비가 됐습니까, 조 여사님."

번뜩이는 눈빛에 움찔 몸을 떨던 조 여사는 고개를 조아렸다.

"내, 내가 잘못했어. 뭐, 뭘 하면 될까. 응? 제발 나 좀 살려 줘."

"쯧, 살려 달라니요. 누가 보면 내가 협박이라도 하는 줄 알겠습니다."

"아니야, 협박은 무슨. 그런 뜻으로 한 말이 아니야."

불안에 떠는 여자의 모습을 보면서도 아무런 감정이 느껴지지 않았다. 그저 제 앞길에 초를 친 이 여자를 어떻게 벌해야 하나 그 생각뿐이었다.

"우습게도 가끔 사람 중에 말귀를 못 알아듣는 사람이 있어요. 하지 말라고 하면 꼭 하더란 말이죠. 개돼지도 아니고 왜 그걸 못 알아듣는지. 안 그렇습니까."

"그, 그래."

"형수랑 손잡고 날 어떻게 해볼 요량인 모양인데, 그 여자가 목적 달성하고 나면 당신 그대로 둘 거 같습니까. 설마 그 여자가 이걸 모를 거라 생각하는 건 아니겠죠."

"서, 설마."

"순진한 건지 멍청한 건지. 내 장담하지만, 형수는 동영상도 갖고 있을 겁니다."

"어, 어떻게 하면 되는 거야? 내가 어떻게 할까. 응?"

"그러게 진작 이렇게 나오셨어야죠. 기분 잡치게 해 놓고 이러면 반칙 아닙니까."

"내가 미쳤었어. 제발 살려 줘. 다시는 그런 소리 입에 올리면 그땐, 마음대로 해도 돼."

"그걸 왜 당신이 결정합니까. 당신 목줄을 쥐고 있는 게 누군지 안 보입니까."

"흐흑, 내가 이렇게 빌게. 용서해 줘."

"이지우, 당신이 심었습니까."

"그, 그게 누구야? 처음 들어 본 이름이야. 이번 일 말고는 절대 그런 적 없어."

표정이나 말투를 볼 때 거짓말은 아닌 듯했다.

"내 눈앞에서 걸리적거리면 다음은 없습니다. 그리고 인사과 그 새끼랑 정리해요. 소문나면 집안 망신이니까."

"응, 꼭 그렇게 할게. 정말 고마워."

그제야 안도의 한숨을 내쉬며 눈물을 닦아 내는 조 여사를 보니, 태혁은 여기 있는 자신이 한심스럽게 느껴졌다.

"갑시다."

김 실장을 향해 말한 뒤 태혁은 김 실장이 내미는 재킷에 팔을 끼워 넣었다.

그리고, 마지막 쐐기를 박듯 조 여사를 향해 나직이 내뱉었다.

"조 과장이라고 했던가요. 남동생이."

날카롭게 바라보는 시선에 움찔 떨던 조 여사는 남동생 이야기가 나오자 눈을 크게 뜨며 울먹였다.

"서, 설마 어떻게 하려는 건 아니지? 다 내 잘못이야. 알잖아."

"별 하는 일 없이 월급만 축내고 있던데, 그 자리도 당신 하기 달렸습니다. 주제넘게 나서면 제일 먼저 당하는 사람은 조 과장이 될 겁니다. 궁금하면 설쳐 봐요. 어떻게 되나."

"저, 정말 미안해. 다신 안 그럴게."

"난 내 어머니가 어떻게 죽어 갔는지 생생하게 기억합니다. 그러니까 그 이상으로 잔인해질 수 있는 사람이란 말입니다. 그 점만 잊지 마세요. 이만 가 보겠습니다."

성북동을 나온 태혁은 손목시계를 내려다보며 시간을 확인했다.

"이 시간이면 석찬 모임에는 참석할 수 있겠네요. 그리로 갑시다."

"알겠습니다."

관자놀이를 검지로 꾹 누르며 눈을 감은 태혁은 조 여사가 내뱉은 술집 마담이란 소리를 떠올리며 낮게 욕설을 내뱉었다.

누군들 그런 부모에게서 태어나고 싶어서 태어났겠는가.

그런데 꼬리표처럼 따라다니며 그를 괴롭혔다.

원래대로라면 이 비난은 기 회장이 받아야 할 것들이었다.

아무 죄 없는 자신이 아니라.

"김 실장님, 술집 마담은 사람이 아닙니까."

갑자기 묻는 말에 김 실장이 의아한 듯 눈을 동그랗게 뜨고 룸미러로 그를 보았다.

"뭘 그리 놀라십니까."

"왜 당연한 걸 말씀하십니까. 사람이 아니라니요."

"난 날 낳은 그 여자를 증오합니다. 사람이라면 사람 보는 눈이 있었어야지, 그저 돈에 환장해서 이렇게 자식을 만드느냔 말입니다."

태혁은 제 손목에서 은은하게 빛나는 파텍필립 시계를 내려다보며 실없이 웃었다.

"5억짜리 시계가 위로가 된답니까. 몇천만 원짜리 옷을 입고 다니면 그 사람 가치가 올라간답니까."

태혁은 느리게 입꼬리를 올리며 김 실장을 바라보았다.

"김 실장님."

"네."

"브레이크가 고장 난 차 혹시 타 봤습니까."

"안 타 봤습니다."

"기회 되면 한번 타 보세요. 그럼 내가 어떤 심정으로 사는지 조금 이해가 갈지도 모르겠네요."

그는 차창으로 시선을 돌려 밖을 내다보았다.

수많은 차가 다니지만, 모두 신호체계에 따라 움직이고 있었다. 언젠가는 저 무리 속에 합류하는 날이 오지 않을까. 이런 저를 막아 줄 누군가가 있다면 기꺼이 그 사람 손을 잡을 수 있을 텐데.

'소름 끼치는 새끼.'

역시 어렵겠다.

태혁은 김 실상을 향해 의미심장한 미소를 지으며 말했다.

"김 실장님, 아주 재미납니다. 짜릿하고. 스릴이 넘치거든요."

제4화

기 회장이 장가를 가서 낳은 아들이 바로 동혁이었다. 하지만 첫 번째 부인은 동혁이 열 살 때 사망하게 되고, 기 회장은 혼자서 동혁을 키웠다.

한창때의 기 회장은 술집 마담과 실수로 잠자리를 갖게 되고 그 뒤로 몇 번 더 술집 마담과 관계를 맺게 되었다.

신분 상승을 노린 마담은 기어이 기 회장의 아이를 가지게 되었고 배 속에서 개월 수가 찰 때까지 이 사실을 숨겼다.

그런데 정말 웃긴 건 아이를 가졌단 사실을 들키고 난 뒤에 기 회장이 했던 행동이었다.

'내가 널 가졌다고 말했더니 그 사람이 어떻게 한 줄 아니? 내가 널 제대로 감싸지 않았다면 우린 둘 다 죽었을 거야. 나더러 거짓

말이래. 딴 놈 자식 배고 와서는 어디서 헛소리냐고 죽지 않을 만큼 발길질을 해대더라.'

그래서 죽지 않고 살았다는데, 차라리 그때 죽어 버렸으면 더 낫지 않았을까.

강제로 미국에 보내진 그들은 철저하게 버려졌었다.

기 회장의 옆자리를 차지할 수 있을 거라 철석같이 믿었던 여자는 이전보다 못한 생활에 연락도 없는 기 회장을 기다리며 점점 미쳐 갔다.

미국으로 보내온 생활비는 여자의 약값으로 탕진하게 되고, 어린 아들은 정신 나간 엄마의 매질 속에서 근근이 살았다.

태혁은 자신이 벌레만도 못하게 살아왔다는 것을 한국에 오고 나서야 알게 되었다.

처참한 미국에서의 생활을 알면서도 내내 내버려 뒀던 기 회장은 큰아들 동혁이 자동차 사고로 죽고 난 뒤에야 태혁을 찾기 시작했다.

이미 다 망가져 버린 태혁의 생모는 요양병원으로 보내졌고, 태혁은 커다란 대궐 같은 집에 갇혀 감옥 아닌 감옥살이를 해야 했다.

그곳은 어린 태혁에게는 또 다른 감옥이나 마찬가지였다.

차라리 매질이 나았을지도 모른다.

그들은 말로써 태혁을 학대하고 괴롭히기 시작했다.

태혁은 그들에게 사람이 아니었다. 한마디로 개, 돼지보다 못한 짐승이었다.

제대로 된 교육을 받았을 리 없는 태혁에겐 모든 것이 낯설고 어려웠다.

밥을 먹어도 따가운 눈치 속에 간신히 한 숟가락 뜰 수 있었고, 음식을 흘리기라도 하면 태생이 천박한 자식이란 소릴 들으며 견뎌 내야만 했다.

반면 나이 차이도 몇 살 나지 않는 은찬은 오줌을 싸도 칭찬을 받고 똥을 싸도 칭찬을 받았다.

그들은 태혁이 흘린 밥풀을 마치 똥이라도 본 것처럼 인상을 구겼고 화를 냈었다.

기 회장에게 고용된 사용인들조차 태혁을 다 잡아 놓은 쥐처럼 취급했었다.

학교를 데려다주는 기사조차도 기 회장이 없을 땐 태도가 달라졌다.

'좆만 한 새끼가 꼬박꼬박 따지고 들어. 씨팔.'
'술집 마담 주제에 도도하기가 꼭 저 새끼처럼 독사같이 그랬다니까. 그래 봤자 씹질 잘해서 그런 거 아니야.'

그를 향해 쏟아 내는 말은 전부 천박하고 경박한 말들뿐이었다. 그런 그가 사춘기를 지나고 나이가 들면서는 스스로 방어할 방법을 찾아 대응하기 시작했다.

'이 기사, 좆같은 소리 그만하고 차나 제대로 모세요.'

태혁이 처음 그들에게 던진 말이었다. 얼굴이 벌게진 기사는 그 뒤로 별다른 말이 없었다.

뿐만 아니라 태혁의 어미를 씹어 대던 정원사에게도 조용히 말했었다.

'아저씨 마누라는 씹질 잘해요? 이번에 아들 낳았다면서요.'
'개소리 말고 시키는 대로 하죠?'

거침없는 독설에 사람들은 더 이상 입을 열지 않았고, 매서운 눈빛에 사람들은 움츠러들었나.

그 어떤 허점도 보이지 않으려 노력했고, 그를 학대한 모든 사람을 발아래 두기 위해 피눈물을 흘리며 노력했다.

가슴에 품고 있는, 어마어마한 불덩이를 기 회장은 일찌감치 보고 있었다.

그래서 그 불덩이가 터져 나오기 전에 어떻게든 그를 밟아 놓으려 들 것이다.

이미 늦은 줄도 모르고.

＊ ＊ ＊

태혁은 어제 석찬 모임에 참석한 뒤 곧장 집에 들어갔지만, 워낙 많은 일이 있었던 탓에 몸 상태는 엉망이었다.

본사로 가는 내내 눈을 감고 있었다.

김 실장은 복잡한 도로를 솜씨 좋게 달렸다. 곧 그들이 탄 차는 미끄러지듯 거대한 빌딩 속으로 빠져들었다.

임원 전용 엘리베이터를 타고 곧장 부사장실로 들어간 태혁은 김 실장이 내미는 것을 보고 그게 뭔지 바로 알아챘다.

"제주도 호텔 쪽으로 했습니까. 시부모님하고 함께 갈 것 같아서 해외 쪽은 일부러 피했습니다."

"네."

"아무래도 직접 주는 게 나을 것 같은데, 김 실장님 생각은 어떻습니까."

"성 대리라면 부사장님께서 직접 주시는 편이 나을 것 같습니다. 오늘 잠깐 얼굴 보니 반쪽이 됐습니다."

"그게 지금 내 탓이라고 하는 말입니까."

"사실, 부사장님 모시다가 그런 거니까요."

"하, 어제만 같았어도. 오늘은 어째 살 만한가 봅니다."

"솔직하게 말씀드려도 됩니까."

태혁은 재킷을 벗다가 눈썹을 꿈틀대며 김 실장을 빤히 바라보았다.

"크흠, 아닙니다."

"그게 아닌데요. 지금 표정을 보니 딱 죽을 맛인데요."

"그, 그게. 절대 아닙니다."

"오늘 결재할 서류 챙겨 오세요."

"네, 알겠습니다."

돌아서 가는 김 실장의 뒷모습을 보며 고개를 저었다.

"쯧, 사람이 쓸데없이 좋기만 해서는."

절로 혀가 차졌다.

자리에 앉은 태혁은 담뱃갑을 집어 담배를 빼 물었다.

그런데 책상 위에 라이터가 보이질 않았다. 이 핑계로 성 대리를 부르자 싶어 인터폰 스위치를 눌렀다.

-네, 부사장님.

마침 성 대리 목소리가 들렸다.

"불이 없네요."

-아, 바로 갖다 드리겠습니다.

담배를 입에 문 채로 성 대리가 들어오는 것을 지켜보고 있었다. 다소 차갑지만 단정하고 유능해 보이는 성 대리는 그의 곁에서 묵묵히 일을 해내는 성실한 직원이었다.

"죄송합니다. 여기 있습니다."

"요즘 죄송할 일이 많습니다, 성 대리."

"부사장님, 소희 씨 일은 정말 면목 없습니다."

태혁은 담배에 불을 붙이며 피식 웃었다.

"그게 왜 성 대리 잘못입니까. 집구석이 콩가루라서 그런 걸."

"그, 그게."

"한번 긴장이 풀어지면 어디까지 늘어지는 것이 사람입니다. 바쁘고 힘든 것 압니다. 그래도 어쩌겠습니까. 내가 믿는 몇 안 되는 사람 중 한 명이 바로 성 대리입니다. 그러니까 날 잘 받쳐 줘야 하지 않겠습니까."

"부, 부사장님."

어제 하루 마음고생이 심했던 모양인지 성 대리의 얼굴이 말이 아니었다.

"성 대리가 남자라면 술이라도 마시면서 털어 버리기라도 할 텐데 그러지도 못하고."

"아, 아닙니다."

태혁은 서랍 속에서 봉투를 꺼내 들었다.

"가족들이랑 같이 휴가 때 다녀오세요."

"아, 아닙니다, 부사장님."

"거절도 하고. 많이 컸습니다, 성 대리."

"그럼 감사히 받겠습니다. 고맙습니다."

"나가 봐요."

"네. 저……."

뭔가 할 말이 있는 듯 성 대리가 머뭇거리며 나가질 않았다.

태혁은 담배를 재떨이에 비벼 끄며 자세를 고쳐 앉았다.

"내게 할 말 있습니까."

"네. 믿어 주셔서 감사하고, 이렇게 챙겨 주셔서 감사합니다. 그리고 부사장님, 비서 팀 모두 부사장님 존경하고 사랑합니다. 그럼, 나가 보겠습니다."

얼굴이 벌게진 성 대리가 총총걸음으로 부사장실을 빠져나갔다.

태혁은 책상 위에 팔꿈치를 세우고 턱을 받친 채 성 대리가 나간 문을 말없이 바라보았다.

* * *

김 실장은 태혁의 앞에 서서 그가 검토하는 결재 서류를 챙겨 들었다.

업무와 관련된 서류의 결재가 끝난 뒤 김 실장이 태혁에게 파일

하나를 내밀었다.

"뭡니까."

"이지우 씨 신상명세서입니다. 인사과에서 받아 온 자료입니다."

"네, 여기 두세요."

내내 거슬리는 여자의 조사 내용이라고 하니 말만 들어도 단번에 불쾌한 감정이 치솟았다.

파일을 열어 서류를 눈으로 쓱 훑어 내렸다.

이지우는 홀어머니와 함께 살고 있었고, 아버지는 누구인지 나와 있질 않았다. 학교는 뉴욕 브루클린에 있는 미술대학 프랫 인스티튜트를 졸업했다.

태혁은 얕은 한숨을 내쉬며 턱 끝을 손으로 문질렀다. 은찬과의 접점은 여기인 게 분명했다.

은찬이 가진 드로잉 북도 같은 학교 선배가 그린 거라고 했는데…….

이지우와 기은찬, 둘을 놓고 잠시 생각에 잠겼다.

설마, 아닐 것이다.

그런 그림을 그릴 정도의 실력? 그렇다면 그가 모를 리가 없었다.

태혁은 고개를 저으며 그 부분은 일단락 지었다. 그래도 뉴욕의 비싼 물가와 학비를 충당하며 졸업까지 한 것을 보면 어느 정도 경제력이 되는 모양이었다.

OPT 프로그램을 신청해서 포드 사에서 인턴십을 하고 이후 포드 사에 취직한 걸 봐도 보통내기는 아닌 듯했다.

포드 사에 정식 디자이너로 근무한 그녀는 2년을 채우지 못하고 퇴사했으며, 그 이후 한국으로 와서 K 자동차 연구소에 공채로 입사했다고 나와 있었다.

그러니까 이지우가 2년 전 그를 찾아왔을 때도 이미 이곳 직원이었단 소리였다.

"잘도 속이고."

턱을 괴고 앉은 태혁은 파일을 한쪽으로 밀쳐놓았다.

이 자료만으로는 자신에게 접근한 이유를 알아낼 수가 없었다.

어쩐다?

책상 위에 놓인 손을 톡톡 두드렸다.

"김 실장님, 설마 이걸 조사라고 내놓은 겁니까."

가볍게 한숨을 내쉰 태혁은 지끈거리는 두통 때문에 미간을 살짝 찌푸렸다.

"아닙니다. 지금 더 조사 중입니다. 최대한 빨리 올리겠습니다."

이지우는 안개에 싸인 듯 모든 것이 불투명했다. 그가 가장 참기 힘들어하는 것 중 하나가 바로 이런 것이었다.

설마, 기 회장이?

아니면 형수?

"김 실장님."

"네."

일단 이지우와 접점이 되는 강희선부터 만나 보는 게 순서일 것이다.

"강희선 씨한테 연락 넣으세요. 내가 좀 보잖다고."

"네, 내일 오전 중에는 시간이 되십니다. 그때 약속을 잡도록 하겠습니다."

"만약 강희선이 만나기 꺼려 하면 이지우 얘기라고 해 봐요. 뭐라고 하나 반응 좀 보게."

"알겠습니다."

"그리고 두통약 좀 갖다 줘요. 기분이 영 좋질 않네요."

목을 죄던 넥타이를 좌우로 흔들며 느슨하게 당겼다.

김 실장은 그런 태혁의 상태를 알아채고 재빨리 약을 가지러 갔다. 1분도 채 되지 않아 곧장 약과 물을 들고 나타난 김 실장은 그것들을 책상 위에 올려놓았다.

"약을 드시는 것보다는 좀 쉬셔야 할 것 같습니다."

"쉬면 일은 누가 합니까."

그가 약을 입에 털어 넣고 물을 삼켰다.

"연구소 부사장실과 비서실, 회의실 모두 정비해야겠습니다. 보안 카메라뿐만 아니라 도청테스트도 하고, 이것저것 살펴보러 가야겠습니다."

"그건 저한테 맡기시지요."

"그럼 그것들을 내가 다 할까 봐서요."

빤히 김 실장을 바라보던 태혁은 자리에서 몸을 일으켰다.

"출발합시다."

"네."

김 실장은 앞장서서 눈치껏 태혁을 모셨다.

임원 전용 엘리베이터를 타고 곧장 지하 주차장에 도착한 김 실장은, 태혁이 차에 오르는 것을 보고 재빨리 운전석에 올랐다.

"이후 일정 어떻게 됩니까."

상당히 피곤해진 태혁은 미간을 좁혔다.

"특별한 일은 없습니다."

"그럼 연구소로 갔다가 곧바로 퇴근하면 되겠네요."

"네. 아니면 병원에 가서 피로회복에 좋은 영양제라도 맞으시겠습니까."

"그렇게까지야. 괜찮습니다. 도착하면 깨우세요."

"알겠습니다."

차 안에는 김 실장이 튼, 잔잔한 클래식이 흘렀다.

태혁은 클래식을 들으며 눈을 붙였다.

* * *

⟨형태는 기능을 따른다⟩

지우는 책상 앞에 붙여 놓은 글을 보며 습관적으로 펜의 꽁무니를 입에 물었다.

유명한 건축가인 루이스 설리반이 한 말이었다.

SE 팀과 회의를 할 때, 왜 저 말이 떠오르지 않았을까.

아니, 설령 떠올랐다 하더라도 그들이 양보했을까.

지우는 고개를 저었다. 절대 그럴 리가 없었다.

그녀가 고심 끝에 디자인한 차량을 원가절감이라는 이유로 변경하게 한다는 것은 결국 제자리에 머무는 거나 다름없었다.

디자인이란 것은 기능을 위한 것이 다가 아니었다. 여기서 좀 더 나아가 다양한 감성까지 불러올 수 있는 무언가가 있어야 했다.

지우는 머릿속으로 생각을 굳힌 뒤, 다시 작업지에 스케치를 시작했다.

한창 스케치에 빠져 있던 그녀는 책상 위에 놓인 인터폰이 울려 대는 것을 보며 수화기를 들었다. 인터폰에 반짝이는 불빛을 보니 1층 안내 데스크였다.

"네, 이지우입니다."

-손님이 오셨습니다. 한현우 씨라고. 미리 약속되어 있으십니까.

지우의 낯빛이 순식간에 하얗게 질려 갔다.

"……네. 잠시만 바꿔 주세요."

-알겠습니다.

지우는 눈을 내리뜬 채 길게 심호흡을 했다. 달달 떨리는 손 때문에 힘주어 수화기를 붙들어야 했다.

-나야. 무슨 절차가 이렇게 까다로워.

"무슨 일이야."

-내가 갈까, 아니면 네가 올래?

지우는 질끈 눈을 감았다가 뜨며 대답했다.

"기다려. 내가 갈 테니까."

지우는 자리에서 일어나, 가까운 곳에 있는 미현에게 행선지를 밝혔다.

"미현 씨, 나 손님이 와서 잠깐 카페테리아에 갔다 올게요. 혹시 팀장님이 찾으시면 바로 전화해 주세요."

"네, 다녀와요. 올 때 알죠?"

미현이 윙크하며 차를 들이켜는 동작을 취했다.

"알았어요."

지우는 어색한 웃음을 지으며 서둘러 사무실을 벗어났다.

1층 안내 데스크 앞에 선 한현우는 지우를 보자마자 눈을 빛내며 비딱하게 미소 지었다.

"봐요. 내가 부르면 나온다고 했잖아요."

그는 데스크 앞에 선 안내 직원에게 으스대듯 말했고, 안내 직원은 상냥한 미소로 응답했다.

"그러시네요. 그래도 외부 사람은 마음대로 출입할 수 없으니까 이해해 주세요."

"당연하죠. 이 바닥이야 너무 잘 알고 있고. 나도 같은 쪽 종사자입니다."

그는 안주머니에서 명함집을 꺼내 명함 하나를 뽑아 들었다.

그리고 그것을 안내 여직원 앞에 툭, 던지듯 내려놓으며 말했다.

그것을 받아 든 여직원의 얼굴에는 놀라움이 스쳤다.

그제야 만족스러운 표정을 지으며 지우 곁으로 다가왔다.

"뭐 해? 여기 이대로 세워 둘 거야? 우리 몇 년 만인 줄 알아?"

얼어붙은 지우에게 한현우는 바짝 다가서서 귓가에 대고 속삭였다.

"씨팔, 존나 꼴리게 하고선."

지우는 이런 제 모습을 누가 볼까 두려워, 서둘러 1층에 있는 카페테리아로 향했다. 사람들 눈에 띄지 않는 곳으로 가고 싶지만, 이곳에서 외부인을 데리고 갈 수 있는 곳은 아주 한정적이었다.

"이지우, 남자 생겼어?"

갑자기 한현우가 지우의 어깨를 끌어당기며 물었다.

"손 치워. 분질러 버리기 전에."

지우가 날카롭게 내뱉으며 그를 노려보았다.

"진정하라고."

뻔뻔함을 미덕으로 아는 것인지, 현우는 능글맞게 웃으며 어깨를 으쓱했다.

"어디, K 자동차 연구소 커피 맛은 어떤지 볼까?"

카페테리아로 들어선 지우는 아이스 아메리카노를 주문했고, 그도 같은 것으로 주문했다.

안면이 있는 직원이 눈인사를 해 왔다. 지우도 가볍게 눈인사만 나누었다.

그들은 지우와 같이 온 한현우에게 호기심을 드러냈다. 그는 아직 젊었고, 명품으로 쫙 빼입은, 돈깨나 있어 보이는 외모 탓에 어딜 가나 주목을 받았다.

마치 홈그라운드에 온 것처럼 자연스럽게 자리를 잡고 앉은 그는 지우를 보며 윙크를 던졌다.

탁자에 팔을 괴고 앉아 지우를 향해 노골적인 시선을 던지며 마음껏 훑어보고 있었다.

커피를 받아 자리로 간 지우는 잔을 들어 한현우의 얼굴에 끼얹고 싶은 충동을 간신히 억눌러야만 했다.

"마셔."

지우는 거칠게 잔을 내려놓았다.

"까칠하긴."

그래도 개의치 않는다는 듯 얼음이 든 잔을 빙글빙글 돌리더니 벌컥벌컥 들이켰다. 그러곤 입안에 든 얼음을 와작와작 씹어 먹으며 지우를 빤히 쳐다보았다.

"왜 내 연락 생까는 건데."

야비한 눈동자가 지우의 가슴과 목덜미를 핥듯이 더듬고 있었다. 그녀는 구역질이 치미는 것을 간신히 참아 내며 유리잔을 힘껏 움켜쥐었다.

"자, 이거 받아."

그가 갑자기 봉투를 테이블 앞에 내려놓았다.

"챙겨 넣어."

"가져가. 필요 없어."

"꼴에 자존심은. 챙겨 넣으라니까."

한현우는 테이블 위에 올려진 지우의 손목을 잡고서는 봉투를 억지로 손에 쥐여 주었다.

"새삼스럽게 튕기긴. 돈 필요하잖아. 아니야?"

입술을 비틀어 올리던 현우는 손아귀에 잡힌 지우의 손목 안쪽을 진득하게 더듬어 댔다.

지우는 당장 소리치며 손을 빼내려 했지만, 커피를 사러 온 직원들이 둘을 힐끔거리며 쳐다보는 바람에 그럴 수가 없었다.

할 수 없이 봉투를 움켜쥔 손을 허벅지에 내려놓았다.

"이건 영감이 주는 거랑 달라. 알지? 내가 주는 거라고. 앞으로 전화하면 받아. 사람 돌게 하지 말고."

"미친 새끼."

"하, 하하하! 그래, 그래야 이지우지. 이제야 이지우답네."

"강남 오피스텔 하나는 살 수 있는 거지?"

"와, 통 크게 나오시네. 한번 대 줘 봐. 빌딩을 사 줄지 알아?"

눈에 독기를 품은 지우는 비릿한 웃음을 머금으며 손에 움켜쥔 봉투를 열었다.

그리고 보란 듯이 수표의 액수를 확인하며 슬쩍 비웃음을 지었다.

"푼돈이네."

지우의 말에 한현우의 얼굴이 벌게졌다.

"기다려. 아직 내 앞으로 회사가 넘어온 게 아니니까."

네 앞으로 회사가 갈지 안 갈지는 두고 봐야지.

성급하긴.

"그래, 고마워. 잘 쓸게."

지우는 눈웃음을 치며 휴대전화 케이스에 봉투를 집어넣었다.

한현우는 자극하면 어디서 어떻게 튈지 모르는 미친놈이었다. 망나니로 소문이 날 정도로 온갖 사고를 다 치고 다닌 탓에 결국 보다 못한 송 여사가 잠시 미국으로 내쫓았고, 다시 한국으로 돌아온 것은 얼마 되지 않았다.

이쯤 상대해 줬으면 일어나도 괜찮을 것 같다 생각하며, 지우는 카페테리아 벽면에 걸린 시계로 시선을 뒀다.

그 순간이었다.

그녀를 바라보는 강렬한 시선과 마주쳤다.

깔끔하게 피트 되는 양복을 입은 기태혁은 한 치의 흐트러짐도 없이 단호한 눈빛으로 그녀를 보고 있었다.

머릿속이 새하얗게 비워질 만큼 놀란 지우는 태연한 척하기 위해 안간힘을 써야 했다.

두 사람은 서로를 응시한 채 한참을 꿈쩍도 하지 않았다.

그사이 등골을 따라 식은땀이 주르륵 흘러내렸다. 손바닥에도 금세 땀이 차올랐다.

기태혁의 무심한 시선이 그녀와 그녀 앞에 앉은 한현우를 차례대로 훑고 지나갔다.

그의 뒤를 따라온 김 실장도 지우를 보다가 한현우 쪽으로 시선을 돌렸다.

이럴수록 침착해야 한다.

지우는 흔들리는 눈동자를 애써 감추며 눈을 내리떴다. 만약 여기서 동요한다면 한현우가 눈치를 챌지도 모른다.

긴장으로 심장이 급하게 뛰었다. 내리뜬 눈을 들어 한현우를 바라보았다.

한현우는 몰래 훔쳐보다 들킨 아이처럼 얼굴이 벌게졌다.

"이제 가 봐야 해. 너도 어서 가."

"퇴근 때까지 기다릴게."

"……."

지우는 대답 대신 아무 말 없이 현우를 주시했다. 눈은 현우를 향해 있어도 모든 감각은 기태혁을 좇고 있었다.

태혁은 멈춰 선 발걸음을 떼어 내며 곧장 로비를 가로질러 가고 있었다.

"아, 온 김에 여기 견학 좀 시켜 줘."

"지금 이깟 돈 몇 푼 쥐여 주고 그러니? 네가 나한테 한 짓을 알기나 해?"

"눈앞에서 따먹어 달라고 엉덩이 흔든 게 누군데 그래."

"너, 미친놈이야. 구역질 나는 거 간신히 참고 있으니까 그만 일어나. 보안요원 부르기 전에."

"씨팔. 그래, 지금은 이렇게 가는데, 다음에 또 보자고."

자리를 박차고 일어난 한현우는 특유의 건들거리는 걸음으로 카페테리아를 빠져나갔다.

한현우가 로비를 가로질러 건물 밖으로 나가는 것까지 지켜본 뒤, 지우는 돌아섰다. 여기까지 찾아올 줄 전혀 예상치 못했던 그녀는 놀란 가슴을 쓸어내렸다.

"이지우 씨."

김 실장이 지우를 보며 부드럽게 미소를 지었다.

"아, 네, 실장님."

"잠시 시간이 되시면 따라오시겠습니까. 부사장님께서 뵙자고 하십니다."

"지금요?"

지우가 멍청하게 되물었다. 그러자 김 실장은 희미하게 웃으며 고개를 끄덕였다.

"네, 이리로."

* * *

김 실장을 따라 도착한 곳은 부사장실이었다.

기태혁은 연구소로 아예 출근할 모양인지 사무실에는 비서진들도 함께 옮겨 와 있었다.

탁-

김 실장은 그녀를 부사장 집무실에 밀어 넣은 뒤 곧장 문을 닫고 사라졌다.

몸에 딱 맞는 조끼를 입고 팔짱을 낀 채 서 있던 태혁은 책상에 기댄 몸을 떼어 내며 소파로 와서 앉았다.

"안녕하십니까."

"뭘 자꾸 인사해요. 우리 봤잖아요. 조금 전에."

상냥한 말투와 달리 눈빛은 사뭇 날카로웠다.

그는 상석에 앉아 한쪽 다리를 꼰 채 자리를 권했다.

"여기로 와서 앉아요."

지우가 허리를 곧추세우고 조심스럽게 앉자, 태혁은 인터폰을 눌러 차를 주문했다.

"내가 불러서 놀랐습니까."

"조금은요."

"경쟁사 본부장을 연구소로 불러들인 배짱치고는 의외네요."

"아셨습니까."

순간 그가 웃음을 터트렸다.

"하, 하하. 이지우 씨, 참 웃긴 사람이네요."

그는 정말로 웃긴다는 듯이 그 말을 내뱉고서는 또다시 웃기 시작했다.

경박하지 않고, 음흉하지도 않은 듣기 좋은 웃음소리였다.

똑. 똑.

웃음소리 속에 노크 소리가 뒤섞였다.

순간 그는 웃음을 멈추고 문 쪽을 향해 큰 소리로 말했다.

"들어와요."

비서로 보이는 여자가 둘 앞에 찻잔을 내려놓은 뒤 조용히 물러났다.

"마셔요. 입에 맞을지 모르겠네."

하얀 다기로 된, 고급스러운 잔에 든 것은 홍차처럼 보였다.

한 모금 입에 머금자 고급스러운 향이 상쾌하게 입안을 감쌌다.

"해발고도가 1,900m쯤 되는 히말라야에서 재배되는 차로 만든 다즐링 차죠."

길고도 정갈한 손가락으로 찻잔을 들어 올리는 그를 조심스럽게 바라보았다.

"차 맛이 좀 익숙하네요."

"그래요? 영국 왕실에 들어가고 나면 일반 시중에는 거의 풀릴 게 없을 만큼 고가의 찬데. 익숙하다고요?"

"아, 제가 산 건 아니에요. 희선이가 남자 친구한테 받은 거라고 갖다 주곤 했었거든요."

"강희선 씨 말하는 겁니까."

"네."

"소문대로 남성 편력이 꽤 화려한가 보네요."

"……."

지우는 그가 묻는 말의 의도를 짐작하면서도 따져 물을 수가 없었다. 다만 불편한 심기를 대답하지 않는 선에서 드러냈다.

"이지우 씨도 만만찮은 거 같고."

마주했던 시선을 내리간 지우는 더는 대꾸할 가치가 없는 말에 침묵했다.

"마셔요. 가을에 수확되는 어텀널은 맛도 진하고 색도 예뻐서 자주 마십니다."

그 말을 끝으로 찻잔을 비워 낼 동안 그는 아무런 말이 없었다. 가끔 눈이 마주치면, 그녀가 먼저 시선을 피했다.

차를 삼키는 소리까지 다 들릴 정도로 방 안은 고요했다.

기이할 만큼 짙어진 침묵 속에 지우는 마음이 차분하게 가라앉는 것을 느꼈다.

그는 기민하게 그런 변화를 알아챘고, 그녀를 향해 단도직입적으로 물었다.

"이지우 씨, 굳이 K 자동차 사에서 일해야 하는 이유가 있습니까."

지우의 심장이 철렁 내려앉았다. 지금 그는 저를 해고하려는 것이다.

"한현우 본부장과 어떤 사이입니까."

그의 표정은 추궁도 의혹도 아니었다. 일종의 확인 절차 같은 기분이 들었다.

그러니까, 한현우와 그녀와의 관계를 단정 지은 얼굴로 묻고 있었다.

하필이면 오늘 마주칠 게 뭐란 말인가.

지우는 입안이 바싹 말랐다.

"대답 안 합니까. 그래, 그동안 조용하다 싶더니, 한현우 본부장에게 다리 벌렸던 겁니까. 오늘 보니 아주 몸이 달았던데, 그쪽으로 실력이 상당한가 봐요?"

"……!"

이 남자 특유의 상스럽고 직설적인 화법은 이미 알고 있었다. 새삼스러울 것도 없었다.

"난 이지우 씨가 누구랑 뒹굴든 관심 없습니다. 단, 여기서는 안 됩니다. 앞으로 디자인이든 기술이든 유사한 것이 저쪽에서 나오면 제일 먼저 이지우 씨가 의심받을 겁니다."

"아실지 모르지만, 전 부사장님을 뵙기 전부터 이곳 직원이었습니다. 포드 사에 다니던 걸 그만두고 K 자동차 사에 들어올 만큼 이 회사에 대한 애정이 컸습니다."

"이지우 씨, 2년 전, 당신이 했던 말 기억합니까. 그렇다는 건 내가 회사 부사장이란 사실을 알고 접근했다는 건데, 내 말 틀렸습니까."

눈을 가늘게 뜬 그가 입매를 비틀었다.

"젊고 매력적인 오너를 동경하고 좋아하는 게 의심받고 욕먹을 일인가요."

한쪽 눈썹을 추켜세운 그가 피식 웃었다.

"이지우 씨, 말 재밌게 잘하네요. 그게 다가 아니잖습니까."

진실을 말할 수 없으면 진실과 유사한 거짓을 털어놓아서라도 의심을 풀어야 한다.

위험하지만 어쩔 수 없었다. 이 남자는 좀처럼 의심을 거두지 않을 것이다.

"……저를 부사장님께 각인시키는 방법은 ……자고 싶다는 말보다 더 확실한 건 없었으니까요. 물론 가차 없이 차이긴 했지만 요."

"그래서 날 스폰서로 두고 인생 즐겨 보겠다는 거 아닙니까."

지우는 대답 대신 아랫입술을 깨물며 고개를 숙였다.

옥죄는 듯한 강렬한 시선이 온몸을 압박했다.

태생적으로 오만하고 거침없는 이 남자를 그런 단순한 판단으로 잡으려 했던 것이 문제였었다.

지금은 그 사실을 뼈저리게 느끼고 있지만, 이젠 어떻게 저를 어필해야 할지 막막하기만 했다.

조용히 실력으로 인정받으면 저를 봐 줄까 싶은 생각으로 디자인하는 일도 성의를 다해 열정적으로 매달렸지만 요원하기만 했다.

미친 척하고 매달려서 도와 달라고 해 볼까 생각해 보지만, 정신병원으로 보내지 않으면 다행일 것이다.

지금도 저를 정신이 이상한 여자로 보고 있는 게 분명했다.

그가 뿜어 대는 특유의 고압적인 분위기 때문에 자꾸 움츠러들었다.

"제가 그러면 넘어와 주시긴 할 건가요?"

순간 태혁의 짙은 눈썹이 꿈틀거렸다.

무슨 헛소리를 하느냐는 표정으로 바라보더니, 아주 천천히 묘한 눈길로 머리부터 발끝까지 훑어 내렸다.

"날 감당할 자신은 있고?"

흘리듯 던진 말에 지우는 심장이 쿵, 하니 바닥으로 내려앉는 기분이었다. 떨리는 눈길로 그를 올려다보았다.

태혁은 팔짱을 낀 채로 그녀를 보았다.

"그래서 한현우 본부장은 계속 만나겠단 겁니까."

"부사장님이 생각하는 그런 사이가 아닙니다."

잠시 침묵이 흘렀다.

그리고 둘 사이의 시선이 단단하게 얽혔다.

"물론 아무리 말해도 믿으실지 모르겠지만, 한현우 본부장은 일과 얽인 사람이 아닙니다."

"일이 아니면 몸으로 얽인 사이입니까."

"그런 사이 아닙니다."

그 어느 때보다 단호하게 그의 말을 부인한 지우는 쓴웃음을 지었다.

"그만 일어나도 되겠습니까."

태혁은 고개를 끄덕였다.

"나가 봐요."

"네."

지우는 그의 집무실을 나왔다.

그녀는 어디로 가야 할지 눈앞에 아무것도 보이지 않았다.

머뭇거리며 혼란스러워하자 김 실장이 다가오더니 상냥한 목소리로 말했다.

"이야기는 끝나셨습니까."

"아, 네."

"이리로 가시죠."

그를 따라 걷다 보니 어느새 엘리베이터 앞이었다.

"고맙습니다."

목소리가 갈라져 나왔다.

띵-

엘리베이터를 타고 1층으로 내려온 지우는 저를 부르는 소리에 주위를 두리번거렸다.

"이것 봐, 이지우 씨. 농땡이 부리고, 응? 난 바빠 죽겠는데 말이야."

저편에서 문철이 내장재로 쓰일 가죽 샘플을 잔뜩 안아 든 채 오고 있었다.

"아, 무겁겠어요. 저도 들어 드릴게요."

"됐네요. 퇴근 시간 다 됐는데 퇴근 안 해?"

"해야죠."

"그런데 왜 이렇게 힘이 없어? 더위 먹은 거야? 쉬엄쉬엄해. 가자."

지우는 문철의 뒤를 따르며 정신을 다잡았다.

가슴 언저리에 맺힌 통증은 여전했지만, 시간이 지나면 이것 또한 사라질 것이라 믿었다.

* * *

김 실장은 이지우를 보낸 뒤 다시 부사장실로 들어갔다. 그의 상사는 등을 보인 채 창밖을 내다보고 있었다.

"부사장님, 이번 달 올라온 디자인을 보시죠."

태혁은 천천히 뒤를 돌아보았다.

"내가 쓸데없는 데 신경을 쓰는 건 아닌가 생각했습니다. 굳이 내 앞에서 얼쩡거리지 않는다면 내버려 둬도 될 거 같네요."

"알겠습니다."

"그런 거에 신경 쓰기에는 할 일이 너무 많지 않습니까. 그래, 조금 전 뭐라고 했죠?"

"네, 잠시 여기 보시면. 이달에 올라온 디자인입니다."

자리에 앉은 태혁은 김 실장이 모니터에 띄운 화면을 쳐다보았다.

매월 하나씩 제출하는 디자이너들의 디자인을 팀장이 취합해서 태혁에게 올리는데, 그중 유독 눈에 띄는 작품이 보였다.

양산형으로 빼기에는 파격적이긴 했지만, 미래지향적인 이미지가 아주 잘 맞아떨어졌다. 조금만 손을 본다면 꽤 괜찮은 디자인이 될 듯했다.

은찬이 가지고 있던 드로잉 북의 선과도 약간은 닮은 느낌이 들었다.

착각일 테지만, 아직도 그 드로잉 북이 눈에 선했다.

"이번 달은 이걸로 하죠. 3D 디지털 모델로 구현해서 디자인을 검증할 수 있도록 하라고 하세요."

그에게 필요한 디자이너는 방금 선정한 디자이너처럼 획기적이고 파격적인 디자인 속에서 나름의 규칙과 질서를 구현할 줄 아는 디자이너였다.

양상형 차량 디자인과 달리 비정형화된 디자인을 좀 더 보고 싶었다.

"이 디자이너 작품 모두 가져오라고 하세요. 더 보고 싶네요."

"알겠습니다. 그리고 이곳은 내일 오전에 도청테스트, 보안 카메라 설치 등 마무리하겠습니다."

"임시로 쓰는 사무실이지만 그런 건 기본 아니겠습니까. 비서실 직원 중에서 한 명은 이곳에 근무하도록 배치하세요."

"네, 알겠습니다."

태혁은 김 실장이 나간 뒤 다시 화면을 들여다보았다.

신기하게도 화면을 뚫고 달려 나올 것처럼 보였다. 그 드로잉 북의 그림도 그렇더니, 신기했다.

그와 같은 감성을 가진 디자이너가 있단 사실이 기분 좋은 미소를 자아내게 했다.

이지우 때문에 언짢았던 기분이 한결 나아졌다.

그에겐 이지우 같은 문란한 디자이너가 필요한 것이 아니라, 이런 참신한 디자이너가 필요했다.

불현듯 시계를 보니 벌써 퇴근했어야 할 시간이었다. 아쉬움을 접고 일단 급하게 처리해야 할 일부터 시작했다.

제임스 리로부터 온 장문의 메일을 읽고 답장을 한 뒤, 전자 결재서류를 검토하고 승인했다.

미국 IT회사 운영에 대해서 그가 전적으로 관여하지 않아도 중요한 결정은 모두 그의 몫이었다.

일에 몰두해 있던 태혁은 고요한 밤의 정적에 문득 고개를 들어 창밖을 내다보았다.

본사에서 보던 야경과 너무 다른 모습에 엉덩이를 떼어 내고 창가로 걸어갔다.

밤하늘의 별까지 보일 만큼 다른 세상이었다. 도심과 조금 멀어졌을 뿐인데, 이토록 다른 하늘이 펼쳐져 있단 사실이 믿기지 않았다.

밤 10시를 향해 가는 시간, 창문을 조금 열자 조금 선선한 공기와 함께 풀 내음이 훅 끼쳐왔다. 낯설지만 어딘가 닮은 듯한 풍경이었다.

창틀에 양손을 짚고 한참을 바라보았다. 먹먹하게 내려앉은 어둠이 그도 서서히 잠식해 나갔다.

이대로 묻혀 버리고 싶은 충동이 들 만큼 매혹적인 밤이었다.

살아가면서 가끔 이 평화가 생각날 듯했다.

제5화

다음 날 아침 본사로 출근한 태혁은 꼼꼼하게 서류를 검토하고 결재한 뒤, 반려시킨 서류는 따로 옆으로 빼놓았다.

"이건 다시 올리라고 하세요."

"네, 알겠습니다."

"김 실장님."

태혁이 책상에 양팔을 올리고 깍지를 낀 채 그를 올려다보았다. 그 시선에 움찔 몸이 굳은 김 실장은 자세를 바로 했다.

"나한테 주기로 한 거 없습니까."

"아, 그게 연구소에 준비되어 있습니다. 오늘 갑자기 본사로 모시고 와야 해서. 죄송합니다."

"그럼 연구소에는 준비되어 있나 보네요."

"네."

"나중에 가서 보도록 하죠. 그리고 강희선 씨는 어떻게 됐습니까."

"오전에 다시 연락했고, 아마 한 시간 뒤에 도착할 겁니다."

"나가 봐요."

"네."

김 실장이 결재한 서류를 들고 부사장실을 나갔다.

그리고 얼마 있지 않아 다시 들어와서 작은 소리로 보고했다.

"강희선 씨 왔습니다. 들어오라고 할까요."

태혁은 고개를 끄덕였다.

4선 의원의 고명딸이니만큼 앉아서 인사를 받을 수 없으니 자리를 털고 일어났다.

김 실장은 태혁의 옷매무새를 살펴본 뒤 되돌아 나갔다.

"이리로 오시죠."

화려한 화장과 유난스러운 옷차림으로 나타난 강희선은 태혁을 보더니 싱긋 미소를 지었다.

"어서 오십시오."

"잘 지내셨나 보네요, 기태혁 부사장님."

희선은 소파로 가서 앉았다. 짧은 스커트를 입긴 했지만, 전혀 아랑곳하지 않고 다리를 겹쳤다.

그 모습을 말없이 바라보던 태혁은 뒤에 서 있는 김 실장에게로 시선을 옮겼다.

"나가 있어요."

태혁은 김 실장을 물렸다.

"우리 아빠가 차기 유력한 대선 후보라서 나를 찾으신 모양인데, 이거 어쩌죠?"

희선은 턱을 치켜들고선 도도한 표정으로 그를 바라보았다.

"김 실장님이 언질을 안 준 모양입니다."

희선의 얼굴이 살짝 굳었다.

"하, 혼자 김칫국부터 마신 건가 보네요. 쪽팔리게."

어이없다는 듯 눈을 흘기더니 이내 입을 다물었다.

그런 그녀를 말없이 바라보던 태혁은 조용히 입을 열었다.

"2년 전, 나를 만나러 온 이지우 씨 기억하십니까."

희선의 표정이 어딘가 모르게 어색해졌다.

"……당연히 기억하죠. 내 친구니까."

"그럼 그 친구가 K 자동차 연구소 직원인 건 알고 있었습니까."

"아, 뭐, 그랬던 것도 같네요. 그런데 그게 무슨 문제가 되나요?"

"문제. 없습니다."

태혁은 비릿하게 미소를 지었다.

"그럼 더는 할 말 없으신 거죠? 저한테 영양가 없는 얘기는 그만하시죠. 정말 그거 때문에 저 보자고 하신 거예요?"

희선이 미련이 남는 표정으로 그를 보며 되물었다.

그럴 리가.

아직 제대로 된 이야기는 듣지도 못했는데, 고작 이따위 말을 들으려고 저를 불렀을까.

"저만큼 인내심이 바닥인가 봅니다. 강희선 씨는."

다소 냉혹한 표정에 희선이 움찔했다.

그런 희선에게 태혁이 떡밥을 던졌다.

"의원님께서 대선에 출마하시려면 천문학적인 돈이 필요하다고 하던데, 다 마련되신 모양입니다."

잠시 위축되어 있던 희선이 눈을 반짝하며 빛을 냈다.

하지만 이내 흥미를 잃은 표정을 지으며 겹친 다리를 바꿔 겹쳤다.

탁, 탁.

치맛자락을 터는 모습을 보니 그녀가 원하는 건 따로 있단 소리였다.

태혁은 잠시 더 지켜보기로 하였다.

"제가 아무리 돈 밝히는 여자라고 해도 친구 팔아먹을 만큼 형편없는 인간은 아니에요. 왜 부사장님이 제 친구에 대해서 2년이 지난 지금에 와서야 궁금해하시는지 여쭤 봐도 될까요?"

"질문은 내가 하는 거로 하죠. 오늘 그쪽을 부른 건 나니까. 먼저, 뭘 원하는지 말해 봐요. 강 의원님 말고. 본인이 원하는 거 말입니다."

"귀신은 속여도 당신은 못 속이겠네요. 좋아요. 제가 도움이 필요하다고 할 때, 그때 꼭 도와주세요. 모른 척하지 말고."

"그런 식의 약속, 내가 할 거 같습니까."

그가 낮게 읊조렸다.

"그럼 저도 꼭 부사장님 도움이 아니라도 되니까 거래는 서로 없던 거로 하죠."

태혁은 낮게 웃으며 그녀를 바라보았다.

"내가 이 자리에 불렀다는 건, 어떻게든 당신한테서 원하는 것을 얻어 낼 자신이 있어서라는 걸 정말 모르고 그따위 건방진 태도를 보이는 겁니까."

태혁의 말에 희선의 표정이 일그러졌다.

"이제 제대로 말할 준비 됐습니까. 강희선 씨."

듣기에는 고저 없는 목소리였지만, 태혁의 목소리는 위협적으로 느껴졌다.

희선은 다리를 풀며 자세를 바로 했다. 허리를 곧추세운 모습을 보니 긴장한 티가 너무 났다.

"아는 거 다 불어 봐요."

태혁은 팔짱을 끼며 몸을 편안하게 기대었다.

"그러니까 지우는 뉴욕에서 만났어요. 같은 대학을 다녔는데, 저랑 다른 부류였죠. 학구파라고 해야 하나? 아무튼, 죽기 살기로 매달리더라고요. 늘 상위권 성적에 교수들로부터 인정받는 학생이었어요."

"······."

"아이, 신경질 나. 당신 그거 알아요? 진짜 밥맛인 거."

순순히 말하려니 속이 뒤틀리는 모양이었다. 그렇다고 저런 버르장머리를 그냥 내버려 둘 그도 아니었다.

"품위, 예의 갖추고 정중하게 말하세요. 교양 없게 뭐 하는 짓입니까."

희선은 한숨을 푹 내쉬더니 눈을 치켜떴다.

"좋아요. 교양 있게 다 불죠."

"그래서요. 계속해요."

희선은 씩씩대며 말을 이어 갔다.

"엄마와 둘이 살았는데, 엄마는 한국에 있다고 했고, 아버지는 안 계시는 거 같았어요."

희선은 말을 멈추고서는 핸드백에서 담배 케이스를 꺼냈다. 손이 떨리는 것을 보니 당황한 모양이었다.

"담배, 피워도 되나요?"

"피우게요?"

희선은 고개를 저었다. 담배를 입에 물고 있는 대신 불을 붙이진 않았다.

태혁은 팔걸이에 올린 손으로 턱을 괸 채 그녀가 말을 이어 가길 기다렸다. 지금까지는 그도 다 아는 이야기였다.

"지우한테 소문이 돌았어요. 난 믿지 않았지만. 뭐, 진짜 그렇다고 해도 크게 상관없었어요. 집도 백도 없는 여자가 생활비, 학비 걱정 없이 잘 다니고 있으니 이상하게 보였나 봐요."

태혁은 앞에 놓인 잔을 들어 목을 축였다.

"돈 많은 늙은이가 젊은 여자 데리고 노는 일이 아예 없진 않으니까요. 특히나 지우 정도면 어디 나무랄 데가 없으니 1년에 몇 번 안 만나 줘도 가능하지 않았을까 싶었죠."

희선은 그를 힐끔 쳐다보더니 다시 말을 이었다.

"그런데 졸업을 앞두고, 지우가 어떤 늙은 남자와 길거리에서 말다툼하고 돈을 집어 던지는 걸 봤다는 소리가 들리더라고요. 지우도 거기에 대해서 아무 말이 없었고, 저도 딱히 묻진 않았어요."

희선은 시선을 내리뜬 채 말이 없었다.

"끝입니까."

"네. 그 뒤로 별다른 건 없었으니까요. 지우와 친하게 지내는 남자가 있었는데, 다니엘이라고, 저도 가끔 얼굴을 본 정도고 뭐 하는 사람인지 잘 몰라요. 지우는 자주 그 사람을 만나는 거 같았어요. 뭐, 한참 뒤에 안 일이지만, 그 다니엘이란 사람은 한 다리 건너 저도 아는 사람이더라고요."

"그럼 포드 사는 왜 그만뒀습니까."

"엄마 때문에요. 지우 엄마가 몸이 안 좋으셔서 계속 미국에 있을 수가 없었어요."

희선은 입에 물었다 뺐다 하던 담배를 신경질적으로 핸드백에 집어넣고서는 머리카락을 쓸어 넘겼다.

"그다음은 아는 것과 같아요. 지우가 K 자동차 연구소에 취직하고 그 뒤로 종종 만났어요. 영리하고 말도 잘 통하고. 그리고 까진 것 같으면서도 순진한 구석도 있고. 아무튼, 제가 지우를 좋게 본 거죠. 어떤 소문이 돌더라도 제 눈에는 순진한 학구파였으니까요."

"계속해요."

"지금 생각해 보면 지우가 당신을 점찍었던 모양이네요. 만나게 해 달라고 저한테 부탁하더라고요. 그래서 부사장님과 마지막으로 보던 날 지우를 우연히 만난 것처럼 속여서 합석했었죠. 당신 연락처를 알려 준 사람도 저였고. 아무튼, 지우는 저를 매개로 해서 당신을 만나고 싶었나 봐요."

태혁은 피식 웃고 말았다. 그러니까 늙은이랑 헤어지고 한국에 들어와서 스폰서로 저를 선택했다는 말이었다. 그러다 안 되니 한현우를 만난 거고.

"당신 정도 되면 덤벼 볼 만하지 않겠어요?"

"글쎄요."

"설마, 연구소에 잘 다니는 직원을 해고하거나 그러진 않겠죠?"

"강희선 씨."

"네."

"한 번은 도와주도록 하죠. 그리고 강 의원님 대선 나가시면 힘써 보겠습니다. 더 할 말은 없는지 생각해 봐요."

"다 한 거 같아요."

"멀리 안 나가겠습니다."

태혁이 인터폰을 누르자 김 실장이 곧바로 들어왔다.

"가신답니다."

-네.

희선은 다시는 보고 싶지 않다는 표정을 지으며 자리를 털고 일어났다.

태혁은 그런 그녀에게 형식적으로 인사를 한 뒤, 나가는 것을 보고 창가로 발걸음을 옮겼다.

유난히 탁한 공기, 회색빛으로 뒤덮인 도심을 보자 어젯밤 연구소에서 본 밤하늘의 풍경이 생각났다.

"갔습니까."

팔짱을 긴 채 창밖을 바라보던 태혁은 김 실장이 들어오는 소리에 먼저 물었다.

"네. 그런데 대선자금 이야기를 꺼내기엔 너무 이른 감이 없잖아……."

김 실장은 태혁이 뒤를 돌아 빤히 쳐다보자 입을 다물었다.

"죄송합니다. 제가 주제넘었습니다."

"알면 됐습니다. 언제까지 참기만 할 거라 믿는 건 아니겠죠. 김 실장님."

"네, 죄송합니다."

태혁은 다시 창밖으로 시선을 돌렸다.

강희선의 이야기를 듣다 보니 한 가지 걸리는 게 있었다. 직접 두 눈으로 다시 확인해야만 할 것 같았다.

"10분 뒤에 연구소로 출발합시다."

"네, 부사장님."

"아, 그리고 이달 디자인 수상자 명단과 포트폴리오 챙겨 놓은 거 다시 확인하고, 기은찬, 이지우 두 사람 한 시간 뒤 3층 회의실에서 보자고 하십시오."

"알겠습니다."

"그리고 은찬이한테는 선배 드로잉 북 가져오라고 하세요."

"선배라면, 누굴 말씀하시는지."

"나도 모릅니다. 그렇게 말하면 알아들을 겁니다."

"네. 곧바로 차 준비하도록 하겠습니다."

* * *

차를 타고 가는 내내 태혁은 침묵했고, 김 실장은 태혁의 눈치를 살폈다. 러시아워 전이라서 차는 생각보다 빨리 연구소에 도착했다.

차에서 내린 태혁은 김 실장을 보며 지시를 내렸다.

"미리 지시한 자료, 디자이너 포트폴리오 들고 3층 임원 회의실로 가져와요."

"네, 알겠습니다."

태혁은 곧장 3층 임원 회의실로 향했고, 김 실장은 서둘러 2층 부사장실로 향했다.

아직 양쪽을 오가고 있어서 태혁을 보좌하는 사람들은 본사뿐만 아니라 연구소에도 있었다.

김 실장은 태혁이 말한 자료를 받아 들고 3층으로 향했다.

태혁은 먼저 임원 회의실의 키패드를 누르고 안으로 들어갔다. 이곳은 완벽한 방음장치가 되어 있었다. 그래서 중요한 기밀사항을 의논할 일이 있으면 주로 이곳을 이용했다.

똑똑.

태혁이 자리를 잡고 앉은 지 1분도 채 되지 않아 노크 소리와 함께 문이 살짝 열렸다. 김 실장이 손에 든 서류를 곧바로 태혁에게 내밀었다.

"두 사람, 5분 뒤에 들여보내세요."

"알겠습니다."

태혁은 포트폴리오를 펼쳤다. 그 안에는 세련되고 감각적인 디자인의 차들이 스케치되어 있었다.

힘찬 선의 터치와 강렬할 만큼 뚜렷한 이미지는 저절로 감탄을 불러왔다. 언제 화를 냈냐 싶게 입꼬리가 위로 올라갔다.

처음부터 끝까지 넘겨 본 뒤 제일 첫 페이지로 돌아와서 앞에 적힌 디자이너 이름을 보았다.

그런데 이름을 직접 눈으로 보고서도 믿기지 않았다. 뒤통수를 세계 얻어맞은 것 같은 충격이었다.

이지우 이름 석 자가 또렷하게 쓰여 있었다.

〈Design By 이지우〉

입속으로 몇 번이고 이름을 되뇌며 표정을 수습했다.

곧 올 것이다.

은찬이 가진 드로잉 북보다 한 단계 발전한 디자인이 바로 이 포트폴리오였다.

태혁은 두 사람이 동일인이라 확신했다.

시계를 보니 5분이 지나고 있었다. 이제 확인만 하면 되는 건가.

태혁은 은근히 그들이 오기를 기다렸다.

똑똑.

드디어 노크 소리와 함께 두 사람이 모습을 드러냈다.

"어서 와요. 이쪽에 앉아요."

"안녕하십니까, 부사장님."

소리 내서 인사하는 은찬과 달리, 지우는 고개만 살짝 숙이며 인사했다.

은찬과 나란히 앉은 두 사람을 바라보던 태혁은 은찬에게 손을 내밀었다.

"가져왔으면 이리 줘."

"아, 그거 주인한테 줬는데요. 아니지, 뺏겼어요."

태혁은 팔짱을 낀 채 이지우 앞에 놓인 드로잉 북을 쳐다보았다.

더 확인하고 말 것도 없지만, 태혁은 마지막으로 한 번 더 확인했다.

포트폴리오를 이지우 앞으로 내밀었다.

"받아요. 이거 본인 거 맞습니까."

그가 내민 것을 받아 든 지우는 살짝 인상을 찌푸렸다.

"네. 그런데 왜 이걸 부사장님께서 가지고 계시는지 여쭤 봐도 될까요?"

"실력이 어느 정도인지 봤습니다."

지우의 미간이 일그러졌다.

"왜, 보면 안 됩니까."

"아닙니다."

태혁은 피식 웃으며 진짜 부른 이유를 말하기 시작했다.

"그건 그렇고. 이지우 씨, 기은찬이 누군지 알고 있습니까."

지우는 고개를 들어 그를 똑바로 바라보았다.

그가 묻는 말의 저의가 의심스러웠다. 일부러 모욕을 주기 위한 질문처럼 들렸다.

"모릅니다."

지우는 짐작만 할 뿐이지 그가 누구라는 것을 직접 들어 본 적은 없었다.

"모른다. ⋯⋯좋습니다."

"저, 부사장님, 무슨 일로 그러시는지 모르겠지만, 이건 아니지 않습니까."

은찬이 살벌한 대화 분위기를 감지하고 중간에 끼어들었다.

"기은찬."

태혁이 나직하게 이름을 불렀다. 경고성이 담긴 한마디에 은찬은 입을 꾹 다물었다.

"여기 있고 싶으면 조용히 있어."

은찬의 얼굴이 시뻘겋게 변했다. 지우는 그런 은찬을 보며 괜찮다는 의미로 미소를 보냈다.

"하던 이야기 계속해 볼까요? 이지우 씨?"

"……."

"기은찬, 내 조카란 사실을 몰랐습니까."

"몰랐습니다. 그런데 부사장님 조카라고 해도 그게 무슨 문제라고 이러시는 거죠?"

그가 지금 하려는 말이 무엇인지 짐작이 갔다.

"그렇게 말하면 자신이 정말 순수하게 느껴지기라도 하나 보네요. 기은찬이 내 조카라는 말은 수많은 계열사를 거느린 K 자동차그룹의 최대주주가 될지도 모른다는 말입니다. 더 설명할까요."

신랄한 태혁의 말투에 지우는 발끈했다.

그녀도 얼마 전에 알게 되었을 뿐, 은찬을 어떻게 하려는 생각은 없었다.

"부사장님, 작정하고 저를 부르신 모양인데, 이런 식으로 당할 이유 없습니다."

"제우스에서 있었던 일을 새삼스럽게 꺼내야 합니까. 이지우 씨."

지우는 입술을 지그시 깨물며 그를 노려보았다.

"기은찬, 이 여자는 네가 상대할 만한 여자가 아니야. 그러니까 그렇게 알고 이만 나가."

"지금도 저를 그렇게 어리게 보십니까."

은찬이 정색하며 태혁을 쳐다보았다.

"버르장머리를 단단히 고쳐야겠네. 기은찬."

지우는 부사장의 눈빛이 순간 변하는 것을 보고 재빨리 은찬을 돌아보았다.

"은찬 씨, 나중에 설명할게. 자리 좀 비켜 줘. 제발."

"하아, 도대체 두 분 무슨 일이에요."

"나중에. 꼭 말해 줄게."

은찬은 복잡한 눈빛으로 둘을 바라보다 자리에서 일어났다.

"죄송합니다, 삼촌."

"뭐가."

"대든 것도, 전부 다 말입니다. 그런데 이지우 선배님한테 무슨 오해가 있으신 거 같은데, 너무 몰아붙이지 마셨으면 합니다."

"그건 내가 알아서 할 거고. 다른 할 말 없으면 나가."

"네. 선배, 그럼 사무실에서 기다릴게요."

"응."

은찬은 떨어지지 않는 발걸음을 떼어 놓는 것처럼 힘겹게 회의실을 빠져나갔다.

태혁은 천천히 자리에서 일어나 문 앞으로 가서 록을 작동시켰다. 이제는 비밀번호를 모르면 들어올 수 없게 된다.

태혁은 임원 회의실에 비치된 냉장고를 열어 시원한 음료수를 꺼냈다.

뚜벅뚜벅.

그리고 잔에 따라 직접 들고 왔다. 하나는 지우 앞에 내려놓고, 하나는 그가 들고 마셨다.

"몇 명한테 다리 벌리고 다니는 겁니까."

"······무슨 소릴 하는 거죠?"

"연기력으로만 따지면 아카데미 주연상쯤은 거뜬히 받겠습니다."

지우는 떨리는 손을 꽉 움켜쥐며 그를 노려보았다.

"우리 은찬이한테도 다리 벌렸습니까."

"······!"

"대답해요. 그 구멍으로 꽉꽉 조여 줬습니까."

"하, 기가 막혀서. 조여 줬다 뿐이겠어요? "

"계속해요."

"뭘 계속해요? 잠자리 기술을 다 말하라고요? 2년 전 기회를 줬는데 거절한 사람이 누구더라."

"이렇게 본색을 드러내니까 차라리 덜 역겹잖아요. 안 그래요?"

"고마워요. 덜 역겹게 봐 줘서."

지우는 떨리는 가슴을 내리누르며 간신히 버텨 내고 있었다.

지금 상황이 너무나도 기가 막히고 황당해서 미칠 지경이었다.

"말해 봐요. 원하는 게 뭔지. 어떻게 해야 은찬이한테서 떨어져 나갈 겁니까."

"듣고 보니 조금 이상하네요. 지금 질문은 저한테 하실 게 아니라 은찬 씨한테 할 말 같은데요.”

지우는 노골적으로 경멸을 가득 담고 바라보는 태혁의 눈빛이 두려웠다.

저 눈빛을 견뎌 낼 수 있는 사람이 과연 몇이나 될까.

집요한 눈동자에 숨겨진 예리한 칼날은 또다시 그녀를 난도질하고 있었다.

한현우와 만났을 때, 기태혁이 보인 반응과 아주 달랐다. 은찬이 그의 조카니까, 그래서 그러는 걸까.

둘 사이에 흐르는 침묵에 숨이 막혀 왔나.

“은찬이가 달라붙지 않으면, 그쪽이 먼저 건드리지는 않겠다는 말 같은데. 내가 제대로 해석한 거 맞습니까.”

어떻게든 저 같은 여자를 조카에게서 떼어 놓으려는 모습에 울컥하고 말았다.

지우는 눈을 질끈 감았다가 뜨며 차분하게 말했다.

“조건이 있어요. 그걸 들어주셔야 해요.”

“들어나 봅시다.”

“날 당신 여자로 만들어 줘요.”

무모하고 당돌하고 억지처럼 보일지라도 이건 제 진심이었다. 지우는 그의 시선에 저를 맡겼다.

지금 이렇게 매몰차게 몰아붙여도 속마음은 아니란 걸 알기에 괜찮았다.

순간 말문이 막힌 태혁은 입을 열지 못했다.

지우를 말없이 노려보던 그가 지독히도 낮은 목소리로 말했다.

“……하아, 이건 뭐 하자는 겁니까.”

머리카락을 거칠게 쓸어 넘긴 태혁은 어금니를 꽉 깨물고 말했다.

"좋습니다. 나한테 몸을 못 대 줘서 환장하는 모양인데, 옷 벗어요. 여긴 아무도 못 와. 그러니까 어디 그러고도 그 말이 또 나오나 봅시다."

"할 수 있어요. 얼마든지. 대신 약속해요."

"나 감당할 수 있으면 그때 다시 말해. 네 남자 되어 줄 테니까."

네 남자가 되어 준다는 말에 지우는 용기를 내었다.

이렇게라도 간절히 그를 원하는 마음은 하나의 신념처럼 굳어져 버렸다.

더 좋은 모습을 보이기 위해 지난 2년간 쏟아부은 노력이 결코 물거품이진 않을 것이다.

"좋아요."

새카만 눈동자가 일렁이며 그녀를 주시했다.

지우는 떨리는 손으로 바지 훅을 열었다.

오만하게 올라간 입꼬리가 일순간 비틀어졌다. 거침없는 시선이 그녀의 전신을 혀로 핥듯이 훑고 있었다.

지우는 떨지 말자고 속으로 되뇌었다.

하지만 바지 지퍼를 여는 손끝이 덜덜 떨려 왔다.

지이익.

바지 지퍼 내려가는 소리가 넓은 회의실을 울렸다. 듣기 민망할 만큼 소리가 컸다.

타이트하게 달라붙은 청바지는 골반에 걸린 채 벌어졌다.

이다음은 뭘 해야 하지? 바지와 팬티를 같이 벗어야 할까.

차라리 달려들어 벗겨 준다면 조금은 덜 민망할 텐데.

그래, 아무도 못 들어온다고 했잖아.

뭘 망설여.

지우가 크게 숨을 들이켠 뒤 손가락을 팬츠 허리에 걸었다.

여기서 멈추면 안 되는데, 어서 바지를 벗어 버리고 남자 품에 안겨야 하는데, 왜 이리도 몸이 말을 듣지 않는 걸까.

'흠집 난 물건은 취급 안 합니다.'

하필이면 지금 그 소리가 떠오르다니.

지금 제 모습은 누가 보더라도 괜찮은 축에 속했다. 더는 외모에 위축될 이유도 없었다.

그런데도 너무 참담했다.

"이지우 씨."

그가 부르는 소리에 지우가 움찔 몸을 떨었다.

"지금 뭐 하는 겁니까."

태혁은 등받이에 몸을 기대며 느릿한 목소리로 물었다.

그녀를 바라보는 눈동자는 어느새 차갑게 식어 있었다. 마치 지루한 영화를 보듯 무감한 눈동자에는 권태감마저 감돌았다.

지우는 이러지도 저러지도 못하고 어정쩡한 상태로 얼어붙어 버렸다.

"그렇게 해서 되겠어요? 남자 자빠뜨리는 법 몰라요?"

"……!"

자리를 털고 일어난 그는 더 볼 것도 없다는 표정을 지으며 말하였다.

"세상이 만만하죠, 이지우 씨. 디자이너로서는 소질이 보이던데 한 우물만 파는 게 어떻겠어요. 소질도 없는 자빠뜨리는 기술은 그만하고."

고개 숙인 지우는 지금 제가 하고 있는 몰골을 보고선 아랫입술을 깨물었다.

벌어진 지퍼 사이로 아랫배를 반쯤 감싼 실크 팬티와 희미하게 보일 듯 말 듯 속살이 내비쳤다.

봤겠지.

저 남자도 봤겠지?

지우는 천천히 지퍼를 올리고 버클을 채웠다. 옷을 제대로 정리했다.

기태혁.

그는 예상한 그대로였다. 그래서 더없이 기쁘지만, 한없이 어려운 남자라서 슬프기도 했다.

과연 저 같은 여자는 봐 주기라도 할까.

"계속 여기 있을 겁니까."

이미 회의실 출입문 앞에 가서 선 그는 그녀가 오기를 기다리고 있었다.

"아니에요."

발걸음을 옮기던 지우는 휴대전화 진동이 울리는 바람에 걸음을 멈추었다.

지이잉. 지이잉.

알지 못하는 번호였다. 망설이다 그냥 끊어 버렸다.

"안 받습니까."

태혁이 의아한 눈으로 바라보며 물었다.

"괜찮아요. 그럼 안녕히 가세요. 인사는 여기서 할게요."

"좋을 대로."

가까스로 표정을 가다듬은 지우는 먼저 회의실을 나서는 그의 뒷모습을 조용히 바라보았다.

그와 불과 몇 마디 대화를 나눠 보지도 못했지만 이미 지우의 정신은 폭격을 맞은 것처럼 너덜거렸다.

육체적인 관계를 염두에 두고 그의 여자가 되고 싶다고 한 건 아니었다.

가장 빠른 길이 무엇인지 알기에 그랬지만, 그는 그것보다 여자가 가진 가치와 능력을 우선시하는 듯했다.

다행히 디자인은 마음에 든 모양이었다.

실력을 입증해서 눈에 드는 수밖에.

지금으로선 그 방법이 가장 빠를 것 같았다.

* * *

기태혁 부사장을 만나고 온 뒤 곧바로 회의가 열렸다.

디자인 팀원 전원이 모여 회의를 하던 도중 지우의 휴대전화가 울렸다.

지이잉. 지이잉.

"누구지?"

"죄, 죄송합니다."

진동으로 해 놓았지만 그만 회의의 맥이 끊겨 버렸다.

당황한 그녀가 얼른 휴대전화 전원을 껐다.

"회의의 기본자세가 안 되어 있네."

"죄송합니다."

다시 한 번 사과했다. 안 그래도 썰렁한 분위기가 더 얼어붙고 말았다.

디자인 연구소 박 소장이 회의를 주도하고 있었다. 그의 싸늘한 표정에 지우는 얼른 자세를 바로 했다.

"자, 회의 계속합시다. 그럼 1:4 스케일 모델 측정한 뒤 3차원 디지털 영상으로 재현하는 건 어떻게 됐습니까."

미현이 쭈뼛거리며 입을 열었다.

"그, 그게. 아직 다 완성하지 못했습니다."

"다들 이렇게 느려서, 원. 나사 하나가 빠진 것처럼 굴면 어쩌자는 겁니까. 다들 정신 차리세요."

박 소장은 특유의 거만한 표정으로 디자이너들을 꽉 눌렀다. 모두 찍소리도 못하고 주눅이 든 채 그의 눈치를 살폈다.

"저, 지금 SE 팀에서 디자인 변경을 요청해 온 상태기 때문에 협의만 끝나게 되면 곧바로 진행할 수 있습니다."

문철이 말하자 박 소장이 고개를 끄덕였다.

"지금 위에서는 클레이 모델을 내놓으라고 하는데, 어쩔 겁니까."

"서두르겠습니다."

"가서 일 봐요."

"네."

모두 자리에서 일어났다.

미현이 지우에게 다가와 어깨를 툭 치며 입술을 뾰로통하게 내밀었다.

"두 번 일하게 생겼어요. 지금 변경 전 모델로 작업해 놓을 테니까 다시 확정 나면 말해 줘요."

"네, 그럴게요."

지우는 휴대전화를 꽉 움켜쥔 채 회의실을 벗어나 휴게실로 향했다.

창문과 가까운 쪽에 자리를 잡은 지우는 마른세수를 하며 뻐근한 눈두덩을 지그시 눌렀다.

기태혁과의 이야기가 머릿속을 맴돌며 떠나질 않았다. 어떻게 해야 할지 판단이 잘 서질 않고 어렵기만 했다.

희선에게 전화를 걸어 보면 좀 나아질까 싶은 생각도 들었지만, 그건 퇴근 후에 하기로 하고, 우선 까맣게 꺼져 있는 휴대전화 전원을 눌렀다.

Rrrrr. Rrrrr.

휴대전화가 켜지자마자 벨이 울렸다.

아까 그 번호였다. 모르는 낯선 번호여서 받을지 말지 망설이다, 혹시나 하는 생각에 통화 버튼을 눌렀다.

"네, 이지우입니다."

-여기 삼정병원 응급실입니다. 이숙희 님 보호자 되십니까.

"네, 그런데요?"

-빨리 병원으로 오셔야겠습니다. 수술동의서를 받아야 당장 수

술 들어갈 수 있습니다. ······여보세요? 이숙희 보호자님!

지금 무슨 소릴 하는 거지? 누가 뭘 한다고?

요즘도 이런 식의 보이스피싱을 하다니.

깜박 속을 뻔했다. 아무리 정신이 없기로서는 이런 전화에 속아 넘어갈 만큼······!

-여보세요? 보호자분, 뭔가 오해하시는 모양인데, 여긴 삼정병원 응급실 맞습니다. 지금 이숙희 님께서 저희 응급실로 실려 오셨어요. 생명이 위독하니 이렇게 망설일 때가 아닙니다.

"제 연락처는 어떻게 알고 전화를 거셨어요?"

제발 보이스피싱이길! 불안한 마음이 고개를 쳐들었다.

-이숙희 씨 목걸이에 적혀 있는 거 보고 전화 걸었습니다. 어머님이신가요?

······아! 목걸이.

"흑, 마, 맞아요. 우리 엄마가 지금 어떻다고요? 갈게요. 바로 갈 테니까, 어디로 가면 되죠?"

-수술 동의하시면 지금 바로 수술 들어가겠습니다.

"네, 그래 주세요. 지금 가서 동의서에 사인할 테니까 바로 들어가 주세요. 우리 엄마 살려 주세요. 제발."

엄마, 제발, 제발!

-이숙희 씨 빨리 수술실로 옮기세요. 보호자분 동의 떨어졌어요. 인턴, 스트레처카 3번 수술방으로 옮겨 주세요.

아직 통화가 연결 중인 휴대전화에서는 다급한 응급실 상황이 고스란히 전해져 왔다.

엄마가 죽으면 이게 다 무슨 소용인데!

엄마!

* * *

은찬은 꽤 시간이 지났는데도 지우가 사무실에 들어오질 않자 불안한 마음에 슬그머니 자리에서 일어났다.

3층 임원 회의실에서 두 사람이 내뿜던 분위기가 내내 머릿속을 떠나지 않았다.

은찬은 지우가 무슨 말이든 해 주겠지, 라고 믿으며 나중에라도 단둘이서 이야기를 할 참이었다.

기태혁 삼촌과 어떤 사이인지, 무슨 관계인지 대놓고 물어볼 수도 없고, 물어본다 한들 제대로 된 대답을 듣지 못할 게 뻔했다.

그래도 곁에서 지켜보면 뭔가 답이 나오겠지 싶어 쓰린 속을 달래는 중이었다.

왜 이렇게 안 와?

그런데 지우는 회의가 끝나고 나가선 한참 동안 자리를 비우고 있었다.

팀장이 한소리 한 거 때문에 그러는 걸까.

아마 어디서 혼자 끙끙 앓고 있는 모양이었다.

사무실을 나선 은찬은 일단 휴게실 쪽으로 향했다.

저 복도 끝에 지우로 보이는 여자가 한 명 서 있었다. 멀리서 봐도 단번에 알아차릴 수 있었다.

"선배, 여기서 뭐 하고 있어요. 계속 기분이 안 좋아요? 뭘 그런 거로 그러세요.”

지우가 천천히 돌아섰다.

그런데 은찬은 순간 머릿속이 멍했다.

우는 거야?

마치 삐걱거리는 인형처럼 생기 없는 얼굴은 지금까지 보아 온 지우의 모습이 아니었다.

“은찬 씨, 나 서울 가야 해. 지금 당장. 팀장님한테 말 좀 전해 줘. 그리고 내 가방 좀 가져다줄래? 1층 주차장 입구에서 기다리고 있을게.”

“무슨 일인지 말해요. 사람 놀라게 하지 말고.”

“급해. 제발.”

“아, 알겠어요.”

다급하게 말하는 지우를 보자 정신이 하나도 없었다.

일단 그녀가 말하는 대로 하자 싶어 은찬은 사무실 쪽으로 달렸다. 금방이라도 부서질 것 같은 위태로운 모습은 그에게도 충격이었다.

은찬이 사무실로 가서 지우의 가방을 챙겨 들고 빠르게 달렸다. 그리고 주차장 입구에서 초조한 모습으로 자신을 기다리는 지우에게 얼른 가방을 건넸다.

지우는 가방을 낚아채듯 뺏어 들고 자신의 차가 주차된 곳으로 냅다 달렸다.

“선배, 조심해서 운전해요. 아니다, 내가 운전해 줘요?”

“괜찮아. 어서 들어가.”

지우는 운전석에 올라타자마자 시동을 걸고 급하게 액셀러레이터를 밟았다.

끼이익!

타이어 마찰음이 요란하게 울려 퍼졌다.

"하아, 제길! 도대체 무슨 일이야."

불안한 시선으로 지우의 차가 사라진 곳을 바라보던 은찬은 거칠게 머리를 쓸어 넘겼다.

제6화

제우스의 룸에서는 술판이 벌어졌다. 예성이 불러 모았는지 멤버들 대부분이 와 있었다.

벌써 테이블 위에는 빈 양주병이 가득했고, 대부분 얼큰하게 취해 있었다.

취하기 전에는 대화를 나누며 각자 필요한 정보를 눈치껏 주고받다가, 적당히 만족한 다음에는 술을 들이붓기 시작했다.

태혁은 재킷을 벗고 셔츠 차림으로 자리하고 있었다. 셔츠 소매를 몇 번 걷어 올린 탓에 잘 그을린 탄탄한 팔뚝이 드러났다.

옆에 앉은 여자가 술을 따르며 태혁의 팔뚝을 힐끔힐끔 쳐다봤다.

이런 모임에서 태혁은 대부분 조용히 술을 마시는 편이었다. 다른 녀석들은 옆구리에 여자를 끼고서는 온갖 짓을 다 했지만, 태혁은 아예 즐기지를 않았다.

태생이 더러운 탓에 이런 곳에 와서도 그는 오로지 술만 마셨다.

여자랑 노는 것도 질린 모양인지 적당히 취한 예성이 태혁에게 바짝 다가와서는 눈치를 살피더니, 무슨 대단한 비밀이라도 되는 것처럼 조심스럽게 말을 꺼냈다.

"브랜드 체험관 가 봤는데, 반응이 끝내주던데? 매출이 작년 대비 세 배로 올랐다며?"

태혁은 대답 대신 묵묵히 술을 늘이켰다.

"그나저나 증강현실 기술을 적용한 게 효과가 좋았나 보지? 하긴 나도 보니까 눈 돌아가더라."

"글쎄."

태혁은 시큰둥하게 대답했다.

K 자동차 사에서는 이미 AR 내비게이션이 장착된 차가 판매되고 있었다.

브랜드 체험관은 거기서 한 단계 앞선 고도의 증강현실 기술을 적용해서 홍보 효과를 노렸다.

허공에서 터치스크린을 조작하듯 차량 정보를 볼 수 있도록 하고, 그 밖에도 미래형 자동차에 대한 정보를 증강현실로 보여 주었다.

"도대체 어디랑 작업한 거야?"

향후 IT업체를 보유하지 않은 자동차 회사는 살아남기 어렵다는 것을 예측한 태혁은 그룹과 상관없이 개인적으로 IT업체를 세웠다.

대표는 다른 사람으로 되어 있어 그 회사가 태혁과 관련 있다고 생각하는 사람은 아무도 없었다.

"미국에 있는 회사야. 꽤 유명한 회사라서 들어 봤을 텐데?"

"아, 그래? 그럼 나도 좀 알아봐 줘. 부탁할게."

"그러든지."

"오케이. 그럼 한잔할까?"

태혁이 술잔을 들어 잔을 부딪쳤다. 분위기가 무르익어 가는 시점에 태혁도 마찬가지로 얼큰하게 취해 갔다.

그런데 문득 팔뚝에 벌레가 기어가는 느낌에 내려다보니, 옆에 앉은 여자가 그의 팔뚝을 쓰다듬고 있었다.

"뭡니까."

"와, 단단하네요. 부사장님."

태혁의 미간이 확 구겨졌다.

"치워."

"아, 죄송해요."

여전히 생글거리는 얼굴을 보자 저 깊숙한 곳에 묻어 두었던 화가 스멀거리며 피어올랐다.

"나가."

목소리가 살벌하다 못해 위협적이었다.

"부, 부사장님. 안 그럴게요."

코맹맹이 소리를 내며 그의 팔에 다시 매달리듯 안겨 오는 여자를 보며 태혁은 차갑게 웃음을 터트렸다.

"하, 예성아. 마담 불러."

룸 안에 있던 모든 사람의 시선이 태혁과 여자에게로 쏠렸다.

순간 그들의 얼굴에 경악한 표정이 스쳐 갔다.

예성은 태혁이 여자를 떼어 내기 전에 먼저 나서서 여자를 거칠게 떼어 냈다.

"저 씨팔년이 미쳤나, 당장 안 떨어져!"

"쯧, 여기 마담도 맛이 간 모양이네. 야, 너 가서 마담 불러와."

대성이 끼고 있던 여자를 밀쳐 내며 말했다.

모처럼 좋았던 분위기를 흐린 여자를 다들 죽일 듯이 노려보았다.

얼굴이 벌겋게 달아오른 여자는 영문을 몰라 하며 겁에 질린 듯 울먹였다.

태혁은 팔을 물수건으로 닦아 내며 불쾌감을 숨기지 않고 드러냈다. 그리고 잔뜩 일그러진 얼굴로 룸의 입구를 노려보았다.

얼마 있지 않아 하얗게 질린 마담이 숨을 헐떡이며 룸에 들어섰다.

한쪽에 벌서듯 서 있는 여자를 보고 눈을 흘긴 다음 태혁 앞으로 가서 고개를 조아렸다.

"부르셨습니까, 부사장님."

"마담, 여기 문 닫고 싶습니까."

"죄, 죄송합니다."

"죄송? 이미 더러워진 내 기분은 어쩔 겁니까."

"정말 죄송합니다. 제가 다시는 이런 일 없도록 하겠습니다."

"그것 하나 못 지킵니까. 내 몸에 손대지 못하도록 교육하는 게 어렵습니까."

마담이 고개를 조아렸다.

"제대로 교육하겠습니다."

마담은 한쪽에 서 있는 여자에게 다가가서 가차 없이 귀싸대기를 날리더니, 머리채를 휘어잡고 질질 끌어 태혁 앞에 무릎 꿇렸다.

벌벌 떨면서 무릎 꿇은 여자는 닭똥 같은 눈물을 뚝뚝 흘리며 끅끅거렸다.

"잘 봐, 여기 계시는 분한테는 더러운 몸뚱어리 들이대지 말라고! 알겠어? 빨리 사과드려!"

"흐흑, 다시는 안 그러겠습니다. 흑, 자, 잘못했어요."

태혁은 손에 든 위스키 잔을 빙글빙글 돌리며 한 모금 삼켰다. 입가에 비릿한 미소를 짓고서 마담을 향해 손짓했다.

손목을 까딱이며 가까이 오라고 하자, 마담은 울고 있는 여자를 밀치고 그 자리에 와서 고개를 조아렸다.

태혁은 자리에서 일어나 그들을 내려다보며 말했다.

"허리 펴고 날 봐요."

마담은 태혁이 시키는 대로 허리를 펴며 고개를 들었다. 마담의 눈동자에는 두려움이 가득했다.

태혁은 마담의 어깨를 손가락으로 툭 밀치며 위협하듯 낮은 목소리로 말했다.

"일 이렇게 처리하는 거 어디서 배웠어요?"

"네, 네?"

"고객 앞에서 보란 듯이 직원 두들겨 패고 무릎 꿇리고. 이건 뭐, 양아치네. 완전."

태혁은 가볍게 넥타이를 좌우로 흔들었다.

"하아."

깊은 한숨을 내쉰 태혁은 머리를 쓸어 넘기며 입김을 내뿜었다.

"딸 데리고 쇼하고 싶어요? 그런다고 넘어가기나 하고?"

마담의 표정이 순간적으로 허물어지는 것을 본 태혁은 재킷을 집어 들었다.

"지금 보니 마담 형편없는 쓰레기네요. 딸한테 가르칠 게 없어서 술 따르는 거 가르칩니까."

쯧. 혀를 차며 별시 어린 시선으로 두 모녀를 바라보던 태혁은 쓴웃음을 지었다.

역시 기분이 좋지 않을 때 술을 마시면 꼭 사달이 났다.

태혁은 휴대전화를 들어 김 실장을 호출했다.

"와, 씨팔, 마담 그렇게 안 봤는데. 딸이었어?"

대성이 어이없다는 듯 마담을 몰아세우기 시작했다.

"기태혁 부사장이 누군지 몰라서 그래? 여기 문 닫는 거 한순간이야. 생각 잘했어야지. 잘 돌아가는 회사도 맘만 먹으면 끝장내는 판국인데, 이깟 술집이 문제겠어?"

"그만해."

태혁이 대성에게 시끄럽다는 듯 경고를 했다.

"잠깐만, 태혁아. 어디 불안해서 술 마시겠어? 마담, 기태혁이 누군 줄 알고 감히. 태혁이 장인어른 될 사람이 차기 대통령이야, 대통령. 쟤가 가당키나 해?"

강희선과 맞선 보고 깨어진 지가 언젠데 저런 소릴 하는지.

태혁은 고개를 저으며 자리에서 일어났다.

술 취한 녀석에게 조용히 하라고 한들 들을 리도 없고, 그냥 이 자리를 뜨고 싶은 마음뿐이었다.

태혁은 그를 붙잡는 녀석들을 손짓 한 번으로 물린 채 룸을 빠져나왔다.

혼자 결벽증 있는 환자처럼 굴고 아무리 깨끗한 척해도 그를 따라다니는 꼬리표는 사라지지 않는다는 사실을 또 한 번 깨달았다. 아무리 아닌 척해도, 술집 마담 아들이란 사실은 지워지지 않는다.

마담이 제 딸을 들이미는 것만 봐도 그렇지 않은가.

마담은 그가 서 있는 자리를 제대로 본 것이다.

짜증 날 정도로 정확하게.

태혁이 주차장 앞에 서서 김 실장을 기다리는 동안 담배를 피워 물었다. 등골을 따라 땀이 흘러내렸다.

숨이 턱 막힐 만큼 후덥지근한 여름밤이었다.

* * *

"조 여사님이 그날 이후 앓아누웠다는 얘기가 들려옵니다."

김 실장의 말에 피식 웃는 태혁의 싸늘한 눈매는 섬뜩할 만큼 매서웠다.

"조만간 호출이 있겠습니다."

"안 그래도 출근하는 즉시 바로 회장실로 오시라는 전언이 있었습니다."

"그걸 왜 지금 말하는 겁니까."

"늘 뵙기 불편해하셔서 조금이라도 늦게 말씀드리려고 그랬습니다."

"쓸데없긴."

"죄송합니다."

가 보면 알겠지.

무슨 소릴 할지.

아버지라는 일말의 기대조차도 않고 있는데, 그래도 부를 때마다 가슴 깊숙한 곳에서는 헛된 희망을 품게 된다.

따뜻한 말 한마디.

'밥은 잘 챙겨 먹고 다니는 거냐, 어디 아픈 곳은 없느냐, 요즘 일이 힘들지 않으냐, 난 널 믿고 있다, 내 아들이라서 자랑스럽다.'

절대로 그럴 리가 없지.

기 회장이 누군데.

어린 아들에게조차도 그런 말 한마디 건네준 적 없는 아비란 자였다.

짙은 태혁의 두 눈은 어느새 냉철한 모습으로 돌아가 있었다.

그 모습을 착잡한 마음으로 바라보던 김 실장은 속으로 작게 한숨을 내쉬었다.

* * *

회장실로 가기 위해서 거쳐야 하는 복잡한 절차를 모두 패스한 태혁은 마지막 관문인 안내 데스크를 통과했다.

문을 열고 들어서자 반 비서실장이 그를 맞이했다.

"어서 오십시오. 회장님께서 기다리고 계십니다."

태혁은 대답 대신 매서운 눈으로 반 비서실장을 잠시 바라보다 안으로 발걸음을 옮겼다.

"아, 반 비서실장님."

태혁은 가던 걸음을 멈추고 그를 불렀다.

"네, 부사장님."

천천히 주위를 둘러본 태혁은 반 비서실장의 얼굴에서 멈추었다.

"여기, 회장님 비서실 직원 중 인사과에서 올린 직원 있습니까."

반 비서실장이 그 말에 기립해 있는 다른 직원을 쳐다보았다.

"네, 있습니다."

태혁의 새카맣게 가라앉은 눈동자가 반 실장을 향했다.

"회장실, 구멍가게도 아니고 많이 허술합니다."

"그게 무슨 말이신지……."

딱딱하게 굳어 가는 비서실장의 얼굴을 보자 저절로 혀가 차졌다.

"아, 그리고 큰도련님 기일이 곧 다가옵니다. 이번에는 참석하셔야죠."

"내가 왜요."

서늘한 눈빛이 반 비서실장을 직시했다.

"아무리 그래도 형제가 아니십니까. 다른 형제분이 있으신 것도 아니고."

팔짱을 낀 채 반 비서실장을 쳐다보던 태혁은 나직이 내뱉었다.

"죽은 사람 챙길 정신 있으면 구멍 뚫린 비서실이나 챙기세요. 비서실에 구멍이 새는 줄도 모르고, 쯧. 아니면 알고서도 내버려두는 건지도 모르죠. 아무튼 주제넘게 나대지 말고. 참는 건 이번뿐입니다. 또 나대면 그땐 반 비서실장이 제일 먼저입니다. 내 손에 만져지는 사람은."

반 비서실장은 묵례를 하며 옆으로 비켜섰다.

"일을 이따위로 할 비에아 그만두시죠."

반 실장의 미간이 슬쩍 좁혀지는 것을 본 태혁은 입꼬리를 올렸다.

기 회장을 젊은 시절부터 보필하며 지금까지 곁을 지켜 온 반 비서실장은 이쪽 집안 사정을 누구보다 잘 알았다.

기 회장의 손과 발이 되어 태혁을 생모와 함께 미국으로 보낸 것도, 다시 한국으로 돌아오도록 한 것도 모두 반 비서실장이었다.

그 모든 것이 기 회장의 지시에 따른 행동이었다고 하더라도, 반 비서실장이 가진 힘과 재량은 생각보다 컸다. 하지만 그 힘이 언제까지 갈지는 두고 볼 일이었다.

태혁은 차갑게 노려본 뒤 회장 집무실 문을 열고 안으로 들어갔다.

"왔습니다."

커다란 마호가니 책상에 앉아서 돋보기를 낀 채 서류를 보고 있던 기 회장은, 돋보기를 내려놓으며 자리에서 일어났다.

"앉거라."

태혁은 늘 그가 앉던 왼쪽의 긴 소파에 앉았다.

상석에 자리를 잡은 기 회장은 다짜고짜 본론으로 들어갔다. 태혁의 직설적인 성격은 기 회장에게서 물려받은 거나 다름없었다.

"네 형수가 그러더구나. 은찬이를 본사에 넣어야 하지 않겠냐고."

드디어 시작인가 보네.

태혁은 다음에 이어질 기 회장의 말을 묵묵히 기다렸다.

"대답이 없는 걸 보니 못 들었어?"

"네, 아직 듣지 못했습니다."

"그럼 내가 직접 물으마. 네 생각은 어떠냐?"

날카로운 눈매 속에 감춰진 검은 눈동자가 유독 새카맸다.

어릴 땐 저 눈빛을 두려워했었다. 하지만 지금은 음흉하게 느껴질 뿐이었다.

"제 자리를 내놔야 하는 상황도 아닌데, 군이 제 의견이 필요하십니까."

언제부터 의논해서 결정했다고.

영감과 형수의 속내가 훤히 들여다보였다.

"크흠, 하긴. 그래서 말인데 너도 이참에 계열사 사장 자리는 앉아야지."

태혁은 기 회장의 얼굴을 보며 소리 없이 웃었다.

기가 막혔다. 계열사도 계열사 나름 아니겠는가.

결국 그에게 자리를 내놓으라는 말이나 다름없었다.

"처음부터 부사장 자리를 주신다고요?"

"어차피 은찬이는 제 아비 대신이야. 안 될 게 뭐가 있어."

"회장님이 그러시겠다면 그러셔야죠. 앞으로 이런 건 의논 안 하셔도 됩니다."

기 회장의 숱 많은 눈썹이 꿈틀댔다. 무슨 꿍꿍이가 있어 그러나 싶은 표정이었다.

태혁은 무미한 표정으로 그를 보며 다음에 이어질 말을 기다렸다.

그리고 손목시계를 내려다보며 시산을 확인했다.

"급한 일 있는 게야?"

"네."

"그럼 이것만 물어보마. 네가 조 여사한테 다녀간 뒤로 그 사람 앓아누웠다. 무슨 이유로 거길 왔던 거냐."

기 회장의 목소리에 날이 섰다.

그래도 제가 품고 있는 여자라 신경 쓰이는 모양인데, 그 여자가 다른 놈 아래에 깔려 뒹굴었다고 하면 아마 쓰러질 것이다.

저 성질에 그냥 내버려 둘 리도 만무했다.

아직 버릴 패는 아니니 좀 더 지켜볼 생각이었다.

"조 과장이 남동생이라고 하는데 별로 하는 일 없이 연구소에 박아 둬서 그것 때문에 한소리 하러 갔습니다."

"크흠, 그건 내가 시킨 일이다. 얼굴 반반하고 성격이 붙임성도 좋아서 외부인들한테 연구소 소개도 하고 좀 좋아."

"그래서 그랬다고요."

"큰 문제 아니면 덮어 둬."

"알겠습니다."

"비서실장 들어오라고 해."

태혁은 휴대전화를 꺼내 반 비서실장에게 전화를 걸었다. 신호가 떨어지자마자 목소리가 들려왔다.

-네, 부사장님.

"찾으십니다. 지금 들어오세요."

-아, 바로 들어가겠습니다.

태혁은 전화를 끊은 뒤, 기 회장을 물끄러미 바라보았다.

"이곳은 언제쯤 비우실 생각이십니까."

"……뭐? 지금 뭐라고 했어."

기 회장의 얼굴이 확 일그러졌다. 좀 더 자극을 줄까 하다가 여기서 멈추었다.

말속에 숨겨진 의미를 간파한 늙은이는 부들부들 떨리는 손끝을 말아 쥐며 노려보았다.

그러게, 왜 사람 건드려.

왜 자극해.

기 회장은 여차하면 앞에 놓인 것들을 집어 던질 기세였다.

서로를 노려보던 그때, 반 비서실장이 집무실로 들어왔다. 서늘한 분위기를 감지 못한 반 비서실장은 기 회장 곁으로 다가갔다.

"회장님. 찾으셨습니까."

기 회장은 반 비서실장을 본체만체하며 태혁을 매섭게 노려보더니, 버럭 고함을 질렀다.

"네가 감히 건방을 떨어? 반 비서실장, 그거 가져와!"

"골프채 찾으십니까."

태혁은 어리둥절해 있는 반 비서실장을 대신해서 물었다.

"뭐, ……뭐?"

"1년에 몇 번씩은 휘두르셨잖습니까."

"지금 네가 누구 때문에 그 자리에 있는지 잊었어? 배은망덕한 놈 같으니라고."

잊다니.

그럴 리가.

태혁의 얼굴에 비릿한 미소가 걸렸다.

"회장님, 무슨 일이십니까."

반 비서실장이 놀란 눈을 커다랗게 뜨고 기 회장의 안색을 살피다, 태혁에게 시선을 옮겼다. 바라보는 눈빛이 곱지 않았다.

"지금 회사 중요한 시깁니다."

기 회장도 알고 있을 것이다. 글로벌 자동차 업체들의 미래차 경쟁이 본격화되고 있는 지금, 이에 대응할 수 있는 사람은 기은찬이 아니라 눈앞에 있는 저라는 것을.

"망하는 거 순식간입니다."

태혁이 마지막 쐐기를 박으며 자리에서 일어났다.

불호령이 떨어질 줄 알았더니 기 회장은 의외로 잘 참고 있었다.

태혁은 내친김에 반 비서실장을 향해 경고를 날렸다.

"반 비서실장님, 회장님 건강 잘 챙기세요. 본인이 해야 할 일이 무엇인지 똑바로 좀 아시고요. 아시겠습니까."

반 비서실장의 표정이 바짝 얼어붙었다.

"여기가 어디라고 네 맘대로 지껄여!"

기 회장이 버럭 소릴 질렀다. 태혁은 아랑곳하지 않고 제 할 말을 다 했다.

"아랫사람한테 한 충고입니다. 그럼 이만 가 보겠습니다. 아, 은찬이는 아직 나이도 어리니 하고 싶은 거 하게 좀 놔두세요. 형수 등쌀에 지레 죽습니다."

"내가 저 녀석을 데려오는 게 아니었어. 내가 제정신이 아니었던 거야!"

문을 나서는 태혁의 등 뒤로 기 회장의 하소연이 쏟아졌다. 그건 태혁의 자존감을 무참히 짓밟는 소리나 다름없었다.

그가 비뚜름한 미소를 지으며 회장실을 나섰다.

* * *

출입통제 시스템이 설치된 그룹 본사의 임원 회의실은 인터폰을 통해 신원을 확인하고 들어올 수 있었다. 카드를 가진 임원은 자유롭게 드나들 수 있지만, 대부분은 그렇지 못했다.

김 실장은 카드 리더기에 카드를 대고 안으로 들어갔다. 입구 데스크에 있던 여직원이 인사를 해 왔다.

"아직 회의 중이십니까."

"네, 곧 끝날 것 같습니다."

오찬간담회에 참석하려면 11시 30분에는 출발해야 한다. 한국 경제인과 국무총리가 만나는 자리이니만큼 늦어서 좋을 게 없었다.

166

특히 기 회장님의 비서실로부터 전언이 있었다. 오늘 간담회에 참석해서 제대로 눈도장을 찍고 오라는 것이었다.

손목시계를 들여다보며 조바심을 내던 김 실장은 비서실로 전화를 걸어 일단 차를 대기하도록 했다.

그 이후로 몇십 분이 지난 뒤에야 회의실 문이 열렸다.

하나둘씩 임원들이 모습을 드러냈다.

다들 지친 기색이 역력했다. 강도 높은 회의가 연속 3일째 이어지고 있었다.

태혁은 넥타이를 느슨하게 당기며 걸어 나오다 김 실장과 눈이 마주쳤다. 한쪽 눈썹을 추켜세우며 의아한 듯 바라보자, 김 실장이 다가왔다.

"부사장님, 오찬간담회 참석하셔야 합니다. 시간이 빠듯합니다."

김 실장은 그가 묻기 전에 대기하고 있던 이유를 말했다.

"아, 갑시다."

태혁은 느슨하게 당겼던 넥타이를 다시 바짝 조여 맸다.

임원용 엘리베이터를 타고 차로 향했다.

대기 중이던 기사가 문을 열어 그가 타기를 기다렸다. 뒷좌석에 태혁이 오르고, 김 실장은 운전석 옆에 앉았다.

"오찬간담회를 마친 뒤에는 다른 일정은 없으십니다."

김 실장의 말에 태혁은 고개를 끄덕였다.

"신차 클레이 모형은 완성됐습니까."

"아직 완성됐다는 보고를 못 받았습니다."

"지금 알아봐요. 어떻게 진행되고 있는지. 오찬간담회가 끝나면 바로 연구소로 갑시다."

"네, 그렇게 하겠습니다."

김 실장은 어딘가로 전화를 걸기 시작했다.

K 자동차 연구소 하면 이제 자연스럽게 그 여자가 떠올랐다.

이지우 디자이너.

태혁은 입꼬리를 비틀어 올렸다. 그날 이후로 일주일이 지났지만, 그녀에게선 연락이 없었다. 임원 회의실에서 그녀가 하려 했던 행동이 두고두고 창피하긴 할 것이다.

'날 당신 여자로 만들어 줘요.'

마치 순진한 처녀처럼 파리한 낯빛으로 덜덜 떨면서도 하는 행동은 대범하기 짝이 없었다.

새하얗고 가느다란 손가락에 걸린 청바지가 그렇게 외설스러울 수가 없었다. 벌어진 지퍼 사이로 보이는 실크 팬티와 희미하게 비치는 속살이 지금도 눈앞에서 아른거렸다.

"저, 부사장님."

통화를 끝낸 김 실장이 상체를 틀어 그를 바라보았다.

뭐지?

하필이면 그런 생각을 하다니. 저절로 쓴웃음이 나왔다.

"말해요."

마른세수를 하며 잡념을 털어낸 태혁은 김 실장을 쳐다보았다.

"이지우 씨가 회사를 안 나온 지 일주일이 넘었답니다."

태혁의 미간이 좁혀졌다.

"그게 신차 클레이 모형이 늦어지는 것과 무슨 상관입니까."

"신차를 디자인한 직원이 이지우 씨랍니다."

"······그래요?"

역시 실력은 있는 모양이었다. 그가 볼 때, 향후 5년 정도 지나면 분명 K 자동차 사를 대표하는 디자이너가 되어 있을 것이다.

말을 안 듣는 게 흠이긴 한데, 분명 은찬이랑 같이 있을 것이다. 기분이 싸하게 가라앉았다.

"은찬이한테 연락 넣으세요."

"기은찬 씨 말입니까?"

"언제까지 같은 말을 두 번 하게 할 겁니까."

태혁의 심기가 급속도로 나빠졌다.

만약 둘이서······.

아니, 아닐 것이다.

그는 기분 나쁜 쪽으로 흘러가는 생각을 떨쳐 버렸다.

"부사장님, 은찬 씨 연결됐습니다. 바꿔 드릴까요?"

김 실장이 재빨리 휴대전화를 내밀었다. 태혁은 특유의 서늘한 표정으로 휴대전화를 받아 들었다.

"기은찬, 지금 어디야."

-삼촌?

"어디냐고."

-쉬고 있습니다. 일주일 휴가를 냈거든요.

"설마 해외로 놀러 간 거야?"

-아, 아닙니다. 선배가 상을 당해서 지금 거기 같이 있습니다.

상을 당해?

턱을 매만지던 태혁은 전화를 끊었다. 유부남이 외박할 때 써먹는 18번이 바로 친구 부모님 상이었다. 그런데 결혼도 안 한 녀석이 그런 거짓말을 하다니.

"아주 발칙하게 노네."

혼잣말을 내뱉은 태혁은 김 실장에게 지시했다.

"김 실장. 이지우, 기은찬 둘 지금 어디 있는지 알아보세요. 간담회 가 있는 동안."

"네, 알겠습니다."

* * *

다행히 늦진 않았다. 아슬아슬하게 제시간에 도착한 태혁은 사람들과 가볍게 인사를 나누었다.

오찬간담회는 무난하게 흘러갔다. 국무총리가 차기 대선에 나간다는 소문이 돌더니 오늘 보니 기정사실인 듯했다.

정경유착이야 오래된 관행처럼 이어져 오고 있지만, 특별한 이해관계가 성립되지 않는 한 기태혁은 쉽게 돈주머니를 풀지 않았다. 그는 이미 4선 국회의원인 강 의원에게 줄을 댄 상태였다.

다들 이해관계가 얽히고설킨 자리였고, 새로울 것도 없었다.

차기 K 그룹의 총수가 되기에 가장 유력한 기태혁은 어딜 가나 중심에 섰다.

잔잔한 미소를 띤 얼굴로 자리를 지키고 있지만, 속은 그다지 편치 못했다. 내부적으로 그가 어떤 상황인지 아직 알 리가 없는 그들은 태혁에게 붙어 떡고물이라도 떨어지지 않을까 눈치를 살폈다.

수많은 계열사와 그와 연관된 협력업체의 수만 봐도 이들이 저러는 건 무리가 아니었다. 하지만 태혁의 속마음은 말할 수 없이 착잡했다.

은찬이 이런 사람들을 상대해서 자리를 지켜 갈 수 있을까.

사람에겐 타고난 그릇이란 것이 있다.

은찬이 저와 비슷한 성정이었다면 아마 제대로 붙어 보기라도 했을 것이다. 하지만 디자이너로 살고 싶어 하는 기은찬은 그게 딱 맞는 그릇이었다.

그걸 모르는 사람은 형수와 기 회장뿐이었다. 천한 술집 마담의 태생은 절대로 회장직을 맡을 수 없다는 고정관념이 어떤 불행을 가져올지는 저도 장담할 수 없었다.

은찬은 그의 보호 아래 있는 편이 훨씬 행복할 것이다. 안타깝게도 주제를 모르고 기어오르면 그때는 그도 아무리 은찬이라도 봐주기 힘들 것이다.

하루에도 수십 번씩 가슴속에는 불길이 치솟았다. 그걸 과연 은찬이 피해 갈 수 있을까.

그가 어린 은찬을 보살펴 왔듯, 앞으로도 그럴 것이다.

단, 기어오르지만 않는다면 말이다.

기은찬이 이지우와 놀아나는 꼴은 볼 수가 없었다.

그 여자는 은찬이 감당할 수 있는 여자가 아니었다. 그녀와 엮인 남자만 해도 줄을 설 지경인데, 닳고 닳은 여자한테 단물만 빨리고 말 것이다.

이지우.

그만큼 알아듣게 말했는데, 가뿐하게 그의 말을 씹어 드시고, 은찬이랑 사라졌다고.

끝까지 사람 돌게 하지.

태혁은 제 맘대로 설치는 걸 봐주고 있을 만큼 너그럽지 못했다.

이깟 여자 아니라도 머릿속은 한없이 복잡한데, 자꾸 신경을 긁어 댔다. 태혁의 형수이자 은찬의 모친인 최하란, 그 여자가 만약 이 사실을 알게 된다면 아주 재미있을 것 같았다. 하긴, 최하란이 누군데 그냥 보고만 있겠는가.

이지우, 머리끄덩이 잡히고 개망신을 당해봐야 정신 차리지.

태혁은 혀를 차며 고개를 저었다.

만약 둘이 같이 떠난 게 맞다면 분명 형수 귀에도 들어갔을 것이다.

오찬간담회가 어떻게 끝나는 줄도 모르게 끝이 났다. 태혁은 사람들과 다시 인사를 나눈 뒤 그곳을 나왔다.

밖에서 그를 기다리고 있는 김 실장을 불렀다.

"차 키."

"직접 운전하시겠습니까."

"알아봤습니까."

아마 위치 파악은 벌써 끝났을 테고, 지금 뭘 하고 있는지까지 다 알아냈을 것이다.

"김 실장님, 한국말 못 알아듣습니까."

작게 한숨을 내쉰 김 실장이 마지못해 입을 열었다.

"두 분이 같이 있는 걸 확인했고, 기은찬 도련님이 이지우 씨와 함께 이지우 씨 집에서 나오는 걸 직접 봤답니다."

태혁의 표정이 순식간에 싸늘해졌다.

그런 그의 얼굴을 살피던 김 실장은 다음 말을 이어 갔다.

"그런데 상을 당한 선배가 바로 이지우 씨랍니다."

"상을 당한 사람이 이지우라면 가족 중 누가……. 설마 이지우 씨 어머니가 돌아가셨던 말입니까."

"네, 교통사고로 수술 중에 사망했답니다."

"장례는 어떻게 치렀습니까."

"이지우 씨 혼자서……. 아무한테도 연락을 안 했는지, 문상객도 없었답니다."

"은찬이가 옆에 있었다면서요."

"그게, 은찬 도련님도 장례를 치른 후에 연락된 모양입니다."

"주소를 알려 주세요. 직접 가 봐야겠습니다."

"부사장님께서 직접 말씀이십니까."

"왜요."

"직접 가실 것까지 있으신지."

"이지우만 한 디자이너 구해 와 봐요. 그럼 부조만 하고 치우게요."

"이미 장례는 다 치른 뒤라서 직원상조회에서도 일정 금일봉만 전달하기로 한 모양입니다."

"알겠습니다."

태혁은 김 실장으로부터 받은 주소를 내비게이션에 입력하고 그곳으로 향했다.

* * *

지우는 은찬을 억지로 쫓아냈다. 그리고 그가 가는 것을 직접 확인한 후에야 집을 나설 수 있었다.

이 상태로는 잠을 잘 수도, 음식을 먹을 수도 없었다. 이 모든 것이 꿈이었으면 좋겠다고 생각해 보지만, 현실은 냉엄했다.

그녀가 지금 할 수 있는 것은 술에 의지해 잠이 드는 것뿐이었다.

편의점에 가서 소주와 양주를 샀다. 그것을 들고 집으로 걸어가는데 누군가가 앞을 가로막았다.

"아가씨, 회장님께서 기다리십니다."

"비켜요."

지우는 지독히도 낮은 목소리로 짓씹듯 내뱉었다. 엄마의 죽음을 누구에게서 들었는지 모르지만, 3일째 그녀를 찾아와 괴롭히고 있었다.

"잠시만 시간 내주십시오."

"비키라니까! 저리 꺼지란 말이야!"

지우는 고함을 지르며 발악했고 그 소리에 주변 사람들이 점점 몰려들기 시작했다. 하지만 누구 하나 나서서 도와주는 사람이 없었다.

그녀가 벌겋게 충혈된 눈으로 남자를 노려보았다.

"그러면 힘으로라도 모시고 가겠습니다."

"하! 인간쓰레기들. 어디 맘대로 해 봐."

지우는 쓴웃음을 삼키며 흐르는 눈물을 닦아 냈다. 악을 쓰며 버티다 포기하고 나자 몸 전체에 기운이 쫙 빠지며 땅이 흔들리는 것 같았다. 남자가 지우의 팔을 붙드는 순간 뒤에서 나타난 큰 그림자가 느릿하게 말을 내뱉었다.

"그 손 치워."

지우의 두 눈이 커다래졌다.

아! ⋯⋯부사장님?

어지럼증을 느끼는 와중에도 그의 목소리를 듣고 나자 가슴속에서 뭉클한 감정이 눈물이 되어 솟구쳤다. 5년 전에도 그랬듯, 그는 여전했다. 불의를 참지 못하고, 약한 자를 도와주는, 가슴 저리도록 보고 싶어 했던 그가 분명했다.

지우는 흐릿한 시야 속에서도 그를 뚫어지게 바라보았다. 맞대오는 눈빛이 그녀를 감싸 안은 듯한 기분이 들었다.

"저런, 쯧."

태혁은 혀를 차며 지우의 눈물을 엄지로 훔쳤다. 그의 손은 여전히 따뜻했고, 단단했다.

"당신 뭐야!"

"그 손 분질러 버리기 전에 꺼져."

태혁은 입에 물고 있던 담배를 볼이 홀쭉하도록 빨아들였다.

"후우, 두 번 말하게 하지 마라."

"당신은!"

기태혁을 알아본 남자가 잔뜩 경계했다.

"화나게 하지 말라고 했잖아."

"으악!"

태혁은 지우의 팔을 끝까지 붙들고 있는 남자의 커다란 손등에 담뱃불을 비벼 껐다.

그제야 남자는 고함을 지르며 손을 떼어 냈다.

"꺼져. 어디 한 군데 부러지기 전에."

더 상대해서 이길 승산이 없다고 생각한 모양인지 남자는 뒷걸음질 치며 자리를 벗어났다.

남자가 시야에서 사라질 때까지 노려보던 태혁은 좀 더 확실하게 위협해서 다시는 얼쩡거리지 못하게 하고 싶었지만, 주위로 점점 더 많이 몰려드는 사람들과 놀란 토끼처럼 눈을 크게 뜨고 바라보는 이지우 때문에 멈춰야만 했다.

엉망으로 젖어 버린 이지우의 얼굴을 보자 기분이 말로 형용할수 없이 저조해졌다.

제 몸이 타 죽는 줄 모르고 불구덩이에 뛰어드는 불나방처럼 위태로워 보였다.

비록 미련했지만 아름다웠던 그의 어머니가 그랬다. 그냥 저 좋다는 남자 만나 사랑하고 살았다면 그렇게 비참하게 살다 가진 않았을 것이다.

어린 그는 남자들에게 희롱당하고 맞는 엄마를 도와줄 수가 없었다. 만약 어른이 돼서 힘이 생긴다면 그때는 다신 그런 꼴을 보지 않겠다고 다짐했었다. 약값을 구걸하러 밖으로 나가서 양키들에게 몸을 팔고, 폭행을 당하던 어머니의 모습은 그에게 깊이 남은상처였다.

그래서 그와 어머니를 내팽개친 기 회장이 증오스러운 것이다.

벗어날 수 없는 굴레와 같았다.

그런데 이지우, 네가 뭔데 날 자극해.

네가 뭔데, 날 건드려. 왜 날 미치게 해.

"……이지우 씨. 왜 이런 꼴을 당하는 겁니까."

지우는 눈물을 훔쳐 내며 그에게 다가가 인사를 했다.

"부사장님, 안녕하세요. 그런데 여긴 어쩐 일이세요."

아무렇지 않은 척, 아무 일도 없었던 것처럼 구는 이 여자, 사람 환장하게 한다.

기분이 아주 뭣 같았다.

"아, 은찬 씨는 갔어요."

깊은 한숨을 쏟아 낸 태혁은 이성을 차리려 애를 썼다.

차게 식은 눈으로 여자를 바라보았다.

이 여자는 단지 돈이 좋아 스폰을 구하는 그렇고 그런 여자일 뿐.

한층 마음이 가라앉았다.

"저 사람은 누굽니까. 누군데 당신을 위협하는 겁니까."

지우는 대답 대신 입술을 꽉 깨물었다.

그 모습을 묵묵히 바라보던 태혁은 그녀의 손에 들린 비닐봉지를 보며 낮게 한숨을 내쉬었다.

"상을 당했다는 소리에 왔는데, 장례는 잘 치렀습니까."

"아, 네. 감사합니다. 너무 고맙습니다. 제가 상태가 좀, 하아……."

그녀에게선 칼칼하게 갈라진 목소리가 억지로 새어 나왔다.

당당하게 자신을 상대하던 모습이 아니었다. 금방이라도 쓰러질 것처럼 위태롭게 서 있었다.

이런 여자에게 왜 은찬을 불러냈느냐는 말 따위는 할 수 없었다. 보고 있기가 안타까울 만큼 아파 보였다.

"부, 부사장님. 정말 고맙긴 한데, 상태가……."

지우는 말을 하다가 스르르 뒤로 넘어갔다.

"이지우 씨!"

태혁은 재빨리 지우를 받쳐 안았다.

그녀 손에 들린 비닐봉지가 요란한 파열음을 내며 바닥에 떨어졌다.

태혁은 제 발밑에 떨어진 산산조각 난 유리 파편과 바닥을 적시는 술을 보며 입술을 짓씹었다.

혼자서 이 술을 다 마실 생각이었어?

이 미련한 여자야.

* * *

한 회장이 타고 있는 차 안의 공기는 싸늘했다. 그의 수행비서가 갑자기 나타난 기태혁에게 당하고 돌아온 것이다.

한 회장은 어이가 없다는 듯 수행비서를 노려보더니, 갑자기 벼락같이 고함을 내질렀다.

"병신 같은 자식! 이런 것도 수행비서라고! 그래서, 물건은 제대로 전달했어?"

잔뜩 주눅이 든 남자는 뒤를 돌아보며, 한 회장에게 봉투를 내밀었다.

"못 드렸습니다."

"왜!"

"그럴 경황이 없었습니다."

"그나저나 갑자기 튀어나온 남자는 뭐야."

"그, K 자동차 기태혁 부사장 같았습니다."

"뭐? 그 자식이 왜 여기 있는 거야! 왜 일개 직원의 집을 드나들어? 그년이 K 자동차 연구소에 근무하더니 함부로 몸 굴리고 다닌 거 아니야?"

"잘 모르겠습니다."

"제대로 알아봐."

"네, 곧바로 알아보도록 하겠습니다."

"돈으로 입 막아야지, 아니면 진드기처럼 달라붙어서 내 인생 망치는 수가 있어. 나중에 다시 와서 주고 와."

"네."

어지간히 독해야 말이지.

계집애가 앞으로 무슨 일을 저지를지 알 수가 없었다.

반백의 한 회장은 못마땅하다는 듯 연신 혀를 차다 그곳을 떠났다.

* * *

소파 팔걸이에 한쪽 팔을 기댄 채 턱을 괴고 앉은 기태혁은 지우의 얼굴을 몇 시간째 바라보고 있었다.

최 박사가 왕진을 다녀가긴 했지만, 여자의 낯빛은 여전히 창백

했다. 과로와 약간의 영양실조, 체력저하, 스트레스 등 복합적인 이유로 잠시 의식을 잃었다고 했다.

아마도 부모님의 갑작스러운 죽음에서 온 충격이 가장 클 것이다.

지난 일주일 동안 확실히 살이 많이 내렸다. 원래 살이 없는 체질 같아 보이긴 했지만, 지금 보니 얼굴이 형편없었다. 작은 얼굴이 더 작아 보였다.

생기 넘치는 눈동자와 상기된 뺨을 하고 수줍은 듯 아닌 듯 도발하며 사람 약을 바짝 올리던 이지우가 맞긴 한 걸까.

나중에 깨어나면 다시 확인해 보고 싶을 만큼 낯설었다.

저렇게 왜소했었나.

뾰족한 턱선과 가느다란 목선.

그리고 그 아래 움푹 파인 쇄골까지 차례대로 훑었다.

이불 밖으로 삐져나온 가냘픈 팔목에는 조금 전 수액을 맞은 자국이 선명하게 남아 있었다.

손목 주위의 멍 자국은 그녀를 어딘가로 데려가려던 남자의 악력에 생긴 자국이 분명했다.

같이 있다던 은찬은 어딜 가고 왜 혼자서 그 꼴을 당하고 있었던 걸까.

생각이 꼬리에 꼬리를 물고 이어졌다.

여자는 자면서도 괴로운 듯 눈물을 흘렸다. 끅끅거리며 목 안으로 울음소리를 삼킨 채 어깨를 떨며 서럽게도 울었다.

마치 어미 잃은 새가 홀로 비를 맞으며 애처롭게 우는 것 같았다.

그도 그 여자의 장례를 혼자 치른 뒤 지독한 몸살을 앓았었다.

어미 잃은 새처럼 불쌍히 떨고 있었는지, 울었었는지, 몸부림쳤었는지, 그 어떤 기억도 나질 않았다. 그저 한 며칠을 심하게 앓고 일어났더니 제 세상은 참 많이 변해 있었다.

약에 찌든 병든 어미라도 그에겐 비빌 언덕이었던 모양인지, 그마저도 사라진 뒤에는 뭐든 혼자 견뎌야 했었다. 그 쓰라린 절망감을 이지우는 앓고 있는 것이다.

태혁은 그녀에게서 시선을 떼어 낸 뒤 어둠이 내리기 시작하는 창밖으로 시선을 옮겼다. 그것을 보며 태혁은 꽤 시간이 흘렀다는 것을 깨달았다.

자리에서 일어나 침대 가까이 다가가 이지우의 얼굴을 내려다보았다. 혈색이 조금 돌아온 것도 같은데, 어느 순간 짙게 드리워진 기다란 속눈썹이 가늘게 떨리더니 눈꺼풀이 천천히 열렸다.

몇 번 눈을 깜빡이는 사이 초점을 잡은 모양인지 촉촉이 젖은 눈망울로 그를 올려다보았다.

순간 그가 누구인지 알아본 모양인지 눈이 커다래지며 입이 살짝 벌어졌다.

"……부, 부사장님?"

목소리가 형편없이 갈라져 있었다.

"나를 알아보는 거 보니 완전히 정신이 돌아온 모양입니다."

지우는 침대에서 몸을 일으키며 상체를 바로 세웠다. 딴에는 얼른 침대에서 빠져나올 생각인지 양쪽 다리를 침대 밖으로 내리며 몸을 일으켰다.

아직 무리일 텐데.

태혁은 팔짱을 낀 채 그녀가 하는 것을 가만히 지켜보았다.

하지만 그녀는 한 걸음 내딛기도 전에 털썩 침대에 주저앉았다.

"안 쫓아냅니다. 그 정도로 인심 야박한 사람은 아닙니다."

그의 말에 힐끔 쳐다보더니 작은 소리로 말했다.

"네, 고맙습니다."

태혁은 예의 그 차가운 시선으로 그녀를 보았다. 이럴 때 어설픈 동정은 오히려 독이나 다름없었다.

그는 오늘 그녀의 슬픔, 아픔 따위는 본 적도 없는 사람처럼 굴기로 했다.

"자주 그러나 봐요?"

이 상황을 아주 자연스럽게 받아들이는 것을 보니 처음이 아닌 모양이었다.

"자주 쓰러지면 직장 생활을 할 수 없겠죠. 이제 그만 가 보도록 할게요. 너무 많은 폐를 끼친 것 같아요. 오늘 정말 고맙습니다."

지우의 인사에 태혁은 그녀의 눈을 쳐다보았다.

"집으로 가면 아마도 그 양복 입은 남자가 지키고 있을 거 같은데. 누굽니까, 그 남자."

"……!"

지우는 대답을 하지 못하고 아랫입술만 물어뜯고 있었다.

가뜩이나 마른 입술을 뜯으니 피가 맺혔다.

"혹시 사채 써요?"

"……네?"

"놀라는 걸 보니 그건 아닌 모양이네. 아니면 같이 잤던 남자예요?"

그녀 입에서 기가 막힌다는 듯 헛웃음이 새어 나왔다.

"이지우 씨."

낮고도 진지한 목소리로 불렀다.

"……."

"아니라면 설명해 봐요. 무슨 이유로 대낮에 그 남자가 당신을 데려가려 했는지."

집요하게 묻다 보면 대답을 하겠지.

태혁은 빤히 지우를 보았다.

"……."

고집 하고는.

"내가 담뱃불로 손등을 지졌는데도 남자는 그냥 참더군요. 그렇다는 건 나를 안다는 소리인데. ……누굽니까."

"……."

"대답 안 합니까. 이지우 씨."

목소리에 조금 힘을 주어 묻자, 그제야 그녀의 얼굴이 반응하며 입술을 달싹였다.

"하아, 부사장님을 모를 사람이 우리나라에 몇이나 있을까요. 그러니 그랬겠죠. 지금 어떤 식으로 그 남자와 저를 엮으려는지 알겠는데, 그런 거 아니에요."

"엮다니요. 난 사실을 말하는 겁니다. 내 눈이 본 그대로 말입니다. 그러니 제대로 말해야 알 거 아닙니까."

"……."

입술만 잘근대며 대답을 회피하는 여자를 가만히 노려보았다.

지금 몰아붙여 봤자 제대로 된 대답이 나올 리 만무했다.

호락호락 놀아나는 남자들만 만나다 보니 모든 남자가 자기 발 아래로 보이는 모양인데, 어림없는 소리였다.

태혁은 가차 없는 눈빛으로 그녀를 내려다보며 말했다.

"식탁 위에 죽 있으니까 먹고 가요. 난 이만 볼일이 있어서."

태혁은 차가운 바람을 일으키며 방을 나갔다.

쾅.

혼자 남은 지우는 그 뒷모습을 물끄러미 바라보다, 닫히는 문소리에 움찔했다.

왜 자신이 여기 있는지, 어떻게 된 일인지 물어봐야 했다.

하지만, 듣지 않아도 알 것 같아 입을 다물었다.

정신을 잃고 쓰러진 자신을 그의 집으로 데려온 모양이었다.

"왜 집으로 데려왔는지 물으면 말해 줄 건가."

피식 웃으며 닫힌 문을 쳐다보다 자리에서 몸을 일으켰다.

테이블 위에는 다행히 그녀의 지갑이랑 휴대전화가 놓여 있었다. 그것을 챙겨 들고 방을 나섰다.

복도처럼 생긴 곳을 빠져나가자 넓은 거실이 펼쳐졌다.

집이 얼마나 넓은 걸까.

한눈에 담기지도 않을 만큼 넓은 거실을 휘이 둘러보다, 소파에 앉아 있는 남자를 발견하고 걸음을 멈추었다.

서류를 들여다보던 남자는 고개를 들어 그녀를 보았다.

남자.

정장을 입고 있는 그는 김 실장이었다. 회사에서도 늘 붙어 다니더니 집에까지 와서 이러고 있는 걸까. 참 돈 벌어먹기 힘들겠다는 생각을 하다, 문득 그 원인이 바로 저란 생각에 쓴웃음을 삼켰다.

"몸은 괜찮으십니까."

김 실장이 그녀를 보더니 다가와서 인사를 했다.

"아, 네. 괘, 괜찮아요."

부사장 외에 다른 누군가가 있을 거라고는 생각하지 못했던 지우는 당황한 나머지 말을 더듬었다.

그런 그녀와 다르게 김 실장은 너무나도 사연스럽게 그녀를 대하였다.

"식사하시죠. 죽은 따뜻할 겁니다. 드시고 나면 집으로 모셔다 드리겠습니다."

김 실장은 기태혁의 수족이나 다름없는 최측근의 사람이었다. 이런 친절은 기태혁의 지시가 있었기에 가능한 것일지도 모른다는 생각이 들었다.

아무튼, 어려운 기태혁과 달리 김 실장은 상대하기가 조금은 편하였다.

지금 어떻게 된 상황인지 알려 줄지도 모른다.

지우가 조심스럽게 입을 열었다.

"궁금한 게 많은데, 실장님한테 물어보면 되나요?"

"제가 아는 선에서는 알려 드리겠습니다."

"여긴 부사장님 댁인가요?"

"네, 맞습니다. 혼자 사시는 곳입니다."

"그럼 부사장님이 왜 저희 집 앞에 오셨는지 아시나요?"

“부사장님께서는 직원들의 경조사에 신경을 많이 쓰시는 편입니다. 아마도 상을 당하셨다는 말에 직접 찾아가신 거로 알고 있습니다.”

말도 안 되는 소리였다. 부사장이 일개 직원의 경조사에 직접 찾아다닌다고? 비서실에서 처리하는 것이 관행 아니었던가.

그리고 상을 당한 걸 아는 사람은 기은찬뿐이었다.

그렇다면 은찬이 그녀와 같이 있다는 사실을 알고 직접 찾아 나선 모양이었다.

대충 어떤 상황인지 짐작이 갔다.

“인사는 안 드리고 그냥 갈게요. 고맙습니다.”

“그럼 같이 나가시죠. 댁으로 모셔다 드리겠습니다.”

“아니에요. 혼자 갈 수 있어요.”

지우는 그를 만류하며 재빨리 현관을 나섰다.

엘리베이터에 오른 지우는 멍청히 서 있었다. 엘리베이터는 카드가 없으면 작동하지 않는 모양이었다.

김 실장이 곧바로 나오더니 그녀를 보며 카드를 흔들어 보였다.

“이게 없으면 나가실 수 없습니다.”

그가 엘리베이터를 타며 카드키를 갖다 대자 엘리베이터가 작동했다.

“좋은 곳에 사시네요.”

달리 할 말이 없어 지우가 그렇게 말하자, 김 실장이 사람 좋아 보이는 미소를 지어 보였다.

“부사장님이시니까요.”

그 말이면 충분했다. K 자동차 사의 부사장이라면 이보다 더한 것도 누리고 살 만큼 능력이 될 것이다.

지우는 엘리베이터에서 내린 뒤 김 실장에게 고맙다는 인사를 하고 건물을 빠져나왔다.

문득 뒤를 돌아 건물을 올려다보았다.

강남에서도 최고급 오피스텔로 소문난 곳답게 건물 외관도 웅장하고 고급스러웠다.

이곳으로 이사를 올까.

그녀에게 돈을 주지 못해 한창히는 늙은이도 있겠다, 여기로 옮겨 와서 사는 것도 괜찮을 것 같았다.

* * *

지우는 열흘 만에 출근했다. 사망확인서를 총무과에 제출하고 그녀가 일하는 외장디자인 1팀 사무실로 향했다.

사무실에 들어서자 먼저 출근해 있던 직원들이 자리에서 일어나 그녀에게 다가왔다.

다들 걱정 어린 시선으로 바라보며 위로했다. 이미 소문이 다 난 모양이었다.

그냥 개인 사정으로 열흘 정도 쉰다고 했었는데, 아무래도 은찬이 말한 듯했다. 굳이 숨길 사항은 아니지만 괜한 동정이나 관심을 받는 것은 싫었다.

"지우 씨, 괜찮아요?"

"네, 이제 괜찮아요. 제가 미리 연락을 드렸어야 했는데, 그럴 정신이 없었어요."

"나라도 그랬을 거예요. 세상에, 얼마나 놀랐겠어요."

문철이 가까이 다가왔다. 멀찍이 떨어져서 보고만 있더니 도저히 안 되겠는지 뚱한 목소리로 쏘아붙였다.

"다음부터는 그러지 마. 안 좋은 일일수록 서로 돕고 살아야지."

안다. 그가 얼마나 걱정했을지.

언젠가 술을 마시며 제 사정을 대충 말했더니, 그 이후로 부쩍 잘해 주고 있었다.

사실 그 전에는 이성으로 저를 보는 것 같아 부담스러워 피하기도 했었는데, 그가 마음을 접었는지 어느 순간부터 자연스럽게 그녀를 대했다.

지금은 남녀관계의 질척한 감정이 아니라는 것을 알기에 더 고마웠다.

"죄송해요."

지우는 진심을 담아 사과했다.

"뭐가 이리 말랐어?"

"언제는 저더러 살 많다고 그러더니."

"내, 내가 언제."

문철이 얼굴이 벌게지며 헛기침을 했다.

사람들이 문철을 의아한 시선으로 바라보자 슬그머니 자리를 떠났다. 원래 부끄러움도 많고 낯도 잘 가리는 문철이란 걸 사람들은 잘 모르고 있었다.

늘 털털한 모습만 보이니 더욱 그런 듯했다.

각자 자리로 돌아가서 평소와 다름없이 업무를 시작했다.

지우는 SE 팀과 의논했던 사항이 어떻게 됐는지 궁금해서 문철이 있는 곳으로 갔다.

"팀장님, SE 팀과 타협은 봤나요?"

"디자이너가 행방불명인데 할 수 있었겠어?"

"계속 그러실 거예요?"

"안 그래도 말하려고 했는데, 부사장님이 회의에 참석하시기로 했어. 이번 신차 개발에 엄청 신경 쓰고 계신 모양이야."

"설마 오늘 회의에 참석하시는 거예요?"

"그럴 거야. SE 팀에서 이지우 씨 오면 다시 회의하기로 했거든."

"그럼 부사장님은 못 오실 수도 있겠네요."

"여기 A동 3층 사무실에 자리 잡고 계셔. 하긴 몰랐겠네. 신차 개발이 완성될 때까지 여기서 일 보신다더라고."

"그래요?"

"뭐, 처음 있는 일도 아니니까. 일단 시간 확인해서 다시 연락할 테니까 어디 가지 말고 생각 정리해 둬. 꼭 그 디자인을 고집한다면 타당한 이유가 있어야 할 거야."

"네."

지우는 다시 제자리로 돌아와 SE 팀이 제안한 것을 검토했다.

오늘 회의에 참석한다고? 기태혁이?

회의 시간이 기다려지기는 처음이었다.

이제 서두를 일이 없으니 조금 천천히 가도 되지 않을까.

문득 가슴이 미어지는 통증에 입술을 물며 눈물을 삭였다.

이제 시작인데, 약해져선 안 된다. 엄마를 위해서도.

* * *

부사장실이 A동 3층에 마련되었다. 2층에 임시로 쓰던 사무실을 3층으로 옮겼다.

태혁은 사안이 중요하거나 급할 때는 곧장 연구소로 출근해서 일을 보았다.

지금쯤이면 클레이 모형이 나왔어야 하는데도 불구하고 제작에 들어가지 않았다는 사실을 알게 되면서 그의 심기는 매우 불편한 상태에 놓였다.

결과물을 빨리 기 회장한테 보여야 하는 입장에서는 일의 지연이 꼭 무능력과 연관되는 듯해 이런 식으로 닦달할 수밖에 없었다.

태혁은 손목시계를 들여다보다 인터폰을 들었다.

-네, 부사장님.

"김 실장님 들어오라고 하세요."

-알겠습니다.

잠시 뒤 김 실장이 들어왔다.

"오늘 이지우 씨 출근했는지 알아보고, 출근했다면 바로 회의 들어갈 수 있도록 준비하라고 하세요."

"알겠습니다. 오늘 출근했고, 지금 팀장이 지시를 내린 상태라고 들었습니다."

"그래요? 그럼 회의는 11시에 하도록 합시다."

"그렇게 전달하겠습니다."

"조사는 어떻게 되고 있습니까. 이지우 씨 주위에 맴도는 남자들도 그렇고, 뭔가 좀 수상합니다."

"지금 아직인데, 재촉하겠습니다."

"제대로 하고 있는 거 맞습니까."

날 선 태혁의 말투에 김 실장은 움찔했다. 관자놀이를 따라 식은땀이 주르륵 흘렀다.

"네, 좀 더 서두르겠습니다."

"나가 봐요."

"회의는 소회의실에서 할 수 있도록 준비하겠습니다."

태혁은 고개를 끄덕였고, 김 실장은 사무실을 나갔다.

혼자 남은 태혁은 의자에 몸을 깊숙이 묻었다.

밀랍인형 같은 모습으로 침대에 누워 링거를 맞던 그녀가 오늘은 어떤 모습으로 나타날지 궁금했다.

자동차 디자인의 경우 예산에 따라서 디자인 변경이 불가피한 경우가 많았다. 디자인에 따른 부품의 제작 비용이 만만찮기 때문이다. 현재 문제가 되는 것도 그런 부분일 것이다.

유능한 디자이너를 해외에서 모셔 오는 경우도 허다하고, 이들의 이직을 막기 위해 막대한 연봉을 들여 붙들기도 하지만, 국내디자이너의 경우 그 대우가 해외 디자이너보다 열악했다.

사실 평범한 연구소 직원이라고 해 봤자 한 달 월급은 뻔했다. 업계에서 가장 높은 연봉을 지급하고 있긴 하지만 그래도 마찬가지였다.

이지우 디자이너.

뉴욕에서 유학할 때부터 스폰서를 둔 만큼 지금도 그런 상대를 물색하고 있을 것이다.

카페테리아에서 한현우가 건네는 하얀 봉투를 받아 들던 모습을 직접 눈으로 확인까지 하지 않았던가.

한현우같이 질 낮은 인간은 어쩔 수 없이 돈 때문에 만나는 걸 테고, 그녀 눈앞에 새로운 물주가 등장했으니, 작업을 걸어올 것이다.

그가 보는 앞에서도 저 스스로 바지를 내리지 않았던가.

하지만 태혁은 그녀가 가진 재주를 높이 샀다. 문란한 사생활을 실력으로 커버한다면, 이 정도는 눈감아 줄 수 있었다. 그에겐 자신의 성공을 위해 함께할 유능한 사람이 필요했다.

태혁은 다시 펜을 들고 서류에 사인하기 시작했다.

똑. 똑.

노크 소리가 들려왔다.

"네."

보던 서류를 내려놓고 시계를 보니 11시 10분 전이었다.

김 실장과 SE 팀 강 팀장이 안으로 들어왔다.

"안녕하십니까, 부사장님."

강 팀장이 아주 공손하게 인사를 건넸다.

"안녕하십니까, 강 팀장님. 이렇게 직접 무슨 일로 오셨습니까."

"부사장님, 회의 곧 시작입니다. 강 팀장님도 하실 말씀이 있으면 회의실에서 하시는 편이 낫지 않겠습니까."

김 실장이 강 팀장을 향해 경고를 보냈다. 자꾸 시간을 빼앗길 수 없었다.

"아, 네. 저야 그래도 상관없습니다. 다만, 이지우 씨가 워낙 주장이 강해서 회의가 길어지지 않을까 걱정도 되고……."

"가시죠."

태혁은 강 팀장의 말을 자르며 자리에서 일어났다. 김 실장이 옷걸이에 걸린 태혁의 재킷을 내밀었다. 태혁은 재킷을 걸치며 사무실을 나섰다.

제7화

회의실에 들어가자 미리 와서 준비 중이던 엔지니어와 디자이너, 중재를 맡은 SE 팀 직원들이 일제히 자리에서 일어났다.

"자, 다들 오셨으면 앉도록 하죠."

태혁이 중앙에 자리를 잡고 앉았고 오른쪽에는 디자인 팀이, 왼쪽에는 엔지니어 팀과 SE 팀이 자리를 잡고 있었다.

아무래도 엔지니어는 자기들끼리 통하는 뭔가가 있을 것이다.

과연 이지우가 저들을 어떻게 설득할지 궁금했다.

차분하고 이지적인 모습으로 새침하게 앉아 있는 이지우를 보며 희미하게 입꼬리를 올렸다.

여성스럽고 단아한 이미지는 남자의 눈길을 붙들 만큼 끌리는 부분이긴 했다. 이지우의 얼굴을 객관적인 자리에서 이렇게 두고 보니 꽤 새로웠다.

한층 깊어진 눈매와 성숙한 분위기가 조금 낯설었다. 아직 완쾌되지 않은 몸으로 출근했을 테고, 그것을 가리기 위해 메이크업을 진하게 한 모양이었다.

그의 시선을 의식하고선 내리뜬 눈을 서서히 들며 눈을 정확히 마주했다. 그녀의 두 눈에 살짝 의아함이 스치고 지나갔다. 태혁은 그녀에게서 시선을 떼어 내며 강 팀장을 쳐다보았다.

"강 팀장, 시작해요."

나직한 목소리가 회의실을 울렸다.

강 팀장은 오늘 회의를 개최하게 된 이유에 대해서 간략하게 설명하고 지금까지 추진해 온 것을 PPT 화면을 통해 빠르게 보여 주며 설명을 덧붙였다.

문제가 되는 부분인 헤드라이트를 마지막 창에 띄워 놓은 뒤 직원들을 향해 돌아섰다.

"이와 관련해서 각 파트의 의견을 부탁합니다."

강 팀장과 미리 이야기된 모양인지 SE 팀의 책임연구원이 재빠르게 의견을 쏟아 냈다.

"SE 팀에서는 이번 디자인 수정이 불가피하다고 보고 있습니다. 엔지니어 팀에서 제안한 의견대로 부품을 새롭게 수정·보완해서 제작하는 것보다는, 기존의 부품을 그대로 사용하는 것이 더 안정적이라고 보기 때문입니다. 디자인 자체도 크게 바뀌는 것이 아니므로 디자인 팀에서 이 부분을 받아들여 주기만 한다면 한결 빨리 추진되리라 믿습니다."

지우는 그 이야기를 듣고는 문철을 쳐다보았다. 이 자리에서 그녀가 나서서 반대 의견을 강력하게 어필해도 되는지 물었다.

문철은 조용히 고개를 끄덕였다. 그렇다면 망설일 이유는 없었다.

"하나의 디자인이 채택되면 그 뒤부터는 수많은 회의를 거쳐 디자인 수정이 이루어집니다. 초기의 콘셉트 디자인을 살려 가면서 수정하고, 그것을 바탕으로 클레이 모형을 만듭니다. 이번에도 마찬가지로 그런 과정을 거쳐 별문제 없이 진행됐습니다. 그런데 갑자기 헤드라이트 디자인을 변경하자는 것은 받아들이기 힘듭니다."

지우는 차분하게 말을 하려고 했지만, 말을 하다 보니 저절로 호흡이 가빠 오고 혈압이 상승되었다.

"이지우 씨, 그게 아닌 줄 알잖아요."

"헤드라이트 부분의 디자인을 바꾸게 되면 차량 전면 부분과 옆면 부분도 디자인 변경이 불가피하게 됩니다. 하나의 콘셉트로 진행된 디자인을 일부분 따로 떼 놓고 그것 하나만 바꾸는 것은 불가능에 가깝습니다."

"지금 디자인한 대로 헤드라이트를 제작하게 되면 내부에 사용될 부품도 새롭게 제작해야 하는데, 그게 어디 쉬운 일입니까. XC-70 시리즈들과 달리 XC-70IV는 너무 튀잖아요."

"라이팅 디자인은 빛을 비추는 본연의 기능 외에 많은 것들을 나타낼 수 있습니다. 그만큼 중요합니다. 가장 적절한 선에서 변경하고 디자인된 라이트를 또다시 바꾸기에는 늦은 감이 있네요."

"누가 그걸 모릅니까. 아름답고 우아한 것도 좋지만, 다른 것도 따져 봐야 할 거 아닙니까. 도대체가 앞뒤가 막혀서는. 무슨 여자가, 원."

SE 팀 책임연구원의 언성이 점점 높아지더니 결국 여자 타령이 나왔다.

지우는 입가에 비웃음을 머금은 채 어디 계속해 보란 식으로 쳐다보았다.

이런 자리에서 여성 비하 발언을 했다고 뭐라고 하는 것은 어리석은 짓이었다. 그런 건 나중에 개인적으로 밟아 줘도 늦지 않았다.

지우는 그녀가 해야 할 말을 정확하게 해 나갔다.

"그러니까 그걸 왜 이제 와서 그러는지 이해가 가질 않습니다. 분명 빛의 방향이나 형태 등을 고려해서 디자인했고, 법규적으로도 문제가 없도록 디자인했습니다."

"이지우 씨, 실제 자동차는 아니더라도 장난감 자동차 정도는 분해하고 조립해 봤겠지? 그림만 잘 그려서 되는 게 아니잖아."

"지금 레고 장난감 말씀하시는 건가요? 아마 자동차 분해는 제가 더 많이 해 봤을 거 같네요."

지우도 지지 않고 대꾸했다. 그들의 모습을 말없이 바라보던 태혁의 얼굴에는 짜증과 불쾌감이 드러났다.

태혁은 테이블 위에 팔꿈치를 얹고서는 양손을 깍지 낀 채 주위를 둘러보았다.

짐승처럼 날카롭고 강렬한 눈빛으로 차례대로 한 명씩 훑고 지나가는 느낌은 아주 섬뜩했다.

한참을 그렇게 바라보던 그가 이윽고 입을 열었다.

"이래서 내가 공돌이를 싫어합니다. 무식하거든요. 논리적으로 말을 해야지, 상대방을 윽박질러 밀어붙이는 건 어디서 배워 먹은 버르장머리입니까."

그의 느릿한 말투에 다들 헉 숨을 들이켰다.

그가 내뱉는 말은 실상 이 자리에 있는 엔지니어를 모욕하는 거나 다름없었다.

"왜, 기분 나쁩니까."

테이블 위에 올려진 손가락으로 톡, 톡 두드리며 어디 말해 보란 식으로 쳐다보았다.

"내가, 이따위 회의를 듣자고 지금까지 여기 있는 줄 아십니까. 내일 다시 회의하도록 하겠습니다. 설마, 내일도 이따위로 날 실망시키긴 않겠지요. 강 팀장."

태혁의 말을 제대로 듣지 못한 강 팀장은 고개만 떨군 채 앉아 있었다.

"강 팀장, 한국말 못 알아듣습니까."

"네? 아, 네."

그제야 놀란 강 팀장이 고개를 들고 대꾸했지만 이미 기태혁의 말을 놓친 상태였다.

"여자 운운하며 남녀차별 발언한 직원 징계 내리세요. 아시겠습니까."

"아, 네. 알겠습니다."

"다들 가서 일 보세요. 이지우 씨는 남고."

태혁의 말에 다들 꽁무니 빠지게 도망갔다. 지우는 말없이 그를 보고 있었다.

어느새 모두 사라지고 회의실에는 침묵만 감돌았다.

"비용 절감을 위해서 양보할 수도 있을 텐데 고집을 부립니까."

지우는 태혁의 느릿한 말에 눈을 맞추었다.

"진심으로 하는 말씀이십니까, 부사장님."

그는 상체를 등받이 쪽으로 기대며 다리를 겹쳤다.

"농담입니다."

"……."

"내가 디자이너를 모셔 와서 쓰는 이유는 단 하나입니다. 세상에서 가장 멋지고 아름다운 차를 만들기 위해서. 양산형 차를 디자인하더라도 그 원칙은 다름없습니다. 그러니까 공돌이한테 밀리지 말고 싸워 이겨요."

지우의 눈동자가 살짝 흔들렸다. 농담 같은 진담을 던지는 태혁의 모습에서 그가 이 일을 얼마나 좋아하는지를 알 것 같았다.

신차 개발 때문에 직접 사무실을 옮겨 와 있는 것만 봐도 그랬다.

"내 맘에 쏙 드는 차를 만들어 봐요. 그럼 압니까, 내가 이지우란 여자한테 푹 빠져들지."

"그 말은……."

"잘리고 싶지 않으면 열심히 하란 말입니다. 건방 떨지 말고. 아시겠습니까. 그 잘난 몸뚱어리 믿고 설치는 건 소용없단 말입니다."

지우는 입술을 질근 깨물며 그를 노려보았다.

"하실 말씀 없으면 이만 일어나겠습니다."

"기다려."

낮게 가라앉은 태혁의 목소리에 지우는 움찔하며 날을 세웠다.

종잡을 수 없는 그의 태도에 혼란스러웠다.

"궁금한 게 많은데, 나한테 말 안 할 겁니까."

"뭐가 궁금하다는 거죠?"

"가령 늙은 스폰서와는 어떻게 알게 됐는지, 지금 만나는 한현우, 그 사람 말고 또 다른 스폰서가 있는지, 있다면 누구인지."

이미지가 확실히 그런 쪽으로 박혀 버린 모양이었다.

이젠 어떻게 말을 해야 할지 그녀로서도 알 길이 없었다. 살다가 절박한 상황이 오면 이성을 잃고 그른 판단을 할 때도 있다는 걸 말하고 싶었지만, 그건 나약한 변명으로 들릴 것이다.

천천히 그를 향해 시선을 맞추고 쏜입을 열었다.

"부사장님, 저를 스쳐 간 남자 모두를 스폰서로 생각하십니까. 여성비하 발언을 운운하시던 부사장님은 왜 저에게만은 예외로 대하시는 건지, 역시 처음이 그래서 그런가요. 따지고 보면 다 제 잘못이긴 하네요."

빤히 바라보던 태혁은 나지막이 한숨을 내쉬었다.

"지금 나랑 뭐 하자는 겁니까. 문제 소지를 떠안고 있는 직원을 해고하지 않은 것만으로도 고마워해야 하는 거 아닙니까. 같은 업계 사람과 엮인 거 맞잖습니까. 그걸 그냥 용인하고 두고 봐야 한다는 겁니까."

지우는 아무리 아니라고 말해도 이 사람이 믿어 줄지 의문이 앞섰다.

신뢰는 한 번 잃어버리면 끝이란 걸 새삼 느끼며 막막한 심정으로 그를 바라보았다.

"같은 업계 사람과 엮인 지금, 만약 문제가 생긴다면 나도 어떻게 돌변할지 모릅니다. 정말 개가 될지도 모르죠. 나도 출신이 반듯하진 않아서 말입니다."

태혁의 눈빛이 거칠게 반짝였다.

한마디로 경고였다.

"제가 아니라고 말하면 믿긴 하시겠어요? 저는 분명 한현우 그 사람이랑 일로 엮인 사이가 아니라고 말씀드렸어요. 그런데 뭘 더 어떻게 말씀드릴까요. 그냥 해고하고 싶으시면 하세요. 그러면 되겠네요. 머리 아프게 이것저것 사생활까지 알려 하지 마시고요."

결국 감당하지 못할 말을 내뱉고야 말았다.

그것도 모자라 신랄하게 느껴질 만큼 몰아붙이기까지 했다.

그와 그녀를 둘러싼 공기는 찬물을 끼얹은 것처럼 싸했다.

"다 했습니까."

그의 눈빛이 싸늘하게 가라앉았다.

"……."

"오늘 같은 건방은 앞으로 안 떠는 게 좋을 겁니다. 나한테 불신을 줬다면 그건 이지우 씨가 화를 낼 게 아니라 노력해서 바꿔야 하는 거고. 자신의 잘못을 다른 사람에게 전가하는 버릇은 고치세요. 그런 것 따위 봐줄 만큼 너그럽지 못합니다."

정곡을 찌르는 말에 지우는 얼어붙어 버렸다. 그는 화를 누그러뜨리려는 듯 한숨을 내쉬며 다른 곳을 쳐다보다, 다시 그녀를 보았다.

"잘 알겠습니다. 앞으로 저에 대한 부사장님의 불신을 상쇄시키려 노력하겠습니다. 그리고 충고 감사합니다."

지우는 덤덤하게 말하며 깨끗하게 인정했다. 여전히 지우의 얼굴에 고정한 시선을 거두지 않고 있던 그가 입술을 슬쩍 비틀며 웃는 것이 보였다.

"그딴 소리나 듣자고. 시간 아깝게."

눈썹을 일그러뜨린 그가 낮게 내뱉었다. 꿰뚫어 보는 듯한 눈빛에 지우의 심장이 덜컹거렸다. 그는 교묘하게 본질을 피해 가는 지우의 대답을 간파한 것이다.

"자, 이거 받아요."

태혁이 그녀 앞에 봉투 하나를 내밀었다.

"뭐, 뭐죠?"

"부조금 담았습니다. 그래도 내 직원 아닙니까."

지우는 말없이 그를 응시하다 한참 뒤에야 대답했다.

"……잘 받겠습니다."

"먼저 나가 봐요."

"그럼, 이만."

그녀가 봉투를 받아 들고 그곳을 나왔다. 머릿속이 하얗게 표백되어 버린 것처럼 얼떨떨했다.

벽에 기대어 방금 벌어진 상황을 되새겨 보았다. 그러자 저도 모르게 피식 웃음이 나왔다.

이상하게도 그의 독설에 속이 후련해졌다. 마치 한바탕 울고 난 뒤에 찾아오는 개운함 같은 느낌이었다.

이제야말로 좀 더 저답게 그에게 접근할 수 있을 것 같았다.

사무실로 돌아온 지우는 안에 든 금액이 얼마인지 보지도 않고 봉투에 뭔가를 쓰기 시작했다.

* * *

태혁은 김 실장에게 연락한 뒤 사무실을 나섰다. 오늘은 본가에서 가족들이 모여 함께 저녁 식사를 하는 날이었다.

한 달에 한 번 있는 이 모임은 어지간해서는 빠질 수가 없었다. 기 회장은 식사하면서 이런저런 사업과 관련된 이야기를 나누었고, 중요한 결정도 이 자리에서 내렸다.

오늘은 어떤 일이 있을지 자못 궁금했다.

성북동의 안방을 차지하고 있는 늙은 여우와는 될 수 있으면 얼굴을 안 봤으면 싶은데, 한 달에 한 번은 이렇게 봐야 하니 그것도 여간 곤혹스러운 게 아니었다.

그날 이후로 자중하고 있을 테지만, 사실 그 여자 성정으로 봐서는 얌전히 있는 것도 길게 가지 않을 듯했다.

"오늘 늙은 여우가 어떻게 나올지 궁금하네요."

태혁이 관자놀이를 문지르며 말하자 김 실장이 고개를 주억거렸다.

"아무래도 회장님의 총애가 깊으시니 크게 달라지지 않았을 것 같습니다."

"……총애라."

태혁이 입꼬리를 비딱하게 올리며 쓴웃음을 지었다.

"저, 부사장님."

태혁의 눈치를 살피던 김 실장이 그를 불렀다.

"네."

"이지우 씨가 이사했습니다."

"그런데요."

"부사장님과 같은 오피스텔입니다. 저도 오늘에서야 들었습니다."

태혁의 미간이 확 좁혀졌다.

"내가 아는 이지우가 맞습니까."

"네, 확실합니다."

태혁은 그가 사는 오피스텔이 평범한 직장인이 들어와 살기에는 상당히 비싸다는 것을 알고 있었다.

K 그룹 계열사에서 지은 오피스텔이기 때문에 그 가격을 알 수밖에 없었다. 분양 당시 가격보다 지금 몇 배로 오른 상태라서 어지간한 부자가 아니고서는 들어올 수가 없었다.

이곳에 사는 사람들 대부분은 인기 연예인이거나 정치인, 사업가였다.

"내가 모르는 남다른 매력이 있는가 봅니다. 안 그렇습니까."

태혁은 특유의 서늘한 비웃음을 날리며 인상을 굳혔다.

* * *

대문을 열고 들어서자 잘 손질된 정원이 눈앞에 펼쳐졌다. 사시사철 정원사가 제대로 가꾼 덕에 계절에 맞는 꽃들이 정원 가득 피어 있었다.

그의 발걸음을 붙잡아 세울 만큼 향기로운 꽃 내음이 코끝에 밀려왔다.

"왜 그러시는지."

김 실장이 뒤를 따라오다 멈춰 선 그를 보며 물었다.

"아닙니다."

태혁은 일축한 뒤 걸음을 이었다.

현관문을 열고 들어서자 인상이 찌푸려질 만큼 강렬한 향수 냄새가 밀려들었다.

"어, 와, 왔어?"

조 여사가 어색한 미소를 지으며 다가왔다. 태혁은 역겨운 화장품 냄새에 미간을 찌푸린 채 곧장 거실로 향했다.

본체만체하는 태혁의 태도에 조 여사의 표정이 얼어붙었다.

서늘한 눈빛으로 태혁을 노려보던 조 여사는 팩하니 어딘가로 사라졌다.

"둘째 도련님 오셨습니까."

반 비서실장의 얼굴에도 어색한 미소가 흘렀다.

이건 뭐.

태혁은 대꾸도 하지 않고 안으로 걸음을 옮겼다.

"지금 서재에서 기다리고 계십니다."

"서로 바쁜데 꼭 이렇게 모여야 합니까."

"그게 가족이죠."

태혁은 입매를 비틀며 반 비서실장을 향해 웃었다.

"이런 게 가족이라뇨. 미치지 않고서야 어떻게 이런 걸 가족이라고 봅니까."

"……."

반 비서실장은 침묵했다. 태혁은 그런 그를 향해 더 쏘아붙이고 싶은 걸 꾹 누르며 지나치려다 이내 다시 발걸음을 멈추었다.

"그래서, 새는 구멍은 막았습니까."

"네, 덕분에 잘 해결했습니다."

"기 회장님 허수아비 만드신 겁니까."

"제가 어찌 감히."

"오늘 가족이 무엇인지 제가 똑똑히 알려 드릴 테니, 보고 배우세요. 반 비서실장님."

서서히 굳어 가는 반 비서실장의 얼굴을 보며 태혁은 어금니를 깨물었다.

개는 개일 뿐. 주인을 무는 개는 필요 없다. 그 사실을 반 비서실장이 망각했다면 깨닫게 해 줘야 한다.

태혁은 단호하게 돌아서 기 회장이 있는 서재로 향했다.

똑. 똑.

노크를 하자 안에서 걸걸한 목소리가 흘러나왔다.

"들어와."

태혁이 들어서자마자 기 회장의 호통이 이어졌다.

"요즘 뭐가 그리 바빠."

"신차 개발 때문에 바쁩니다. 아시지 않습니까. 제대로 된 물건 빼기가 쉽지 않다는 거."

기 회장은 책상에서 일어나 소파 앞으로 와서 상석에 앉았다.

"앉거라."

태혁은 한숨 가라앉히며 자리에 앉았다. 이상하게도 기분이

싸한 것이 오늘 기 회장의 입에서 기어이 그 소리가 나올 것 같 았다.

손바닥에 식은땀이 차올랐다.

"그 일에서 손 떼. 은찬이가 그 자리에 갈 거야."

기어이 피를 보려는 모양이었다.

태혁의 얼굴이 싸늘하게 굳었다. 결국, 버리는 패.

그렇다면 이대로 넘어갈 수 없지.

부들부들 떨려 오는 손을 말아 쥐며 말했다.

"역시 예상한 대로네요. 대신 절차 제대로 밟아서 가십시오. 이 사진들 등 돌리게 하지 마시고요."

"지금까지 네가 잘나서 그 자리에 있는 줄 알아? 죽은 네 형이 그 자리에 원래 있어야 했어."

"그래서 말씀드렸지 않습니까. 회장님은 언제 물러나시냐고 요."

"감히!"

"집안이나 잘 다스리시죠. 회사는 저한테 맡기시고. 여자 치마 폭에서 놀아나는 것도 철없던 시절 얘기죠. 칠순을 바라보는 연세 에, 노망인 줄 압니다."

"노, 노망!"

"특검 맞고 반 토막 나 봐야 정신 차리시겠습니까."

"내, 내가 지금까지 저한테 들어간 게 얼만데, 은혜를 원수로 갚 는다고! 배은망덕한 자식!"

"저는 지금까지 이 자리에 그냥 앉아만 있었던 줄 아십니까. 세 계 자동차 시장 2위는 누가 올려놓은 겁니까. 10위 안에도 간신히 들던 회사였습니다."

"그러니까 이제 물러나라는 거야. 할 만큼 했으니. 네 역할은 거기까지라고!"

기 회장은 지지 않고 태혁의 협박과 무례함을 견뎌 내며, 원하는 것을 기어이 관철하려 했다.

그렇다고 호락호락 물러날 그도 아니었다.

"오늘 하신 얘기는 못 들은 거로 하겠습니다. 계속 관철하려 드시면 회장님 콩밥 드십니다. 세금 탈세부터 터트릴까요. 어차피 저야 버려질 거, 아쉬울 것 없습니다."

"기어이 그렇게 나오겠단 말이지."

"그런 사람으로 키우셨어요."

"네가 원하는 게 뭔지 말해."

그냥 기업을 이끌어 온 게 아니라는 걸 이럴 때 보여 주다니.

태혁은 자신이 기 회장의 버려진 패란 사실이 씁쓸하다 못해 피를 토할 것 같았다.

"이제는 회장님에게 그 어떤 기대도 하지 않습니다. 오늘에서야 완전히 접었습니다. 오히려 남보다 못한 관계라고 봐도 무방하겠네요."

"내가 널 거둔 이유는 내 피를 받았기 때문이야. 그걸 아직도 모르고 있었던 거냐."

"그래서 개처럼 기르셨죠."

"그래. 하물며 개도 주인을 물지 않는데, 너는 어째서!"

"사람이니까요. 사람! ……그런데 사람을 개처럼 기르셨으니까 이러는 거 아닙니까."

"하아, 그럼 언제가 좋단 말인지 말해 봐."

"언제가 아니라 은찬이 제 손으로 차 한 대라도 팔아 보라고 하십시오."

"어느 세월에 그 과정을 다 거쳐!"

"뭘 그리 초조해하십니까. 영업지원부에 적당한 자리 봐서 넣으시고, 이후 다른 부서도 거치게 하시면 될 것을."

눈을 꾹 감고서 생각에 잠긴 기 회장의 얼굴을 태혁이 차가운 시선으로 보았다.

머릿속이 복잡할 것이다. 이 정도로 대응하며 나설 줄 몰랐을 것이다.

기 회장도 이 바닥에서 잔뼈가 굵은 만큼 무모한 결정은 지양하고, 태혁이 내뱉은 말을 다시 생각해 볼 것이다.

"은찬이는 당분간 그 자리에 둬. 내가 조급했어."

아마 제대로 반격을 하겠다는 의미인 것 같은데 그렇게 호락호락하지 않을 것이다.

"알겠습니다. 아, 회장님 비서실에도 구멍이 새는 것 같던데. 보고받으셨습니까."

"구멍이라니!"

"반 비서실장, 너무 믿으시는 거 아니십니까. 혈육도 이 지경인데, 하물며 피 한 방울 섞이지 않은 사람은 어찌 믿으시는지 참 신기하네요. 그럼 이만 가 보겠습니다."

태혁은 자리를 털고 일어났다.

배다른 형의 아들, 그 조카가 뭘 그리 애틋하고 안타까울까.

설령 같은 배에서 나온 형의 아들이라 해도 눈앞의 이권을 두고 양보할 사람은 없을 것이다.

그의 유년 시절 대부분은 은찬과 함께였고, 은찬도 마찬가지였다. 유독 그를 잘 따랐던 은찬은 이 집안에서 사람의 정을 느끼게 해 준 유일한 존재이기도 했다.

태혁은 은찬에게 좋은 삼촌뿐만 아니라 때론 아버지도 되어 주고, 형도 되어 주고, 친구도 되어 주었었다.

하지만 자신의 미련함을 깨닫는 데는 얼마 걸리지 않았다.

기 회장은 아들로 저를 데려온 것이 아니었다. 행여나 모를 일에 대비해 곁에 뒀을 뿐. 원래 용도는 기은찬이 안전하게 경영권을 물려받기 전까지 그 자리를 지키는 대용품으로 봤었다.

그래도 마음 한편에는 아들인데 설마, 정말 그럴까 하는 헛된 기대가 남아 있었지만, 그 기대조차도 오늘로써 확실히 버렸다.

'키우던 개는 주인을 물지 않는 법이야.'

개보다 못한 인간이 있다는 사실을 기 회장은 알았어야 했다.

모른다면 알게 해 줄 것이다.

반드시.

* * *

문을 열고 서재를 나오자 문 밖에 조 여사와 반 비서실장이 서 있었다.

"이야기는 다 나누셨습니까."

반 비서실장이 물어 왔다.

"네."

태혁은 짧게 대답한 뒤 현관으로 향했다.

"은찬 도련님 곧 오실 텐데, 안 보고 가시고요?"

오늘 기 회장은 일부러 은찬을 늦게 오라고 한 것이 분명했다.

태혁은 걸음을 멈추고 뒤를 돌아보았다. 반 비서실장은 미소를 짓고 있었다. 그 웃음이 비웃음처럼 느껴지는 것은 결코 착각이 아닐 것이다.

자기 경영권을 누가 가져가게 될지, 길고 짧은 건 대 봐야 안다지만, 그 정도 연륜이면 알고도 남을 것을 여태 모른단 말인가.

지는 해를 보며 말해 뭣하겠느냐마는 볼 때마다 이런 식으로 화를 돋우고, 비위를 상하게 한다면 그냥 넘어가기에는 많이 아쉬웠다. 태혁은 다시 되돌아 반 비서실장 앞에 가서 섰다.

"올해 연세가 어떻게 됩니까."

"······?"

"어째 총기가 예전만 못 합니다. 홍삼이라도 보내 드릴까요. 쯧, 어쩌다가."

태혁은 서서히 굳어 가는 반 비서실장의 어깨를 툭, 툭 두드린 뒤 느릿하게 미소를 지으며 눈을 맞추었다.

"그럼 이만 가 보겠습니다, 아저씨."

"······."

반 비서실장의 얼굴에 약간의 놀라움이 스쳤다. 태혁은 그 얼굴을 향해 비릿한 미소를 지으며 돌아섰다. 태혁이 현관을 나설 때까지 그는 그 자리에서 꼼짝을 않고 서 있었다.

어릴 때 그를 보고 아저씨라고 부른 적이 있었다. 그때 반 비서실장이 어떤 표정을 지었는지 지금도 생생히 기억했다.

'아저씨라니. 내가 왜 니 아저씨야.'

마치 벌레를 보듯 그렇게 꾸짖고 지나갔었다. 그런데 정말 웃기게도 은찬이 그를 아저씨라고 부르면 더없이 인자하게 웃어 주었다.

그것도 그가 뻔히 보고 있는 앞에서.

현관을 빠져나온 태혁은 담배를 꺼내 입에 물었다. 정원을 환히 밝힌 가로등 아래로 천천히 걸어갔다. 깊게 담배를 빨아들이며 연기를 내뿜자, 어두운 밤공기를 희뿌옇게 흐리며 서서히 퍼졌다.

후우.

다시 빨아들이며 불쾌한 감정을 떨치려 해도 쉽지가 않았다. 담배 한 대를 다 태우고 불티를 날렸다.

그때 은찬이 막 대문을 열고 들어섰다. 눈을 가늘게 뜨고 은찬이 걸어오는 것을 바라보았다.

"어, 삼촌."

은찬이 가로등 아래 서 있는 태혁을 발견하고선 반가운 얼굴을 하며 달려왔다.

"지금 오니?"

"네. 지금 오셨어요?"

"아니, 막 나가는 길이야. 형수님은?"

은찬과 함께 나타나야 할 형수가 보이질 않았다.

"엄마는 몸이 안 좋으셔서 저 혼자 왔어요."

"많이 편찮으신가 보네."

"몸살이시래요."

"최 박사한테 연락-"

"아, 최 박사님 다녀가셨어요."

"그래?"

태혁의 짙은 눈썹이 위로 휘어졌다. 분명 최 박사를 보낸 사람은 기 회장일 테고. 자상한 시아버지 노릇이 어지간히 재미있는 모양이었다.

"아, 삼촌. 그리고 고맙습니다."

"……?"

"지우 선배가 전해 주던데요. 용돈도 챙겨 주시고. 잘 쓸게요."

잠깐 멍하니 있었다. 야무지게 뒤통수를 후려 주시는 여자 때문에 어이가 없어 실소가 흘렀다.

이지우, 뭐 하자는 거지?

"저, 그런데 왜 용돈을 지우 선배에게 맡기셨는지……."

태혁은 별 대수롭지 않은 표정으로 대답했다.

"내가 그랬을 거 같아? 뭔가 착오가 있었던 모양이네."

"아, 네."

"자식, 준다고 받아 오면 어떡해. 네 용돈을 그 여자한테 줄 리가 없잖아."

"생각해 보니까 그러네요."

은찬의 얼굴에는 뭔가 미심쩍어하는 기색이 역력했다.

"그렇다고 돌려주진 말고. 용돈으로 써. 어떻게 된 일인지 김 실장님한테 알아보라고 할 테니까."

"어, 그래도 될까요?"

"그래, 안 그래도 용돈 주려고 했어. 어서 들어가 봐."

"네, 내일 뵙겠습니다."

은찬이 현관으로 들어서는 것을 보고 돌아선 태혁은 싸늘하게
얼굴을 굳혔다.

"하아, ……돌겠네."

푼돈은 돈이 아니라는 건가.

하긴, 핸드백 하나 사지도 못할 금액이 아니던가. 늙은 여우가
들고 다니는 핸드백이 수천만 원 한다고 했었다.

그렇다고 그 돈을 은찬에게 주다니. 그를 곤란하게 하고 싶었던
거라면 제대로 성공한 셈이었다.

그와 그녀 사이에 뭔가가 있을지도 모른다는 뉘앙스를 은찬에
게 풍겨 주는 한편, 그에겐 이따위 푼돈은 받지 않겠다는 뜻을 확
실히 전한 거나 다름없었다.

자꾸 그렇게 나오면 그냥 무시할 수가 없잖아, 이지우.

그를 도발하며 자극해 오는 이지우가 싫지 않았다. 취향에 가까
운 외모뿐만 아니라 성격마저도 그의 흥미를 끌기 시작했다.

지금부터라도 제대로 놀아볼까 싶은 생각에 태혁의 입매가 위
로 휘어졌다.

태혁은 곧장 차로 향했다. 김 실장이 차 문을 열고 그를 기다리
고 있었다.

"오피스텔로 모실까요."

"네."

태혁은 뒷좌석에 몸을 깊숙이 묻고 눈을 감았다.

* * *

잠깐 잠이 들었던 모양인지 김 실장이 그를 부르고 있었다.

"부사장님, 도착했습니다."

"잠깐 졸았나 보네요."

"많이 안 좋으십니까. 저, 최 박사님 부를까요."

"늙은이도 아니고, 삼깐 졸았다고 부르면 욕합니다. 어서 가서 쉬어요."

"네. 그럼 내일 아침에 뵙겠습니다."

차에서 내린 태혁은 김 실장이 인사를 하고 돌아서는 것을 보고 자신도 엘리베이터로 향했다.

그런데 이대로 들어갔다가는 밤새도록 혼자서 술을 퍼마실 것 같았다. 기 회장의 말뿐 아니라 모든 것이 그를 거슬리게 했다.

지금까지 뭘 위해 살아왔나 싶게 허탈했다.

꽉 움켜쥔 손을 이대로 펼치면 다 흩어질 것이다. 몸은 말할 수 없이 피곤한데, 정신은 점점 깨어나는 기분이었다.

차라리 피곤에 절어 쓰러져 잠이 들면 모를까, 이런 날은 새벽이 밝아 올 때까지 잠을 이루지 못하기 일쑤였다. 한 손으로 얼굴을 쓸어내리며 한숨을 내쉬었다.

태혁은 주머니를 뒤적여 휴대전화를 꺼냈다. 전화번호부에는 개인적으로 연락을 주고받는 극소수의 사람만이 입력되어 있었다. 미리 약속하지 않고도 만날 수 있는 사람들이긴 했지만, 그중에서도 가장 만만한 이는 예성이었다.

통화 버튼을 누르고 신호가 떨어지길 기다렸다. 신호음이 가도 전화를 받지 않는 걸 보니 잠시 어딜 간 모양이었다.

일단 어디라도 들어가서 술을 한잔 마시다 보면 연락이 오겠지, 라는 생각으로 주차장을 벗어났다.

다시 지상으로 올라온 태혁은 오피스텔 건물 밖으로 나왔다.

오피스텔과 조금 떨어진 곳에 보이는 24시간 편의점 부근에 택시 정류소가 있었다.

아스팔트 도로에서 뿜어 대는 지열은 해가 진 뒤에도 미지근하게 남아 있어 그 열기가 바람에 실려 왔다.

관자놀이를 따라 땀이 흐르고 불쾌지수는 점점 올라갔다. 더군다나 택시 정류소에는 빈 택시가 한 대도 없었다.

어디 들어가 있을까 싶은 마음에 편의점을 돌아보는데, 그때 마침 전화가 울렸다.

Rrrrr. Rrrrr.

-태혁아, 나야. 전화했었네.

"왜 전화 안 받아?"

-바빴어. 지금도 잠시 짬 내서 전화한 거야.

"이제 정신 차렸나 보네."

-그렇지, 뭐. 그런데 무슨 일 있어?

순간 태혁은 걸음을 멈추고 편의점 안을 빤히 들여다보았다. 뭔가를 발견한 두 눈에 이채가 감돌았다.

"……일은 무슨. 다음에 통화하자."

-뭐야, 전화 네가 먼저 했잖아.

"알아. 지금 바빠."

-싱겁긴.

뭐라 투덜대는 녀석의 말을 다 듣지 않고 태혁은 전화를 끊어 버렸다. 편의점 앞에 도착한 그는 팔짱을 낀 채 턱을 매만지며 혼잣말을 했다.

"맞네, 이지우."

편의점 안에서 뭔가를 고르는 여자는 이지우가 분명했다. 조금 떨어진 거리긴 했지만, 그녀의 얼굴을 알아보는 데는 전혀 문제가 없었다.

잠시 서서 그녀가 뭘 하는지 지켜보았다.

맥주 진열대 앞에서 무슨 고민을 하는지 한참을 서 있었다.

이것저것 꺼냈다 넣기를 반복하는 걸 봐서는 어떤 맥주를 골라야 할지 몰라 망설이는 것 같았다.

혼자 기분 좋게 맥주를 마시겠다?

제 기분을 저조하게 만드는 데 일조한 이지우를 그냥 내버려 두기에는 억울했다.

태혁은 우연인 것처럼 편의점 안으로 들어갔다.

"어서 오세요."

편의점 직원의 인사를 무시하고 이지우가 선 곳으로 곧장 다가가는 태혁의 입가에는 옅은 웃음이 스쳤다.

* * *

지우는 회색 후드 티셔츠와 회색 트레이닝 반바지를 입은 채 집을 나섰다. 집 앞의 편의점을 갈 때는 늘 이러고 다녔기 때문에 별 생각이 없었다.

엘리베이터를 타고 1층에서 내린 그녀가 오피스텔 옆에 있는 편의점으로 향했다.

갑자기 이사를 온 탓에 필요한 것 몇 가지를 사야 했다. 부자 동네라서 그런지 편의점 물건들도 수입품이 눈에 많이 띄었다.

노란색 바구니를 들고 하나씩 담기 시작했다.

생리대, 칫솔, 우유…….

지우는 맥주가 진열된 냉장고 앞에서 걸음을 멈추었다. 처음 보는 맥주가 너무나도 많았다.

"저걸 한꺼번에 다 사기엔 부담스럽고, 오늘은 맨 위에 놓인 것만 살까. 아님 기왕 나온 김에 다 사 버려?"

어쩔까 고민하던 지우는 손을 뻗어 한 개를 집어 들었다.

"정신 못 차렸나 봅니다."

"엄마야!"

갑자기 머리 위에서 들려온 음성에 놀란 지우는 저도 모르게 소리 질렀다.

기태혁이 그녀 손에 들린 맥주를 뺏어 진열대 위에 내려놓았다.

"……부, 부사장님?"

"이사 왔다더니 이렇게 보게 되네요."

그는 비딱하게 고개를 기울인 채 지우를 머리부터 발끝까지 훑어 내렸다.

순간 허벅지가 훤히 드러나는 헐렁한 반바지에 발가락을 드러낸 슬리퍼 차림이란 사실을 깨달았다.

침착하자, 이지우.

하지만 화끈거리는 얼굴은 의지를 배반한 채 더욱더 달아올랐다. 그런 그녀를 내려다보는 기태혁의 눈동자는 묘하게 한기를 불러왔다. 경계심이 바짝 드는 건 본능에 가까웠다.

"뭐 샀어요?"

그가 여상하게 물었다. 조금 전 지우가 본 그 차가운 눈빛은 거짓인 것처럼 사라지고 적정한 온도의 눈동자가 자리하고 있었다.

"이것저것요."

그의 눈이 비구니 안에 든 생리대에 잠시 머물렀다.

이 상황에서 그걸 뒤로 숨길 수도, 도로 빼놓을 수도 없어서 지우는 쭈뼛거리며 시선을 돌렸다.

"다 샀어요?"

그가 물었다.

"아, 네. 이제 맥주만 사면 돼요. 부사장님도 뭐 사러 오셨나 봐요."

"아닙니다."

"그럼……?"

"이지우 씨 보고 들어온 거잖습니까."

새카만 눈동자가 얼굴을 꿰뚫을 것처럼 파고들었다.

"……!"

강렬한 시선에 눌린 지우는 아무 말도 못 한 채 상기된 얼굴로 서 있었다.

"맥주 사려는 거 보니까 한잔하려는 모양이네요."

"네."

"같이 한잔할까요."

지우는 대답 대신 그를 물끄러미 올려다보았다.

"마침 나도 술친구를 찾던 참이었는데. 우리 집에 갈래요?"

부드러운 말투와 달리 냉혹한 눈동자는 잘 벼려진 칼날 같았다. 그는 무언가로부터 잔뜩 화가 나 있었다.

어떡하지?

"내가 사는 곳은 전에도 와 봤잖아요. ……그래서 여기로 이사 온 거고. 내 말 틀려요?"

대놓고 묻는 말에 지우는 뭐라 대꾸를 해야 할지 몰라 애꿎은 아랫입술만 깨물었다.

"뭘 망설이는 거죠?"

"이런 차림으로 어디 가기도 그렇고, 다음에 기회가 되면 하도록 하죠."

지우는 예의 바르게 거절했다.

팔짱을 낀 채 그녀의 옷차림을 훑어보던 그는 훤히 드러난 맨다리와 맨발에 시선을 두었다.

"일부러 그렇게 입고 다니는 거 아닙니까. 보기 좋은데요."

"집에서 바로 나와서 그런 거예요."

"어디 멀리 가는 것도 아니고 내 집에 간다는데, 뭘 고민하는지 모르겠네요. 갑시다. 이지우 씨 원하는 맥주 다 있으니까 따라와요."

태혁은 지우의 손에 들린 바구니를 뺏어 들고 계산대로 향했다.

"어, 그, 그건 이리 주세요."

태혁은 바구니에 든 것들을 보며 피식 웃었다.

"얼마나 한다고. 이걸로 계산해요."

태혁이 먼저 카드를 꺼내 직원에게 내밀었다.

그 모습을 뒤에서 황당하다는 눈으로 바라보던 지우는 새빨개진 얼굴을 숙인 채 발가락을 꼼지락댔다.

"여기 있습니다."

종업원이 비닐봉지에 담긴 물건을 내밀었다. 지우는 얼른 그것을 챙겨 들었다.

그는 비닐봉지까지 들어 줄 생각은 없다는 듯 먼저 편의점 문을 나섰다.

* * *

지우는 복잡한 머릿속과 달리, 아무렇지도 않은 낯을 하고 말없이 그의 뒤를 따랐다.

천하의 기태혁이 술 마실 상대가 없어서 저더러 같이 한잔하자고 하는 것은 아닐 것이다.

기태혁이 충동적으로 그런 제안을 했고, 불과 몇 초도 되지 않아 후회한다고 하더라도, 그녀는 이 기회를 물릴 생각이 전혀 없었다.

어떻게 찾아온 기회인데.

더군다나 그는 몸이 열두 개라도 모자랄 만큼 바쁜 사람이었다. 오늘처럼 우연히 편의점에서 마주칠 일이 과연 몇 번이나 있을까.

앞서가고 있는 그의 뒷모습을 바라보았다. 짙은 색의 고급스러운 슈트를 입고 당당하게 걸어가는 그에게선 쉽게 범접할 수 없는 위엄과 기품이 느껴졌다.

지난 며칠 내내 생각했었다. 기태혁을 잡기 위해서 어떤 방식으로 접근해야 할지를.

평범하게 접근해서는 안 된다는 것을 몇 번의 경험을 통해 깨달았다. 지금까지 해 왔던 대로 한다면 그에게 실컷 조롱이나 당하고 버려질 게 뻔했다.

그가 오늘 이렇게 친절한 척 술을 같이 마시자고 하는 이유는 그의 기분 탓이 제일 크겠지만, 이 기회에 지금까지 보여진 자신의 이미지를 조금이라도 바꿀 수 있다면 그걸로 만족했다.

무심한 듯 서늘하게 바라보는 시선에 지우는 어깨가 움츠러들었다. 사냥감을 노리는 맹수 같은 눈동자가 깊숙이 파고들었다.

지금까지 보아 온 그는 오만할지언정 여자에게 질척대거나 끈적이는 이상한 행동은 하지 않았다.

오히려 접근하는 저를 경계하고 주의를 줄 정도로 남녀관계에 대해서 철저했다.

적어도 지위와 권력을 이용해 여자를 어떻게 해 보려는 지질한 인간들과는 달랐다.

지우는 본능적으로 알 수 있었다.

어쩌면 아주 어릴 때부터 봐 온 한 인간 때문에 그렇게 된 건지도 모른다.

'네년도 크면 남자 꽤나 홀리겠지. 네 어미 닮았으면 쓸 만할 텐데.'

더러운 욕설과 함께 짙은 살의를 불러오는 어린 시절의 기억들.

한껏 몸이 달아오른 남자가 욕구를 제대로 풀어내지 못하면 어떻게 미치는지를 누구보다 잘 알았다.

짐승 같은 놈이 엄마를 어떻게 유린하는지를 두 눈 똑똑히 뜨고 보아 왔기 때문이다.

"……이지우 씨."

"아, 네."

상념에 빠져 있느라 그가 부르는 소리를 듣지 못했다. 새카만 눈동자가 흔들림 없이 그녀를 보고 있었다.

"두 번 불렀습니다."

"……죄송합니다."

천하의 기태혁을 바로 옆에 두고 딴생각에 빠진 것이 못마땅했는지 그의 표정은 좀처럼 펴질 줄을 몰랐다.

지우는 얼른 생각을 갈무리하며 그에게 집중하기로 했다.

그는 엘리베이터 안에 올랐고, 지우도 그의 뒤를 따라 엘리베이터에 올랐다. 그가 카드를 갖다 대고 버튼을 누르자 엘리베이터가 작동하기 시작했다.

문이 닫히고 밀폐된 공간에 둘만 남게 되었다. 그가 천천히 몸을 틀어 그녀를 정면으로 응시했다.

무안할 만큼 노골적인 시선으로 바라보는 통에 어떤 표정을 지어야 할지 난감했다.

그녀가 일단 시선을 피하며 눈을 내리떴다.

"이지우 씨."

그가 느릿한 음성으로 이름을 불렀다.

"네."

고개를 들어 그를 보았다.

"내가 무섭습니까."

"왜 그런 말을……."

"아니면 내가 우스운가 보네요."

그는 엘리베이터에 오르자마자 이를 서서히 드러내는 맹수처럼 그녀를 압박하기 시작했다.

지우는 그의 말에 온몸이 얼어붙는 것만 같았다. 머리털이 쭈뼛 설 만큼 아찔하기까지 했다

아, 은찬에게 준 부조금 때문에 이러는 모양인데, 충분히 그로서는 그럴 수 있었다.

"부조금을 은찬 씨한테 준 거 때문이라면……."

"차라리 김 실장에게 돌려주든, 내게 돌려주지, 왜 그랬습니까."

그는 지우의 고의적인 실수를 간파하고 단도직입적으로 물어왔다.

입이 떨어지지 않았다. 매섭게 바라보는 시선에 이글거리는 열기까지 더해져, 금방이라도 저를 덮쳐 버릴 것만 같았다.

그녀는 손에 들린 비닐봉지를 다른 손으로 바꿔 들며 어색한 순간을 어떻게든 모면해 보려 하지만, 노골적인 시선을 거두지 않는 한은 어려울 것 같았다.

지우는 습관처럼 마른 입술을 혀로 쓸었다.

"왜 그랬습니까. 아, 대충 이유는 알 것 같기도 하지만, 쓸데없는 오해는 안 하는 게 좋을 거 같아서 묻는 겁니다."

"부사장님이 주신 부조금이 그렇게 느껴졌어요."

"어떻게요."

"거지한테 적선하는 것처럼, 스폰서를 두고 돈이나 뜯어내는 인간을 불쌍하게 여기는 것 같은 느낌요."

그는 굳은 채 아무 말도 없었다. 너무 직설적으로 말했나 싶어 그녀가 눈치를 살폈다.

"제대로 봤네요. 그런데 내가 잘못 본 겁니까, 이지우 씨를. 마치 나를 비난하는 눈빛이네요."

담담한 말투와 달리 그의 두 눈은 들끓고 있었다.

"아니에요. 단지 씁쓸했어요. 없는 사람이 가지는 자격지심 같은 거라고 보시면 될 거예요."

그의 눈에 이채가 돌았다.

"그런 사람치고는 아주 발칙하게 내 뒤통수를 쳤고."

"사실은 부사장님의 관심을 끌고 싶었어요."

결국 지우의 입에선 정제되지 않은 말이 툭 튀어 나갔다. 그녀가 놀란 만큼 태혁도 놀란 눈으로 그녀를 보더니 이내 피식 웃었다.

그리고 천천히 넥타이 매듭을 좌우로 흔들며 느슨하게 끌러 내렸다.

띵-

엘리베이터 도착음이 울렸다.

"내려요."

지우는 그를 따라 엘리베이터에서 내렸다. 팽팽한 긴장감이 가득했던 공간에서 빠져나오자 제대로 숨이 쉬어졌다.

"휴-"

작게 한숨을 내쉰 지우가 주위를 둘러보았다.

한 번 온 적 있어서 그다지 낯설지는 않았다. 그가 사는 펜트하우스는 그녀가 사는 아래층과 달리, 혼자 쓰는 모양인지 현관문이 하나밖에 없었다. 같은 오피스텔에 살아도 다 같은 게 아니었다.

비밀번호를 누르고 현관문을 연 태혁은 지우가 들어갈 수 있도록 한쪽으로 비켜섰다.

"들어와요."

그를 지나쳐 현관으로 들어섰다. 그의 집은 호텔의 스위트룸을 연상케 할 만큼 잘 꾸며져 있었다. 고급스러운 장식물은 깔끔하면서도 통일성 있게 감각적으로 배치되어 있었다.

지우가 신발을 벗고 맨발로 들어서자 그가 슬리퍼를 내려놓았다.

"신어요."

차가운 대리석 바닥의 느낌 대신 폭신하고 부드러운 슬리퍼의 촉감이 발바닥을 간질였다.

태혁은 넥타이를 빼고 재킷을 벗어 던지더니 곧장 미니 홈바가 있는 곳으로 향했다.

지난번 의도치 않게 그의 집에 왔을 땐 거실에 있는 김 실장을 보고 놀란 나머지 허둥대며 이곳을 빠져나가기에 급급했었는데, 오늘 이렇게 보니 감회가 새로웠다.

"이지우 씨, 이리 와 볼래요?"

그가 불렀다. 등 뒤로 보랏빛을 내는 LED 조명이 켜져 있었다. 뭔가에 홀린 듯 그가 있는 곳으로 천천히 다가갔다.

"골라 봐요."

눈이 휘둥그레질 만큼 많은 맥주로 꽉 채워진 냉장고에는 온갖 종류의 맥주가 다 있었다.

"음, 부사장님이 골라 주세요. 어느 게 맛있는지는 잘 몰라서요."

순간 태혁이 그녀를 말없이 올려다보았다. 그는 천천히 굽히고 있던 허리를 펴며 팔짱을 꼈다.

무슨 실수라도 한 건가 싶어진 지우는 민망함을 감추려고 시선을 떨구었다.

"……그래서, 내가 골라 줘요?"

손으로 그녀의 턱을 받쳐 들며 그를 보게 했다.

흔들리는 눈동자로 그를 올려다보던 지우는 지그시 아랫입술을 깨물었다. 그리고 가볍게 고개를 저었다.

두 사람 사이에 묘한 기류가 흘렀다. 불규칙하게 뛰어 대는 심장 박동이 귓가에 이명처럼 울려 댔다.

"……제가 고를게요."

"지금 그 눈빛. 어떤 줄 알아요?"

지우는 숨을 삼켰다. 그는 샅샅이 얼굴을 훑었다.

"……사람 마음 심란하게."

턱을 쥐고 있던 손을 놓으며 한 걸음 물러섰다.

"그때, 처음에 부사장님이 그러셨어요. 도저히 세울 기분이 나질 않는다고."

순간 언제 그랬나 떠올려 보는 것처럼 미간을 좁히던 그가 입꼬리를 휘며 미소를 지었다.

"보기보다 뒤끝 있네. 여기 든 맥주, 도수가 다 다릅니다. 일단

순한 거부터 시작합시다."

그가 이것저것 살피며 맥주를 꺼내더니 바 위에 올려놓았다.

"거실로 들고 가요."

지우는 그가 시키는 대로 맥주를 거실로 날랐다. 그사이 태혁은 간단히 먹을 수 있는 안주를 준비해서 들고 나왔다.

"잠깐 5분만 실례할게요. 맥주 마시고 있어요."

"⋯⋯네."

태혁은 그의 방으로 가면서 셔츠 단추를 하나씩 풀었다.

의도된 행동일까. 자신의 매력이 무엇인지 잘 아는 사람만이 할 수 있는 여유로운 동작이었다.

단추를 풀 때마다 보기 좋게 잡힌 등 뒤의 광배근이 꿈틀댔다.

그의 모습이 완전히 사라진 뒤에야 지우는 몰래 한숨을 내쉬었다. 심장이 떨리고 손끝이 저릿저릿했다.

휴우.

입안이 바짝 말라왔다. 성마른 갈증에 맥주 캔을 집어 들었다.

캔을 따자 맥주 거품이 푸시시 올라왔다. 재빨리 입술을 가져가 거품을 삼켰다. 입가에 묻은 거품을 손등으로 쓰윽 닦아 낸 뒤 맥주를 홀짝였다.

시원한 맥주는 가슴이 뻥 뚫릴 만큼 차가웠다. 뜨겁게 열이 오른 뺨에 맥주 캔을 갖다 대며 열기를 식혔다.

어느새 캔을 다 비운 그녀는 다시 하나를 집어 들었다.

알코올이 들어가자 거짓말처럼 긴장감이 사라졌다. 조금 천천히 마셔야겠다고 생각하면서도 손에 들고 있던 맥주를 기어이 따고야 말았다.

경쾌한 소리와 함께 탄산이 올라오며 거품도 빠져나왔다. 누가 보는 것도 아니니 편안하게 마시자 싶어 새어 나오는 거품과 함께 맥주를 벌컥벌컥 들이켰다.

고개를 꺾고 맥주를 마시던 지우는 어느새 나타난 기태혁과 눈이 마주쳤다.

꿀꺽.

놀란 나머지 맥주가 기도로 넘어갈 뻔했다.

"마셔요. 눈치 보지 말고."

그는 짧은 시간에 샤워까지 했는지 촉촉이 젖은 머리카락을 한 채 옅은 스킨로션 향을 풍기며 서 있었다. 브이넥 흰 티셔츠에 회색 면 트레이닝 바지를 입은 모습은 상상 이상이었다.

탄탄한 복근과 종마처럼 튼튼한 허벅지 근육이 두드러졌다. 골반에 걸쳐진 하의는 눈을 어디에 둬야 할지 모를 만큼 야해 보였다.

"벌써 하나 비웠어요?"

"네."

그는 아주 자연스럽게 그녀 옆에 앉았다. 거실에 놓인 L자형 소파는 열 명도 더 앉을 수 있을 만큼 넓었다.

굳이 이렇게 가까이 앉을 이유가 있을까.

허벅지를 훤히 드러낸 채 다리를 꼬고 앉아 한쪽 다리를 까딱거리던 지우는, 슬그머니 다리를 바로 하고 말려 올라간 반바지를 아래로 끌어 내렸다.

"보기 좋은데 그냥 놔둬요."

그의 시선이 허벅지에 닿았다. 당황한 지우는 바짓단을 잡고 있던 그대로 굳어 버렸다.

"왜 그렇게 놀라요?"

그는 노골적으로 허벅지를 쓱 훑었다. 단지 눈길이 닿았을 뿐인데 허벅지가 따끔거리는 것만 같았다.

"보라고 그렇게 입고 다니는 거 아닙니까."

"아니에요, 그런 거. 그냥 개인 취향이죠."

지우는 저도 모르게 발끈해서 말했다.

"이제 큰소리까지."

"……!"

"이지우 씨, 새삼스럽게 그러면 내가 헷갈리잖습니까."

딸각.

그가 맥주를 따고 천천히 들이켰다. 반소매 아래 드러난 구릿빛 팔뚝의 힘줄이 손을 쓸 때마다 꿈틀댔다.

그 팔을 유심히 바라보던 지우는 고개를 돌려 술을 마셨다.

"꽤 괜찮은 스폰서를 잡은 모양입니다. 여기로 이사한 걸 보면."

"……."

지우는 대답 대신 맥주를 한 모금 삼켰다.

"내가 묻는 말에 대답도 없고."

맥주를 단숨에 비워 낸 그가 새 맥주를 집어 들었다.

"연구소 디자이너 월급으로 감당하기엔 확실히 비싼 곳이긴 해요."

지우가 대답했다.

그는 한쪽 팔을 소파 등받이 위에 걸친 채 비스듬히 그녀 쪽으로 몸을 돌렸다. 눈을 가느스름하게 뜬 채 뭔가를 생각하는 표정이었다.

"계속 여기서 살려면 관리를 잘해야겠습니다."

스폰서 관리를 잘하란 말이지?

그런 걱정을 할 만큼 오지랖이 넓은 남자였는지 지우는 웃음이 나왔다.

"무슨 관리를 말씀하시는지. 오피스텔 관리요?"

"하, ……잡아떼기도 잘하네요."

그가 기가 막힌다는 듯 헛웃음을 터트렸다.

그리고 이내 속을 알 수 없는 눈동자로 그녀를 보더니 말을 이어 갔다.

"그런데 난 왜 그런 면이 마음에 드는 걸까요."

그가 팔을 뻗어 그녀의 뺨을 손등으로 쓸어내렸다.

"적당히 뻔뻔하고, ……또 이렇게 예쁘고. 그것도 잘한다고 했죠?"

그가 뺨을 쓰다듬던 손을 옮겨 아랫입술을 엄지로 문질렀다.

"내 조카가 그쪽한테 넘어간 이유가 궁금했는데, 대충 알 것도 같네요."

그러곤 입술을 만지작대던 손을 떼어 낸 뒤 작게 웃었다.

"그런데 나한테 이러는 여자가 없을 거 같습니까."

"……!"

심장 떨리도록 달콤한 미소를 짓던 그가 순식간에 표정을 지웠다.

"양손에 넣고 저울질하는 거 별로 보기 안 좋은데, 언제까지 그럴 겁니까."

"그게 무슨 말이죠?"

그는 손에 쥔 빈 캔을 우그러뜨리며 그녀를 똑바로 바라보았다.

"이지우."

그가 의미심장한 눈을 하고선 이름을 불렀다. 그것도 이지우 씨가 아니라 이지우라고. 지우의 심장은 미친 듯이 뛰기 시작했다.

뭔가 작정한 듯 표정까지 농밀해진 그는 지나치게 매혹적이었다.

"앞으로 기은찬 말고, 나한테만 벌리라는 말입니다. 내가 이지우 씨, 제대로 상대해 보고 싶어졌으니까."

"……!"

뜻밖의 말에 지우의 두 눈은 밖으로 튀어나올 만큼 커졌다.

"뭘 그렇게 놀랍니까. 이지우 씨 나한테 접근했던 이유, 뻔하잖아요. 그래서 원하는 대로 해 주겠다는 겁니다."

"가, 갑자기 그러시니까 조금 당혹스럽네요."

태혁은 팔짱을 낀 채 지우를 빤히 쳐다보았다.

"생각 다 했으면 결정해요. 어떻게 할지. 내 인내심은 그렇게 길지가 않거든요."

농담인지 진담인지 알 수 없는 그의 말에 지우는 갈피를 잡을 수가 없었다. 다만 웃음기 없는 저 표정에 작게나마 희망을 걸어보고 싶어진다.

그래도 될까.

두려운 한편 기대감에 가슴이 떨려 왔다.

지이잉. 지이잉.

무거운 침묵이 흐르는 공간에 진동이 울렸다. 지우의 휴대전화였다.

그에게 붙들려 있던 시선을 떼어 내고 휴대전화를 들어 액정을 확인했다. 받을지 말지 망설이던 그녀는 그대로 테이블 위에 엎어 버렸다.

"전화 안 받습니까."

"안 받아도 되는 전화예요."

"나와 잘해 보려면 쓰레기들 다 정리해요. 늘어놓지 말고. 알겠습니까."

"네."

그가 입꼬리를 슬며시 끌어 올리며 웃었다.

"이지우 씨, 말 잘 듣네요."

달콤하게 속삭이듯 내뱉는 목소리에 심장이 간질거렸다. 만약 이 남자가 작정하고 유혹한다면 넘어가지 않을 여자가 있을까.

이 남자가 가진 천부적인 강인함과 기품은 어떤 것에도 훼손 받지 않을 것 같았다.

결코 순탄하게만 살아온 것도 아닐 텐데, 태어날 때부터 이런 사람은 따로 정해지는 걸까.

얼마 전 만난 희선에게서 들은 기태혁의 이야기는 정말 뜻밖이었다. 그래서 지금, 이 남자가 더 대단해 보이는지도 모른다.

제8화

　엄마의 장례식 이후 희선이 어떻게 소식을 알고 만나자는 연락을 해 왔다. 그래서 집 앞 가까운 곳에서 만나 차를 한잔했다.

　희선은 여전히 화려하고 예뻤다. 보는 것만으로도 기운이 나고 즐거워졌다. 힘든 유학 시절에도 희선은 그랬었다.

　"너 혼자 얼마나 힘들었어."

　지우의 손을 잡으며 눈물을 글썽이는 희선을 보며 지우는 희미하게 웃기만 했다.

　"고마워."

　"어머니는 도대체 어쩌다가 교통사고를 당하신 거야."

　"요양원에서 잠깐 외출하셔서서 뭘 사러 가신다고 했나 봐. 그러다가 그만 교통사고를 당하셔서서 수술실에서 돌아가셨어."

　희선은 그저 말없이 보고만 있었다. 하긴 이 상황에서 무슨 말이 위로가 될까. 어쩌면 기태혁이 그날 저를 만나러 와 주지 않았다면, 물론 조카 기은찬 때문이었지만, 그때 저를 구해 주지 않았다면 슬픔에 빠져 허우적댔을지도 모른다.

마음이 더욱 깊어지고 의지하게 되는 것은 어쩔 수 없었다.

"나 기태혁 부사장이 불러서 회사에 간 적 있었어."

희선의 말에 지우는 움찔했다. 짐작이 가긴 했지만, 입이 떨어지지 않았다. 그 사람이 저를 어떻게 생각하는지 제삼자의 입을 통해 듣는 건 또 다른 문제였다.

"뭘 그렇게 놀라. 괜찮아, 별말 없었어. 그냥 네가 K 자동차 사 연구소에 있는 게 놀라웠던 모양이더라고."

"아. 그랬겠지."

"그런데 넌 그런 사람이 좋아? 어휴, 난 무서워서 싫어."

"무섭긴 하지."

"그 뒤로 별일 없었니?"

"응."

"그 사람 겉으로 보기에는 카리스마 넘치고 오만하고 위에 사람 없는 것처럼 굴지만, 아. 물론 그만큼 잘났기도 했지. 뭐, 그건 그렇다 치더라도 고생 많이 한 거 같더라고."

"고생? 무슨 말이야?"

"너도 그건 알잖아. 기태혁 친모가 술집 마담이라는 거."

'나도 출신이 반듯하지만은 않아서.'

그 말이 그 뜻이었나?

희선을 빤히 쳐다보자 그녀가 계속 말을 이어 갔다.

"조카가 죽은 형 아들인데, 겉으로는 모든 게 기태혁 부사장 앞으로 갈 것처럼 보이지만 실질적으로는 그 조카한테 몰아줄 생각인가 보더라고. 어딜 가나 재벌들은 그게 문제야. 경영권 다툼이 어지간해야 말이지."

"그랬구나."

"사실 그 조카가 기태혁 부사장하고 붙어도 이길 수나 있겠어? 난 우리 아빠가 제일 무서운 줄 알았는데 아니었어. 그 사람 눈빛 봤어? 정말 너도 어지간해."

'넌 몰라. 그 사람 눈빛이 얼마나 따뜻하고, 아름다운지. 그가 얼마나 유려하고 속 깊은 사람인지는 모르는 거잖아. 난 알아.'

지우는 희선을 보며 슬그머니 미소를 지어 보였다.

"그나저나 기은찬 외갓집도 만만찮은 것 같던데."

"아무리 외갓집이 대단해도 그 사람을 이길 수 있을 거 같진 않은데?"

지우의 말에 희선이 수긍한다는 듯 고개를 끄덕였다.

"하긴, 천하의 기태혁인데. 누가 누굴 걱정하는 건지."

그렇게 이야기를 주고받았지만, 지우의 마음 한편에는 그에 대한 연민이 아주 작게나마 자리를 잡기 시작했다.

"무슨 생각을 그렇게 하는 겁니까."

그가 고개를 살짝 돌려 지우의 얼굴과 마주했다. 호흡이 맞닿을 만큼 서로의 얼굴이 가까이 있었다. 흠칫 놀란 지우는 그의 손을 떼어 내려 했다.

하지만 어림도 없다는 듯 간단하게 지우의 손을 치워내며 얼굴을 더욱 가까이 갖다 댔다. 서로의 시선이 옭아매듯 얽히자 그의 눈이 한층 짙어졌다.

"그런 식으로 명을 때리고 있으면 어쩌자는 겁니까. 남자 몰라요? 어떤 짐승인지?"

"······아, 그게 아니라."

"눈 감아요."

커다란 손이 지우의 뒷덜미를 감싸며 힘을 주어 끌어당겼다.

스르르 눈을 감는 순간 고요한 실내를 울리는 초인종 소리가 귀청을 때렸다.

딩동, 딩동—

지우의 눈이 동그랗게 커졌다.

"제길."

낮게 욕설을 내뱉은 태혁이 그녀를 떼어 놓으며 거칠게 머리를 쓸어 넘겼다. 데일 것 같은 눈동자에는 서서히 짜증이 섞여 들었다.

딩동, 딩동—

또다시 요란하게 울려 대는 초인종 소리와 문을 두드리는 소리에 얼핏 섞여 든 누군가의 목소리는 분명 은찬의 것이었다.

"은찬 씨 온 거 같아요."

"나도 알아."

태혁은 짓씹듯 내뱉고서는 현관 쪽을 향해 걸어갔다. 그가 현관문을 열자 은찬이 안으로 쏟아지듯 들어왔다.

"삼촌, 저 술 마셨습니다."

은찬에게 저런 모습이 있었나 싶게 엉망으로 취한 상태였다. 단정하고 매너 있던 은찬은 보이지 않았다.

"이지우가 도망가 버렸어요. 나 몰래 이사를 가 버렸다고요. 내가 뭐라고, 내가 얼마나 부담스러웠으면 그랬을까요."

"누가 그래, 너 때문이라고."

태혁은 술 취한 은찬에게 차갑게 내뱉었다. 하지만 은찬의 귀에는 들리지 않는 모양인지 끊임없이 제 할 말만 토해 냈다.

"나 때문에 도망가 버렸다고요. 나 때문에."

비틀거리며 거실까지 온 은찬은 소파에 널브러지듯 앉았다.

눈을 게슴츠레하게 뜬 채 주위를 둘러보던 은찬은 지우와 눈이 마주치자 시선을 고정한 채 천천히 자세를 고쳐 앉았다.

그러고선 믿기지 않는다는 듯 게슴츠레한 눈을 똑바로 뜨더니 이내 입을 딱 벌렸다. 애타게 찾던 여자가 바로 눈앞에 있으니 안 믿기는 모양이었다.

"어! 선, 선배?"

눈을 비비며 재차 확인했다.

"은찬 씨. 술을 얼마나 마신 거야?"

인사불성에 가까운 모습에 놀란 지우는 걱정스러운 눈빛으로 바라보았다.

조금 떨어져서 팔짱을 낀 채 서 있던 태혁은 헛웃음을 터트렸다.

그는 단번에 은찬의 마음 상태를 읽어 낸 듯했다.

그뿐 아니라 걱정스러운 눈빛으로 은찬을 바라보는 그녀를 아주 못마땅한 시선으로 바라보았다.

"이지우 씨, 일어나서 그만 가 보도록 해요."

순간 양손으로 얼굴을 문지르며 머리카락을 쓸어 넘기던 은찬이 딱딱하게 굳은 얼굴로 지우와 태혁을 번갈아 가며 쳐다보았다. 그러더니 몸을 일으켜 비틀거리는 걸음으로 지우에게 다가왔다.

"하, 뭐예요? 선배가 왜 여기 있어? 왜!"

지우의 어깨를 꽉 틀어잡고 절대로 놓지 않겠다는 듯 힘을 주었다.

하아, 너도 남자라고 이러는 거니.

지우는 은찬의 모습에 쓴웃음이 나왔다.

여전히 말없이 둘을 지켜보고 있는 태혁과 눈이 마주쳤다. 새카만 눈동자에는 아무런 감정이 담겨 있지 않았다.

"은찬 씨, 내일 회의 때문에 잠깐 들린 거야. 나 이 오피스텔로 이사했어."

지우는 제 어깨 위에 올려진 은찬의 손을 다독이며 달랬다. 그제야 한풀 꺾인 은찬이 손을 떼어 내고 뒤를 돌아보았다.

"삼촌, 사실이에요? 네?"

그래도 은찬은 지우의 말을 못 믿겠다는 듯 태혁에게 재확인했다.

"기은찬, 지금 나랑 뭐 하자는 건지 모르겠네. 어디서 배워 먹은 버르장머리지?"

"사, 삼촌!"

"지금까지 주제를 잘 알고 기어오르지도 않고 해서 예뻐해 줬더니, 이젠 사생활 참견까지."

"그, 그게 아니라. 하하, 죄송합니다. 그것보다 이지우 선배님이 여기 있다는 게 말이 안 돼서……."

"그럼 네가 이러는 건 말이 되고?"

태혁의 단호한 목소리에는 정신이 번쩍 뜨일 만큼 냉기가 흘렀다. 이러다간 정말 무슨 일이라도 날 것 같은 분위기에 지우는 은찬을 붙들고 현관으로 끌어당겼다.

"은찬 씨, 어서 가요. 저, 부사장님, 내일 뵙겠습니다. 제가 은찬 씨 달래서 보낼게요. 죄송합니다."

은찬은 태혁의 호통에 풀이 죽은 모양인지 말없이 그녀를 따라 나왔다.

현관문을 닫기 전 저승사자처럼 우뚝 서서 그녀를 노려보는 태혁의 두 눈과 마주쳤다. 그는 어이없다는 듯 살벌하게 웃더니 경멸의 눈빛을 드러냈다.

탕.

문을 닫고 난 뒤 지우는 한숨을 내쉬었다.

"삼촌하고 아무 사이 아니죠? 말해 봐요. 네?"

은찬은 지우가 부축하던 팔을 빼내더니 그대로 그녀를 벽으로 밀어붙였다.

양쪽 팔을 뻗어 벽을 짚으며 그사이에 지우를 가둔 은찬은 서서히 몸을 맞대 왔다. 그 불쾌한 감각에 지우는 은찬을 밀어냈다.

"떨어져."

그런데 꿈쩍도 하질 않았다. 지우는 다시 힘을 내서 은찬의 가슴팍을 밀어냈다.

"떨어지라고. 기은찬!"

팡팡, 가슴을 쳐 대도 은찬은 도리어 지우의 허벅지 사이로 다리 하나를 밀어 넣으며 밀착해 왔다.

이대로는 도저히 은찬을 떨쳐 낼 수 있을 것 같지가 않았다.

지금 기태혁을 부르면 그가 달려 나올까.

지우의 머릿속은 복잡하게 돌아갔다.

이글대는 눈동자로 그녀를 내려다보는 은찬의 두 눈에서는 불꽃이 튀고 있었다.

남자들이 욕정을 풀지 못하면 얼마나 난폭해지는지 아는 지우는 어떻게든 은찬을 달래고 싶었다. 지금 여기서 험한 꼴을 당할지도 모른다는 생각이 들자, 온몸이 덜덜 떨려 왔다.

은찬이 이마를 맞대고 술 냄새를 풍기며 거친 숨결을 뿜어 댔다. 거부하지 않으니 기회다 싶은 모양인지 무섭게 몸을 밀착시켰다.

단단한 하체의 어느 부위가 아랫배를 뭉근히 비벼 댔다.

이젠 한계였나.

은찬은 이제 한술 더 떠 허벅지를 쓰다듬기 시작했다. 온몸에 벌레가 기어 다니는 기분이었다.

"흐흑, 떨어져, 기은찬!"

지우는 안간힘을 써서 소릴 질렀다.

"흐으윽! 제, 제발 비켜. 흐흑."

"싫어요. 선배도 좋잖아요."

지우는 하얗게 질린 채 눈물을 흘렸다.

술에 취한 은찬은 도리어 더 세게 몸을 붙여 왔다.

빈틈없이 맞닿은 몸 때문에 구역질이 치밀었다. 몸을 비틀고 빠져나오려 해도 힘이 달렸다.

방음이 잘되어 모르는 것인지 전혀 나와 보지도 않는 기태혁이 원망스럽기까지 했다. 눈물을 흘리며 굳게 닫힌 현관문을 애타게 보았다.

제발, 떨어져.

쾅!

인내심이 바닥을 치려 할 때, 현관문이 거칠게 열리고 기태혁이 모습을 드러냈다.

하아, 나와 줬네요.

그녀와 은찬의 모습을 말없이 바라보던 그가 느릿하게 다가왔다. 무표정한 얼굴에선 그 무엇도 읽을 수가 없었다.

"기은찬, 물러서."

감히 거역할 수 없을 만큼 단호한 목소리에 은찬은 슬그머니 몸을 떼어 냈다.

"사, 삼촌."

"떨어져."

엄중한 명령에 은찬은 힘없이 팔을 늘어뜨리며 뒤로 한 걸음 물러섰다. 그렇게 밀어도 떨어지지 않았는데 금세 풀 죽은 모습으로 물러서는 것을 보니 허탈하기까지 했다.

벽에 기대선 지우는 헉헉거리며 바닥에 주저앉으려는 자신을 간신히 지탱했다.

흐릿한 시야 속에 기태혁의 새카만 눈동자가 제 동공을 파고드는 것이 느껴졌다.

은찬이 오기 전까지만 해도 그는 분명 그녀를 안으려고 했었다. 욕망에 흐려진 눈으로 그녀를 바라보며 이후에 있을 행위를 짐작게 할 만큼 진득한 분위기를 흘렸었다.

전혀 무섭지 않았는데, 은찬이 제 몸에 닿는 순간 예전의 공포가 떠올라 버렸다.

이렇게 눈앞에 이 남자가 서 있다는 것만으로도 숨이 쉬어지는데, 이 마음을 알기나 할까.

지우는 손등으로 눈물을 훔쳤다.

"이지우 씨, 계속 여기 있을 생각입니까."

지우는 제 귀를 의심했다. 분명 괜찮으냐고 물어봐야 할 그가 정말 성가셔 죽겠다는 음성으로 말했다.

무미건조한 시선이 그녀를 향해 묻고 있었다. 언제까지 여기서 이러고 있을 거냐고.

"……가야죠."

순간 스치듯 보인 그의 눈빛에 가슴이 아려 왔다. 얼른 시선을 떨구고 걸음을 옮겼다.

무안하고 서럽고 슬펐다. 그저 이 순간을 어떻게든 벗어나고 싶은 마음뿐이었다. 혼자 앞서간 생각들이 무참했다. 가슴 언저리가 따끔거렸다.

"취했다. 들어가."

그는 은찬을 보며 말했다. 그 목소리에는 조카에 대한 걱정이 흠뻑 묻어나고 있었다.

하아.

지우는 제 생각이 한참 잘못됐다는 것을 깨달았다.

그는 그녀를 아예 없는 사람 취급했다. 감정을 최대한 숨기며 엘리베이터 앞으로 향했고, 그녀 뒤를 따라 은찬이 함께 움직였다.

은찬도 카드를 가진 모양인지 엘리베이터에 카드를 갖다 대자 작동하기 시작했다.

문이 닫히기 전 벌어진 문틈 사이로 그의 시선과 마주쳤다.

순간 기태혁의 눈썹이 미묘하게 치켜 올라갔다. 팔짱을 낀 채 턱 끝을 매만지던 그가 표정을 굳히며 몸을 움직였다.

그게 마지막 모습이었다. 엘리베이터 문이 완전히 닫히고 서서히 움직이기 시작했다. 그와 동시에 그녀의 몸은 강한 힘에 의해 돌려세워졌다.

그리고 텅, 소리가 날 만큼 세게 엘리베이터 한쪽으로 밀쳐졌다. 은찬이 앞머리를 쓸어 넘기며 그녀의 뺨을 어루만졌다. 얼어붙은 지우는 그를 노려보며 팔을 쳐 냈다.

"치워."

"키스할래요?"

은찬은 아랑곳하지 않고 가까이 다가왔다. 이미 예견된 행동이라서 그런 걸까, 아니면 기태혁 앞에서 깨갱 하며 꼬리를 말던 모습을 봤기 때문일까. 이제 더는 은찬이 무섭지 않았다.

게다가 은찬은 그 끔찍한 남자가 아니라는 것을 확실하게 인지하고 있는 지금은 괜찮았다.

지금 지우에겐 조금 전 그녀를 향해 거침없이 쏟아내던 비난의 눈길이 더 아팠다. 지우의 뇌리에는 기태혁의 차가운 눈빛이 박혀 있었다.

지우는 완전히 식은 눈으로 은찬을 보며 말했다.

"치워. 정말 살기 싫어지니까."

"정신 못 차리게 선배가 예쁘니까요. 나, 아까 삼촌이랑 같이 있는 거 보는 순간 돌아 버리는 줄 알았어요."

"그래? 어디 정말 정신 못 차리게 해 줄까?"

지우는 무릎을 힘주어 위로 올려붙였다.

퍽!

"으윽! 아, 서, 선배! 그렇다고 이렇게까지!"

바닥에 주저앉아 쩔쩔매는 은찬을 보며 차갑게 한 소리 내뱉었다.

"엄살 부리지 마. 술 취해서 이 정도로 봐주는 거야. 내가 제일 싫어하는 게 뭔 줄 알아? 너 여기서 더 나갔으면 나랑 완전 끝이었어."

지이잉, 지이잉.

은찬의 휴대전화가 울려 댔다.

"엄살 아니라니까요! 귀찮게, 누구야."

은찬은 간신히 몸을 일으켜 세운 뒤 엉거주춤 서서 바지 뒷주머니에 손을 넣었다. 이내 휴대전화를 꺼내 액정을 확인하더니 낮게 한숨을 내쉬며 전화를 받았다.

"네, 삼촌."

⋯⋯삼촌?

"⋯⋯알겠습니다. 네. ⋯⋯죄송해요. ⋯⋯연락드릴게요."

은찬이 통화하는 동안 엘리베이터는 1층에 도착했고, 지우는 엘리베이터에서 내렸다.

같이 따라 내린 은찬은 통화를 끝냈는지 지우를 허탈한 표정으로 바라보았다.

"하아, 이만 가 볼게요. 죄송해요, 선배."

어금니를 지그시 깨물며 뭔가를 꾹 참아 내는 듯한 은찬의 표정은 경직되어 있었다.

"그래, 가 봐."

지우는 지친 음성으로 대답했다. 그렇게 은찬이 가고, 지우는 저가 사는 오피스텔 호수와 가까운 엘리베이터를 이용하기 위해 발걸음을 옮겼다. 그러다 문득 스치는 생각에 발걸음이 멈칫했다.

지금쯤 그는 무슨 생각을 하고 있을까. 행여나 저가 먼저 은찬을 유혹했다고 오해하는 것은 아닐까. 마지막 그 눈빛은 뭘 의미하는 걸까. 간신히 좋아지고 있던 둘 사이가 단숨에 벌어졌다는 느낌을 지울 수가 없었다.

지우는 제자리를 맴돌며 한참을 서 있었다. 도저히 발길이 떨어지지 않았다.

* * *

태혁은 발끝에 차이는 비닐봉지를 보고 그것이 이지우가 편의점에서 골랐던 물건이라는 것을 생각해 냈다.

뭐가 그리 급해서 놔두고 간 거야.

술 취한 은찬을 끌고 나가던 지우의 모습이 생각나 쓴웃음이 나왔다. 딴에는 은찬이 한 대 맞기라도 할까 봐 끌고 나간 모양인데, 그 마음을 술 취한 놈이 알 리 만무했다.

아니나 다를까 현관문을 벗어나자마자 짐승으로 돌변한 녀석은 이성을 잃고 날뛰었다. 만약 그가 나가 보지 않았다면, 어떤 짓을 당하고 있을지 모를 일이었다.

제길!

……뭘 잘했다고. 그따위 눈빛을.

엘리베이터 문이 닫힐 때, 불안에 떨던 지우의 표정이 자꾸 아른거렸다.

저 보란 듯이 은찬과 내빼고서는 잘도 그런 눈으로 사람을 홀리지.

일단 전화를 걸어 은찬에게 경고라도 하자 싶었다.

태혁은 다급히 은찬에게 전화를 걸었다. 신호음이 떨어지자마자 은찬의 목소리가 들려왔다.

"너, 이 새끼 정신 안 차려! ……어디까지 기어오를 생각이지? 경고하는데…… 이지우 곱게 보내. 허튼짓하면 용서 안 해. 명심해."

할 말만 하고서 사납게 끊어 버렸다.

단단히 버르장머리를 고쳐 놔야지, 이대로는 분해서 안 될 것 같았다.

태혁은 바닥에 놓인 비닐봉지를 노려보았다. 당장 눈앞에서 치워 버려야 속이 시원할 것 같았다.

"제길! 다 마음에 안 들어."

씩씩거리며 한참을 쳐다보다 휴대전화를 도로 집어 들고 이지우에게 문자를 찍기 시작했다. 생전 해 본 적 없던 문자가 쉽게 될 리 만무했다. 몇 번이나 쓰고 지우기를 반복했다.

[뭐 놔두고 간 거 없습니까.]

마침내 완성된 문자를 전송했다. 뭐가 그리 거슬려서. 지금 자신이 하는 짓이 그렇게 유치해 보일 수 없었다.

문자를 보내 놓고 한참을 들여다보다 휴대전화를 소파 위에 던져 놓았다. 대신 식어 버린 맥주 캔을 집어 들었다.

목구멍으로 넘어가는 맥주는 아직 그래도 찬 기운이 남아서인지 그럭저럭 마실 만했다.

다시 새 캔을 따서 들이켰다. 벌컥벌컥 들이켜자 어느새 또 빈

캔이다. 태혁은 소파에 던져둔 휴대전화를 들어 문자가 왔는지 확인했다.

확인해서 뭘 어쩌려고.

갖다 주게?

이런 자신이 우습다 못해 기가 막혔다.

이 빌어먹을 여자는 답장도 없지.

감히 문자도 씹고.

도로 휴대전화를 던져 놓고 맥주를 들이켰다. 종종 이렇게 맥주를 마시며 당면한 문제를 차근차근 생각하고 어떻게 해결할지 대책을 세우곤 하는데, 오늘은 유달리 짜증이 난 상태여서인지 깊이 있게 파고들질 못했다. 자꾸만 신경을 잡아채는 무언가가 있었다.

태혁은 착잡한 마음에 자리에서 일어나 창가로 가서 섰다.

이 높은 곳에서 아래를 내려다보면 모든 것이 다 별거 아닌 것처럼 시시하게 느껴졌다. 아등바등 안간힘을 써야만 할 때, 한 시간이고 두 시간이고 이곳에서 아래를 내려다보면 조바심 내던 마음이 차분히 가라앉곤 했다.

차갑게 얼려 버릴 것처럼 시린 눈동자의 그가 창에 고스란히 비쳤다. 어느새 경직된 얼굴에는 아무런 감정이 느껴지질 않았다.

스테인리스처럼 견고하고 차가운 얼굴.

이 얼굴은 죽은 고목보다 더 비관적이란 생각을 하며 남은 맥주를 털어 삼켰다.

돌아서려는 찰나 새카만 창에 저를 아프게 바라보던 이지우의 젖은 눈동자가 얼핏 스쳐 갔다.

멈칫한 태혁은 다시 눈을 크게 뜨고 창을 쳐다보았지만, 거기엔 여전히 차고 견고한 얼굴뿐이었다.

* * *

김 실장은 룸미러로 태혁의 눈치를 살폈다. 오늘 아침 그의 출근을 돕기 위해 오피스텔을 갔을 때, 평소와 달리 맥주 캔이 나뒹구는 거실 탁자 위를 보며 어젯밤 누가 왔다 갔다는 것을 알아챘었다.

하지만 부사장이 입을 다물고 있으니 먼저 말을 꺼내기가 쉽지 않았다.

오늘 저녁 본사에서 있을 행사에 참석해야 해서 슈트를 따로 챙기며 그에게 행사 일정에 대해서도 보고했다. 잠시 침묵하던 그는 고개를 끄덕이며 알겠다는 말로 끝이었다.

차에 오른 뒤에도 그는 태블릿 PC로 뉴스를 검색해서 볼 뿐, 이렇다 할 말이 없었다.

만약 어제 온 사람이 여자라면, 기 회장의 귀에 반드시 들어갈 것이다. 일이 귀찮아지기 전에 누가 다녀갔는지 정도는 알아 둬야 했다.

"부사장님."

김 실장이 조심스럽게 태혁을 부르자 그가 룸미러로 시선을 맞춰 왔다.

"어젯밤, 집에 누가 왔었습니까."

"그래서요?"

태혁의 얼굴에 짜증이 스쳤다. 그래도 물어봐야겠기에 긴장한 낯으로 그를 바라보며 물었다.

"제가 알아 둬야 할 게 있습니까."

기태혁의 뒤치다꺼리를 담당하는 김 실장으로서는 당연히 물어볼 수 있는 말이긴 했지만, 등골을 따라 식은땀이 흐르는 것은 어쩔 수 없었다.

태혁은 손에 들고 있던 태블릿 PC를 옆으로 던져 놓은 뒤 팔짱을 끼고 자세를 바로 했다.

"김 실장님, 알아 둬야 할 게 아니라, 알려 줘야 할 게 있지 않습니까."

순간 무슨 말인지 머리를 굴리던 김 실장은 아차 싶었다.

"이지우 씨에 관해서는 지금 조사 중입니다."

"그래서요."

김 실장은 헛숨을 삼켰다. 괜히 말 꺼내서 본전도 못 찾는 기분이었다. 지금 이지우에 대한 조사 중 한 가지 걸리는 부분이 있어서 자세히 알아보고 있었다.

"저, 부사장님."

"말하세요."

"미국에 이지우 씨 지인이 있는데 누구인지 조사하고 있습니다."

"미국에서 유학했으니 당연히 아는 사람들이 있겠죠."

"그게 아니라 이지우 씨가 이번 오피스텔을 매입할 때, 다니엘 비어만이란 사람한테서 돈이 흘러들어 왔습니다."

"다니엘 비어만?"

태혁은 순간 한 사람을 떠올렸다. 흔한 이름이긴 했지만, 그가 아는 사람 중에도 그런 이름이 있었다.

설마, 그 사람과 이지우가 무슨 연관이 있다고.

그런 가정은 조금 억지에 가까웠다. 태혁이 아는 다니엘 비어만은 월가에서 전설적인 인물로 통하는 천재 주식투자였다. 그에 대한 소문은 무성하지만 실제로 그를 본 사람은 극소수뿐이었다.

그럴 리가.

태혁은 고개를 저으며 아닐 거라 단정했다. 하지만 돌다리도 두들겨 보고 건너는 편이 안전하다.

"내가 아는 그 사람 맞습니까."

"아직 정확하지 않습니다. 워낙 그 사람 자체가 드러난 게 없어서요. 그래도 염두에 두고 조사를 하고 있습니다."

"월가의 주식 천재 다니엘 비어만. 그런 인물을 이지우가 안다면 그 사실만으로도 유명인이 되겠네요."

"아무래도 그럴 가능성은 희박하지 않겠습니까."

"알아보세요. 제대로."

"네."

가만.

지난번 강희선의 입에서 다니엘의 이름이 나왔었다. 이지우와 연락하고 지내는 사람 중에 다니엘이란 사람이 있다고 분명 그랬었다. 그땐 무심코 흘려들었는데, 알아봐야 할 것 같았다.

"강희선 씨한테 연락해요. 지금."

"알겠습니다."

김 실장이 강희선에게 전화를 넣었고, 곧바로 통화가 연결되었다.

태혁은 김 실장으로부터 전화를 건네받았다.

"강희선 씨, 기태혁입니다. 잘 지냈습니까."

-부사장님, 어쩐 일이세요. 요즘 한가하세요? 제가 또 놀러 가요?

희선의 말에 태혁은 어떤 대꾸도 없이 본론으로 들어갔다.

"그것보다 지난번 이지우 씨에 관해서 이야기를 나눌 때, 다니엘 비어만이란 이름을 들은 것 같은데, 맞습니까."

태혁은 일부러 다니엘의 풀네임을 불렀다.

-네. 그렇긴 한데, 부사장님은 다니엘 비어만이라는 걸 어떻게 아셨어요? 저는 그냥 다니엘이라고만 했었는데.

역시 안 속아 넘어갔지만, 솔직하게 대답을 하니 조바심 나던 가슴이 조금은 편안해졌다.

"그것도 모르고 연락했을까 봐요."

-하긴요. 종종 한국을 왔다 갔다 하는데, 아무래도 밖으로 드러낼 신분은 아니잖아요.

"어떻게 이지우 씨가 알게 된 겁니까."

-다니엘이 지우를 좋아해요. 그것도 아주 많이. 뭐, 주식 천재라서 지우 돈은 그 사람이 다 관리하죠.

"그렇습니까."

태혁의 목소리가 한층 낮아졌다.

통화를 할수록 이 여자에게 말린다는 기분이 들었지만, 일단 이야기를 더 들어 보기로 했다. 무슨 의도가 있는 것이 아니라면 원래 성격이겠거니 생각하기로 했다.

-네, 그런데 정말 다니엘 때문에 전화하신 거예요?

"아니면요."

-이지우 남자관계 조사하는 건 아니고요?

"강희선 씨, 늘 넘칩니다."

-알아요. 제가 오버를 좀 잘하죠. 그런데 이렇게 고급정보를 알려 드렸는데 밥이라도 한번 사세요.

"고급정보를 밥 한 끼로 되겠습니까."

-어머, 사실 밥 한 끼로 어림도 없죠.

"좋습니다. 이제 말해 보세요."

-그럼 인심 쓴 김에 제가 좀 더 쓰죠. 다니엘이 지우 때문에 팔자에도 없는 하숙집을 했었잖아요.

"……."

태혁은 아예 입을 꾹 닫고 그녀가 하는 말을 묵묵히 듣기로 했다. 분명 여기서 더 들었다간 엉뚱하게도 강희선한테 화를 낼 것 같았다.

-듣고 계시죠?

"듣고 있으니 계속해요."

태혁은 미간을 좁히며 인상을 그렸다.

-지우가 사정이 있어서 기숙사를 나왔는데, 뉴욕 집값이 너무 비싸서 좀 고민을 했었거든요. 지우가 오갈 데 없어 걱정하는 거 보고 다니엘이 아예 아파트 한 채를 샀잖아요. 얼마나 멋지던지. 더 해요?

"계속해요."

태혁의 목소리가 갈수록 짧아지고 저조해졌다. 그걸 본인만 느끼지 못할 뿐 통화를 하는 희선과 운전하고 있는 김 실장은 눈치를 채고 있었다.

-다니엘 비어만의 이상형이 이지우랍니다.

"그래서 한집에서 살았습니까."

-설마 같이 자기야 했겠어요? 각자 방을 따로 썼지만, 뭐 그 이

후에 일이야 두 사람만 알겠죠.

"알겠습니다. 그럼 다음에 한번 나오십시오. 식사 대접 제대로 해 드리겠습니다."

-그래요. 그럼 들어가세요.

태혁은 통화가 끝난 뒤 휴대전화를 김 실장에게 건넸다.

"오늘 신차 개발 관련 SE 팀 회의는 10시로 당기세요."

"알겠습니다."

싸늘하게 굳은 얼굴로 지시를 내린 태혁은 시트에 머리를 기대며 눈을 감았다. 김 실장은 그런 태혁의 얼굴을 힐끗 쳐다본 뒤 운전에 집중했다.

태혁은 눈을 감은 채로 방금 강희선과 나눈 통화 내용을 상기하며 눈을 치켜떴다.

"미치지 않고서야, 그게 말이 돼?"

태혁은 혼잣말을 내뱉으며 눈을 번쩍 떴다.

아무리 삭이려 해도 이건 그럴 내용이 아니었다. 아예 신혼살림을 했을지 어찌 알겠는가.

유학생활을 안 해 본 것도 아니고, 한국에서 유학을 온 대학생들이 얼마나 무분별하고 방탕한 생활을 하는지 누구보다 잘 알았다.

물론 대부분의 유학생은 착실하게 공부하고 제 앞길을 뚫지만, 아닌 경우도 많았다.

강희선.

과연 그 여자의 말을 얼마나 신뢰할 수 있을지 그것도 의문이긴 했다.

어느 것 하나 쉬운 게 없었다.

태혁이 다니엘 비어만의 이름을 되뇌며 지난날을 떠올렸다.

그가 유학할 당시 친구 제임스 리의 명의로 IT 회사를 설립할 때였다.

'태혁아, 지금 이렇게 가면 자금 부족으로 개발이 늦어질 거 같아.'
'안 그래도 방법을 강구 중이야.'

이제 막 시작하는 단계에서 좌절할 순 없었다. 태혁은 미래형 차 개발에서 가장 중요한 것은 인공지능이라고 보았고, K 자동차 사의 발전을 위해 반드시 인공지능 개발 업체를 보유해야 한다고 생각했었다.

10년 뒤에는 자동차 사마다 IT 회사와 계약을 맺고 그 기술을 사들이거나, 아예 회사 자체를 통째로 사들일 것이다.

태혁은 제임스 리의 천재적인 머리와 실력을 봤기 때문에 충분히 그 가능성을 점쳤다.

이런 사업적인 두뇌는 누구보다 탁월한 그였다.

태혁은 제임스의 어깨를 두드리며 자리에서 일어났다.

'일단 주식에 묻어 둔 것도 팔고, 되는대로 끌어모아야겠다.'
'어, 주식이라고 했어?'

제임스가 반색하며 물었다. 워낙 경제에 관해서는 신경을 쓰지 않던 제임스라서 태혁은 피식 웃고 말았다.

'주식의 주 자도 모르면서 왜 갑자기 반응이 그래?'

'내가 왜 그 생각을 못 했지?'

'무슨 생각.'

'태혁아, 프로그램 개발은 조금 반년 정도만 미루자. 그동안 자금이나 모으자고.'

'그래도 되겠지. 그런데 갑자기 뾰족한 수라도 난 거야?'

'내 친구 중에 주식 쪽에 손을 대는 놈이 있는데, 아주 귀신이야.'

태혁은 눈을 가늘게 뜨고 제임스를 바라보았다.

'네 경제관념은 익히 알고 있는데, 믿을 만해?'

실험, 연구 쪽 외에는 특히, 돈과 관계된 것은 영 젬병이었다.

'다니엘 비어만이라고, 내 친구야. 이 자식은 이쪽으로 특화된 머리를 갖고 있어. 월가에서 투신으로 알려져 있는데, 같은 직장 사람도 몰라. 그 자식이 그 투신인지.'

'넌 어떻게 알았어.'

'같은 대학을 다니니까 자연스럽게 알게 됐지. 뭐, 투자할 회사가 만든 제품이라든지 기술력이라든지 그런 걸 물어 오더라고. 내가 아는 선에서 말해 줬더니 그 정보가 상당히 유용했나 봐. 그 뒤로 나도 돈이 생길 때마다 맡겼는데 실력이 상당했어.'

'그럼 네 돈도 같이 밀어 넣자. 나중에 제대로 이자 쳐줄 테니까.'

'당연히 그래야지. 돈을 얼마나 불려 놨으려나 궁금하네.'

어차피 지금 당장 돈이 나오는 것도 아닌 만큼 태혁은 한국으로 들어가서 돈을 마련하기로 했다.

그리고 주식에 투자한 것은 그대로 제임스에게 넘기기로 했다.

'그럼 너 믿고 맡길 테니까 일단 해 봐. 손해만 안 보면 돼.'
'놀라지나 마.'

태혁은 다니엘 비어만을 직접 만나 보지 않았지만, 그가 얼마나 대단한 인물인지는 그 당시 몸소 겪어서 알고 있었다. 투자 원금의 몇십 배를 벌어들였으니, 믿지 않을 수가 없었다.

그가 마우스를 클릭해서 초당 벌어들이는 금액은, 빌 게이츠만큼은 아니더라도 경이로운 액수를 벌어들인다고 했었다.

물론 과장된 구석이 있다손 치더라도 이미 태혁에겐 입증된 사람이었다.

그런데 그런 다니엘 비어만이 이지우를 도와주고 있다고 한다.

이걸 믿어야 할지 말아야 할지.

이지우가 그런 세계적인 거물과 엮일 만큼의 능력자라면, 그러면서도 굳이 저를 찾은 이유는 뭘까.

어제부터 혼란스러운 머릿속은 전혀 정리되질 않고 있었다.

생각을 거듭하는 사이 연구소에 도착한 태혁은 A동 건물로 들어섰다.

* * *

어젯밤 집으로 돌아온 지우는 뜬눈으로 밤을 지새운 나머지 눈이 충혈되어 있었다.

다크서클이 내려앉은 얼굴은 화장으로 커버하고 신경 써서 단정하게 보이도록 했다. 어젯밤 겨우 한 발짝 다가간 거지만, 그마저도 기태혁의 마음은 오리무중이 되어 버렸다.

기은찬을 밤새 원망하다 어느새 날이 밝은 것이다. 오늘 기은찬을 보면 아주 제대로 밟아 주고 싶은 마음뿐이었다.

다른 날보다 일찍 도착한 지우는 어젯밤 기태혁을 떠올리며 스케치했던 것을 제대로 그려 볼 생각이었다.

막 사무실에 들어서려는데 복도에서 그녀를 기다리던 은찬이 평소와 다름없이 커피를 들고 다가왔다.

"선배, 여기 커피 드세요."

지우는 은찬이 내미는 테이크아웃 커피를 싸늘하게 바라보았다.

어젯밤 그가 한 일을 생각하면 상종도 하기 싫었다. 주사로 치부하기엔 지나친 면이 있었다.

"저리 비켜."

"제가 잘못했어요. 어제는 정말 제정신이 아니었나 봐요."

"무슨 짓을 했는지 제대로 기억은 해?"

"네, 다 기억납니다."

"내가 얼마나 황당했을지 생각해 봤어?"

"죄송해요."

은찬이 잔뜩 풀 죽은 모습으로 앞에 서 있자, 한편으로는 측은한 마음이 들었다.

지우는 사무실에 들어가기 전 밖에서 이야기를 나누는 편이 좋을 것 같아 손목시계를 보았다.

보통 8시가 넘으면 직원들이 출근하기 시작한다. 회사는 사내 직원을 위한 복지가 워낙 잘되어 있어서 8시 반 전에만 도착하면 조식도 한식, 양식 등 종류별로 먹을 수 있었다. 지금 시각이 8시라서 간단하게 빵과 커피를 마실 수 있을 것 같았다.

"지하로 내려가서 뭐 좀 먹자."

"네."

지금은 순한 양처럼 구는데, 어제는 정말 감당하기 힘들었었다. 그런 용기는 어디서 나오는 것인지, 역시 핏줄은 못 속인다는 생각이 들 정도였다.

아침 출근하기 전까지만 해도 은찬을 어떻게 혼내야 할지 고민했는데, 이렇게 막상 보고 나니 예상보다 나쁘진 않았다.

잘 구워진 베이글을 먹으며 향긋한 커피를 마시다 보니 기분이 한결 나아졌다. 은찬도 그럭저럭 괜찮은 모양인지 평소와 다름없이 행동했다.

"은찬 씨, 술 마시고 그러는 거 안 좋은 버릇이야."

"네, 조심할게요. 그런데 정말 어제 일은 잊어 주시면 안 돼요?"

"그러게 그런 부끄러운 짓을 누가 하래?"

"술이 원수죠. 그런데 선배님, 몇 호에 사시는지 말 안 해 주셨는데."

"안 알려 줄 거야."

"와, 그동안 지내 온 시간이 있지. 정말 그러실 거예요?"

"그래, 그럴 거야. 이제 일어나자. 시간 다 됐어."

"네네, 두고 보세요. 제가 알아낼 테니까."

"알아내서 뭐할 건데?"

지우가 날카롭게 묻자 은찬이 머리를 긁적이며 어색하게 웃었다.

"그, 그렇긴 하네요."

"어제 엘리베이터 탔을 때 전화, 부사장님한테서 온 거 맞지?"

지우는 궁금했던 것을 참지 못하고 물었다. 어제 그 전화가 아니었다면 꽤 곤란했을지도 모른다.

"······네."

"뭐라고 했길래 그렇게 얌전히 간 거야?"

"너, 이 새끼 정신 안 차려! 라고 하셨죠. 그래서 정신 차리고 돌아갔고요."

"정말?"

"네, 저 당분간은 피해 있어야 해요. 안 그러면 어디 다른 데로 쫓아낼지도 몰라요."

"설마."

"그리고 선배님한테 제대로 사과하라고 하셨어요."

"그건 좀 안 믿기는데?"

"죄송했습니다, 선배님."

은찬이 다시 한 번 더 정중하게 사과했다. 지우는 고개를 끄덕이며 자리에서 일어났다.

"가자."

"네. 저······ 그런데."

"응?"

은찬이 뭘 궁금해하는지 알 것 같았다. 기태혁 부사장과의 관계가 궁금한 것이다.

지금 어떻게 말해야 할지 저도 헷갈리는 중이기 때문에 모른 척하고 넘어갔다.

"가자. 늦겠어."

"네."

지하에서 1층으로 올라온 두 사람은 평소와 다름없이 옆으로 나란히 걸었다.

막 출근하는 사람들과 인사를 하던 지우는 보안 게이트를 통과하는 기태혁을 발견하고 멈칫했다.

그는 몸의 선이 그대로 살아나는 맞춤형 슈트를 입고 있었다. 훤칠한 외모는 사람들 틈에서 단연 돋보였다. 그의 강한 에고와 잘 어울릴 법한 짙은 감청색 슈트는 푸른 타이와도 조화로웠다.

주변 여직원들이 쑥덕대는 소리가 들려왔다.

다들 그의 외모와 능력에 대한 칭찬 일색이었다.

은찬도 기태혁을 보고서는 표정이 딱딱하게 굳었다. 그 상태로 지우의 팔을 지그시 잡아끌더니 귓가에 대고 속삭였다.

"저 먼저 갈게요. 오늘 부딪쳐서 별로 좋은 꼴 못 볼 거 같아요. 나중에 봐요."

같이 가자고 말하려고 했는데 은찬은 이미 저만치 달려가고 있었다.

하긴, 소나기는 일단 피하고 봐야겠지.

피식 웃으며 발걸음을 옮기던 지우는 바로 그때 그와 두 눈이 마주쳤다.

은찬과 함께 있던 것을 본 모양인지 그의 두 눈이 잠깐 꽁무니 빠지게 도망치는 은찬에게로 향했다.

이내 다시 그녀에게로 눈길을 돌린 태혁은 특유의 서늘하면서도 날카로운 눈빛으로 바라보았다. 한 치의 빈틈도 없는 완벽한 모습의 그와 지독히도 잘 어울리는 표정이 얼굴에 떠올라 있었다.

저 모습에 흔들리지 않을 여자가 있을까.

지우는 지끈대는 심장을 가만히 누르며 고개를 숙인 뒤, 먼저 발걸음을 떼어 놓았다.

불과 몇 초에 불과한 시간이었지만, 머릿속은 온통 그로 꽉 차 버린 것 같았다.

제9화

　무사히 사무실에 도착한 지우는 평소와 다른 사무실 공기에 주위를 둘러보았다.

　직원들이 한곳에 모여서 웅성대고 있었다. 가방을 자리에 내려놓은 뒤 그들이 모인 곳으로 다가갔다.

　"야, SJ 자동차에서 일냈네, 일냈어."

　"정말 가능할까. 아무튼, SJ 자동차 연구소에 있는 직원들 말이니까 영 틀린 소린 아닐 거야."

　"무슨 소리예요? SJ가 뭘 했다고요?"

　지우는 딱딱하게 굳은 표정으로 물었다.

　"어, 왔어?"

　문철이 지우 곁으로 다가왔다. 잔뜩 상기된 그의 얼굴을 보니 보통 일이 아닌 모양이었다.

"SJ 자동차그룹에서 자율주행차를 레벨 4 수준으로 개발했다는 소문이 있어. 정말 개발했는지, 아니면 헛소문인지 아직 모르는 단계이긴 한데 말이야. 그쪽에서 일부러 소문을 흘렸다는 가정을 해보더라도, 뭔가 찜찜하단 말이지."

문철의 설명을 들을수록 이 현실 같지 않은 소리에 비명이라도 지르고 싶었다.

어째서 그렇게 잘나갈 수가 있는 거지?

말도 안 돼.

갑자기 가슴에 통증이 밀려왔다. 숨 쉬기도 어려울 만큼 갑작스러운 통증에 식은땀이 주르륵 흘러내렸다.

만약 SJ 자동차그룹에서 먼저 레벨 4 수준의 자율주행차를 개발한다면 SJ 자동차그룹은 세계에서도 단연코 선두를 달리게 될 것이다. 경로만 입력하면 알아서 운전해 주는 그 단계까지 갔다면, 상용화되는 것은 금방이었다.

한 회장이 정말로 그 기술을 성공시킨 걸까.

믿을 수가 없었다. SJ 자동차그룹의 상태를 누구보다 잘 알던 그녀로서는 놀랄 수밖에 없었다.

"괜찮아? 얼굴이 너무 창백한데?"

문철이 걱정스러운 얼굴로 바라보았다.

"괜찮아요."

"오전 10시에 회의라던데. 정말 괜찮겠어?"

"네. 전 회의 자료 검토할게요."

K 자동차그룹에서는 부사장 기태혁을 중심으로 미래형 자동차 개발을 극비리에 추진하고 있다고 들었다.

기태혁도 이 사실을 알고 있는 걸까.

입안이 바짝 타들어 갔다.

사실 여부를 정확히 확인하기 위해서는 다니엘의 도움이 필요했다. 지우는 휴대전화를 들고 잠깐 밖으로 나갔다.

유학 시절 만난 다니엘은 희선과 더불어 몇 안 되는 친구 중 한 명이었다. 그녀가 한국으로 오면서 자주 연락을 하진 못했지만, 다니엘이 그녀의 자산을 관리하고 있어서 한 달이나 두 달에 한 번쯤은 연락하는 편이었다.

전화번호부에서 디니엘 비어만을 찾아 통화 버튼을 눌렀다. 신호음이 떨어지고 얼마 있지 않아 다니엘의 목소리가 들려왔다.

-여보세요? 지우?

시끌벅적한 소리가 전화기를 타고 들려왔다. 지금 미국은 늦은 저녁 시간이니만큼 어디 클럽에라도 가 있는 모양이었다.

「다니엘, 나야. 지우.」

-어, 잠시만.

다니엘은 조용한 공간을 찾아가는 모양인지 잠시 말이 없었다.

-됐어. 말해. 이사는 다 한 거야? 집은 어때?

「덕분에 좋아. 그런데 다니엘, SJ 자동차그룹 주식을 사들여야 할 거 같은데.」

-더 사들이라고?

「다른 주를 팔아서라도 사는 편이 나을 것 같아. 자율주행차를 레벨 4 수준까지 개발했다는 소문이 자자해.」

-그 정도로 잘나가는 회사는 아니잖아.

「만약 성공한다면, 어떻게 되는 거지?」

-주식은 엄청 올라가겠지. 상용화되는 건 시간문제잖아. 그럼 네 계획은 더 어려워질 거 같은데?

다니엘은 친구 중에서도 유일하게 그녀의 과거를 알고 있다. 지우는 그만큼 그를 신뢰했다.

국제금융전문가인 다니엘은 그녀가 가진 얼마 안 되는 돈을 불과 몇 개월 사이에 열 배 이상 불려 주었고, 그 이후부터 지우는 돈이 생기는 족족 다니엘에게 맡기고 있었다.

지우도 한참 뒤에야 다니엘의 정체를 알 수 있었다.

이렇게 그가 그녀의 자산을 도맡게 된 것은 친분을 떠나 지우의 처지를 안쓰럽게 생각하는 마음이 컸기 때문이었다.

그녀가 기태혁이 사는 오피스텔을 살 수 있었던 것도 다니엘 덕분이나 다름없었다.

-지우, 다음 달쯤 해서 제임스 리와 함께 한국에 들어갈 거야.

「정말? 제임스 리는 설마, 강희선 때문에 오는 거야?」

-그런 거 같아. 지우, 잘 지내고 있는 거지? 보고 싶어.

「그래, 잘 지내고 있어. 내 걱정 말고 넌 SJ에 대해서 알아봐 줘. 부탁할게.」

-알았어. 그럼 알아보는 대로 연락할게.

「고마워, 다니엘.」

-고맙긴, 우리 사이에.

「전화 끊을게.」

다니엘이 마음먹고 알아본다면 제대로 된 정보를 갖고 올 것이다. 그는 그만의 정보망을 갖고 있었고, 그 정보는 매우 정확했다.

기태혁과의 관계도 제자리걸음이나 마찬가지인 상황에서 SJ 자동차 사의 소식은 청천벽력과도 같았다.

이 믿기지 않는 소식이 가져올 파장은 매우 컸다. 이젠 다니엘을 믿고 기다리는 수밖에 다른 방도가 없었다.

조바심에 발을 구르던 지우는 시계를 들여다보고선 화들짝 놀라 뛰기 시작했다. 10시까지 회의에 가려면 서둘러야 했다.

* * *

문철과 함께 회의실에 도착한 지우는 자리에 앉았다. 아직 기태혁 부사장은 보이질 않았다.

"늦을 줄 알았는데, 다행이다."

문철이 작게 속삭였다.

"네, 죄송해요."

지우는 차분하게 마음을 가다듬었다.

잠시 뒤 기태혁이 회의실에 들어섰다.

다들 자리에서 일어나 그에게 인사를 건넸다. 태혁은 가볍게 인사를 받으며 상석에 앉았다.

날카로운 시선으로 회의실을 쓱 훑어본 그는 낮지만 명료한 목소리로 말했다.

"다 모이셨습니까."

"네."

"강 팀장님, 그럼 회의 시작하세요."

"네, 부사장님."

어제 이어 회의를 마무리 짓기 위해 다시 모였는데, 그 분위기가 조금 미묘했다.

"그럼 회의를 시작하도록 하겠습니다."

참석 인원도 같고, 바뀐 사람도 없는데 회의는 아주 빠르게 진행되었다.

어제 여성비하 발언으로 지적당한 연구원은 입에 지퍼를 채운 것처럼 조용했다.

강 팀장도 별반 다르지 않았다. 조용히 경청하는 쪽으로 생각을 돌린 모양인지 태혁의 눈치만 간간이 살피고 있었다.

반면 디자인 팀에서는 지우뿐만 아니라 문철도 적극적으로 의견을 말하고 준비해 온 자료를 설명하며 그들을 설득했다.

느긋하게 의자에 몸을 기댄 채 듣고 있던 태혁은 이미 결론이 어느 쪽으로 날지 예상했기 때문에 오늘은 회의 내용보다는 그가 계획하는 일에 적합한 연구원이 있는지를 살피는 데 중점을 두었다.

태혁이 미국 지사에 근무할 당시 그는 고성능 차량 개발에 열정을 쏟아부었었다. 비록 돈은 되지 않지만, 고성능 팀을 꾸리고 스페셜 모델을 만드는 데 주력한 것이다.

하지만 다시 한국으로 발령받는 바람에 하던 것들을 모두 중단하게 되었다. 이후 한국에서 새롭게 팀을 만들어 그 일을 추진하려고 했지만, 상황이 여의치 않아 기회만 보고 있었다.

이제 슬슬 움직일 때가 되었다고 판단한 태혁은 먼저 인재부터 가려낼 생각이었다.

K 자동차가 세계적인 자동차들 속에서 한 단계 더 나아가기 위

해선 특별화된 고성능 차량 개발 팀이 꼭 필요했다.

기존의 고성능 차량 개발 팀과 별도로 운영될 새로운 팀은 나름 비밀리에 준비하고 있었고, 이제는 밖으로 드러낼 시기가 되었다.

태혁은 눈을 날카롭게 세워 올리며 지우를 주시했다.

"……디자이너의 숨은 의도까지 제대로 반영할 수 있도록 엔지니어 팀에서 도와주시리라 믿습니다. 이상입니다."

그녀는 할 말을 다 했다는 듯 홀가분한 표정을 지으며 말을 마쳤다.

자신을 바라보는 시선을 느낀 모양인지 또렷한 눈망울이 그를 향했다.

태혁은 깍지 낀 손을 풀고 상체를 뒤로 젖히며 무표정으로 일관했다. 그러자 속눈썹이 파르르 떨리는 것이 느껴졌다.

긴장한 채 그의 반응을 기다리는 모습이 결코 싫지 않았다. 닳고 닳았다고 보기에는 순진한 구석도 보이고.

물론, 겉모습뿐이겠지만.

어쨌든 태혁은 그녀의 재능을 높이 사고 있었다. 그뿐 아니라 일에 대한 열정은 이번 회의 때도 확실히 느꼈지만 넘쳐흘렀다.

열정을 갖고 열심히 일하는 직원에게 힘을 실어 주는 것은 윗사람이 할 일이었다.

태혁이 마무리할 겸 해서 입을 열었다.

"디자인은 유기적으로 이어져 있어서 한 부분을 손대기 시작하면 전체적인 균형이 틀어지게 됩니다. 익스테리어적 요소가 중요하다는 사실을 엔지니어 팀에서는 잊은 모양입니다."

태혁은 이 자리에서 이지우만을 뚫어지게 바라보았다. 의도적으로 그랬다. 얼마나 뻔뻔하고 잘났는지, 다니엘 비어만도 구워삶는 수준인데, 정말 기대가 되었다.

태연하게 그의 시선을 받아 내는 지우에게 박수라도 보내고 싶어졌다.

한참 말을 끊고 있던 태혁은 다시 말을 이어 갔다.

"한국에서도 고성능 차량 브랜드를 차별화해서 만들 생각입니다. 고성능 차량에도 익스테리어적 요소를 중요시할 것이며, 양산형 차량도 마찬가지입니다. 그 점 잊지 말도록 하세요."

태혁의 말에 다들 고개를 끄덕이며 적극적인 자세를 취했다.

사이를 놓치지 않고 태혁이 마지막 쐐기를 박았다.

"엔지니어 팀, 부품에 이상이 생겨 리콜 들어올 때는 각오해야 할 겁니다. 이상입니다."

디자인에 맞는 새로운 부품을 만들어야 할 처지에 놓인 엔지니어 팀을 겨냥해서 제대로 만들라는 압력이었다.

"수고하셨습니다."

다들 인사를 하고 회의실을 하나둘씩 빠져나가기 시작했다.

문철은 지우의 어깨를 툭툭 두드리며 환한 미소를 보냈다.

"수고했어. 지금 보니까 말 정말 잘하는데?"

"나가서 얘기해요."

지우가 아직 부사장이 있다고 눈치를 주자, 문철은 부사장 쪽을 힐끗 쳐다보며 멋쩍은 미소를 지었다. 그러고는 큰 소리로 인사했다.

"부사장님, 수고하셨습니다."

태혁은 문철의 인사에 대꾸 없이 곧바로 지우를 향해 시선을 돌렸다.

"이지우 씨는 잠깐 내 방에서 보죠."

"무슨 일이신지."

태혁은 순간 제 귀를 의심했다. 그의 눈썹이 미묘하게 치켜 올라갔다.

"말 다 했습니까."

"언짢으셨다면 죄송합니다. 단지 용건이 궁금해서 여쭤 봤는데, ……곧바로 가겠습니다."

태혁은 말없이 서늘한 눈초리로 그녀를 바라본 뒤, 회의실을 빠져나갔다.

"어서 따라가. 왜 그런 말을 했어. 나라도 기분 나빴겠다."

문철이 지우를 나무라며 등을 떠밀었다. 지우는 그런 문철을 못마땅하게 바라보다 마지못해 회의실을 나섰다.

지우의 입에서 작은 한숨이 새어 나왔다.

어젯밤, 기은찬과의 일도 있고 해서 그를 마주하는 게 서먹했다. 아직은 그의 냉담한 눈빛을 믿고 싶지가 않았다.

발을 질질 끌면서 느릿느릿 부사장실 앞에 도착한 지우는 가슴을 톡톡 두드리며 심호흡했다.

휴-

그래, 괜찮아. 이젠 이렇게 그가 먼저 찾잖아. 그게 어디야.

똑똑.

부사장실 앞에서 노크한 뒤 안으로 들어갔다. 김 실장이 지우를 보며 예의 바른 미소를 보냈다.

"어서 와요. 들어가시면 됩니다."

"네, 감사합니다."

지우는 조심스럽게 발걸음을 옮겼다. 딱딱하게 굳은 표정은 좀처럼 펴지지 않았다.

* * *

한편, 태혁은 사무실에 들어서자마자 넥타이를 잡아 늘리고 셔츠 단추를 풀었다. 그리고 인터폰으로 이지우가 오면 안으로 들이라는 말을 전했다.

재킷을 벗어 던진 뒤 한 손을 허리에 얹고서 문을 쳐다보았다. 저 문을 통해 그녀가 들어올 것이다.

왜 부르는지 용건을 말하라는 그녀의 당돌한 모습이 떠올랐다. 순종할 것처럼 굴다가도 언제 그랬냐는 듯 구니 종잡을 수가 없었다.

똑. 똑.

노크 소리가 들리고 몇 초 뒤에 이지우가 모습을 드러냈다.

태혁이 상석에 가서 자세를 잡고 앉았다.

"이리로."

태혁은 예의 그 서늘한 시선으로 지우의 모습을 살폈다.

양손을 다소곳하게 허벅지 위에 올리고 있는 모습이 마치 다른 사람처럼 보였다. 지금까지 그가 보아 온 모습 중 가장 얌전했다.

아니, 가장 정숙해 보였다.

허벅지를 훤히 드러내고 다니던 여자가 맞는지 묻고 싶을 지경이었다.

어제 그런 일이 있어 놓고 아무 일도 없었던 것처럼 구는 양에
실소가 터졌다.

"어제 잘 잤습니까."

태혁은 휴대전화를 들고 손가락으로 가리켰다.

"아, 네."

"왜 문자 씹는 겁니까."

팔걸이에 올려진 손을 톡톡 두드리며 쳐다보자, 그제야 휴대전
화를 확인하기 시작했다.

"어, 죄송합니다. 저는 문자 보내신지 몰랐어요."

"그런 물건을 남자 혼자 사는 집에 두고 가면 어쩌자는 겁니
까."

그러려고 부른 건 아니었는데 이지우의 얼굴이 새빨개졌다.

당황한 모습을 보자 조금 속이 풀리는 이 치졸한 감정에 실소가
나왔다.

하지만 이지우 앞에서 내색할 수가 없어 참고 있는데, 저도 모
르게 피식 웃음이 나왔다.

"말해 보세요. 어쩔 겁니까."

"부사장님 좀 변태 같으세요."

"이젠 놀리기까지."

"흠, 죄송합니다. 우유는 드시면 될 테고, 그건 제가 가지러 가겠
습니다. 버리기 아깝잖아요."

태혁은 이지우를 똑바로 바라보았다.

이제 그가 왜 문자를 보냈는지 이젠 스스로 답을 해야 했다.

그녀가 과거에 어떤 남자를 거쳐 왔건, 만나 왔건, 그가 이토록

신경을 쓰고 따지고 드는 이유. 뭐로 설명할 건가.

정말 이지우만 한 디자이너가 없어서?

개소리다.

그를 신뢰하고 믿는 그 눈동자를 이미 봐 버렸으니, 모질게 할 수가 없는 거다. 이 여자가 상처받을까 봐.

일단, 여기까지.

더는 알 수가 없었다. 이대로 감정이 커질지, 사라질지는 오직 지나 봐야 아는 것 아니겠는가.

이 감정을 뭐라 명명해야 할지도 모를 만큼 어설프지만, 지금은 저를 화나게 하지만 않는다면 감정이 흐르는 대로 내버려 두고 싶었다. 그가 오늘 알아낸 건 딱 하나였다.

자신의 흥분점이 의외로 낮다는 것.

기은찬이 이지우의 귓가에 대고 속삭일 때, 팀장이란 자가 지우의 어깨 위에 손을 얹었을 때, 참을 수 없이 화가 났었다.

"화나셨어요? 제가, 정말 죄송합니다."

그가 웃음을 멈추고 가만히 바라보고 있자 무슨 말이든 해야겠다고 생각했나 본데, 정작 듣고 싶은 말은 그게 아니었다.

"아까, 무슨 생각으로 그따위 질문을 던졌어요?"

그의 질문이 황당한 모양인지 눈매가 위로 치켜 올라간다. 도도한 고양이처럼 털을 세우고 할퀴려 드는 모습에 슬그머니 입매가 휘어졌다.

"무슨 용건인지 물어보는 것이 그렇게 잘못된 일인지 모르겠습니다."

"건방진 소리를 잘하네요."

다리를 겹쳐 앉은 그는 팔꿈치를 대며 턱을 받쳤다.

"아무 남자가 몸에 손대도 괜찮은가 보네요. 분명 처신을 잘하라고 했을 텐데. 내 말이 우스워요?"

그녀의 얼굴이 수치심에 붉게 물들었다.

"기은찬은 뭐며, 팀장이라는 그자는 또 뭐죠? 내가 보는 앞에서 그렇게 다정해도 되는 겁니까."

"오해하시는 거예요."

"내 눈이 잘못됐다는 거네요."

"그, 그게 아니고. 저는 다른 뜻이 있어서 그랬던 게 아니란 말씀을 드리는 건데요."

"그럼 나는 뭡니까. 이지우 씨가 아무 짓도 안 했는데, 혼자서 이러는 겁니까."

태혁이 몰아붙이자 당황한 기색이 역력한 얼굴로 지우가 그를 보았다.

"이지우 씨 참 나쁜 여자네요. 사람을 유혹해 놓고 아닌 척 잡아떼고."

태혁은 느릿하게 관자놀이를 문지르며 그녀를 지켜보았다. 처음 그녀가 접근해 왔을 때, 태혁의 신체 반응은 놀라울 정도였다. 물론 정신적으로 그녀에게 느꼈던 혐오스럽다는 감정과는 별개로 착실하게도 육체는 반응했었다.

너무 취향에 딱 맞아떨어져서 더 떨칠 수 없었는지도 모른다. 상상만으로도 아래가 욱신거릴 만큼 짜릿한 자극이 솟구쳤다.

그건 지금도 마찬가지였다.

"언제든지 안길 것처럼 굴더니, 오늘 이 건방진 태도는 대체 뭡니까. 내가 만만하죠?"

어제 그가 했던 말을 그새 잊어버린 모양이었다.

"내 마음에 둔 이상 이놈 저놈 손 타는 거 못 봅니다. 이 시간 이후로 내 말 명심해요. 내일 저녁 시간 비워 놔요. 난 오늘 본사에 행사가 있어서 거기 가 봐야 합니다."

혼란스러움이 가득한 눈으로 그를 쳐다보던 지우는 애꿎은 입술만 짓씹어 댔다.

"생각 다 했어요?"

둘 사이에 흐르던 미묘한 침묵을 깨며 태혁이 먼저 입을 열었다. 더는 기다리기 싫다는 명백한 의사 표현이기도 했다.

"부사장님 이러시는 거, 제 마음대로 해석해도 되나요?"

저녁 시간을 비워 놓으란 말에 무슨 해석을 하고 말고 있을까. 둘 사이에 오갈 말은 딱 하나뿐이었다.

"음, 이지우 씨."

그가 턱 끝을 매만지며 그녀 이름을 불렀다.

이제 그만하라는 의미가 다분히 느껴질 만큼 음성에는 짜증이 묻어났다.

"……네."

"내가 충분히 알아듣게 말했는데, 더 노골적으로 말해요?"

그의 날카로운 눈매가 미묘하게 휘어졌다. 짙은 속눈썹 아래 번뜩이는 새카만 눈동자는 사냥감을 포착한 맹수의 눈빛이었다.

"아니요, 그럴 필요까진 없을 거 같아요. 그런데 조금 당혹스럽긴 하네요. 부사장님께서 이렇게 적극적으로 나오실 줄 몰랐거든요. 어젯밤은 사실 당황했어요. 너무 냉정해서요."

긴장한 채 그의 대답을 기다렸다. 순간 그의 입가에 비웃음이 스치는 것을 똑똑히 보았다.

"남들 연애하는 것처럼 순서 밟아 가면서 할 사이는 아니지 않습니까. 싫다는 여자 억지로 하는 거 내 취향 아니니까 싫으면 싫다, 좋으면 좋다 말해요. 사람 헷갈리게 하지 말고."

"……!"

"아니면 내가 이지우 씨 비위 맞춰 가며 해 주길 바라는 겁니까."

얼어붙은 그녀를 향한 그의 표정은 무덤덤했다.

그는 여자와 하룻밤을 보내기 위해 비위를 맞추는 짓 따위는 절대로 하지 않을 남자였다.

그는 아마 죽었다 깨어나도 그녀가 느끼는 비참함, 수치심 따위는 모를 것이다.

그런데 그게 뭐가 중요하다고 이 남자에게 발끈하는 걸까. 결국 그녀를 도와줄 사람은 기태혁뿐일 텐데.

이 남자를 얻기 위해 지금까지 주위를 맴돌지 않았던가.

이제 겨우 시작인데 왜 날을 세우고 상황 판단을 제대로 하지 못하며 나대는 걸까.

이런 자신이 가소로웠다.

오늘 아침, SJ 자동차가 어떻게 성장하고 있는지 직접 듣지 않았던가. SJ 자동차 사 한지철 회장과 그 아들 한현우가 망하는 것을 보겠다는 일념으로 지금까지 버텨 와 놓고, 뭐 하는 짓이란 말인가.

지우는 기태혁을 보며 다시금 마음을 다잡았다.

그래, 엄마 영정사진 앞에서 다짐하지 않았던가. 무슨 일이 있더라도 한지철 부자를 그냥 두지 않겠다고.

한지철, 어릴 적에 그 남자가 찾아오는 시간은 공포의 시간이었다. 귀를 틀어막고 울면서 어서 그 시간이 지나가기만을 기다렸었다. 어린 그녀가 할 수 있는 건 아무것도 없었다.

SJ 자동차 사에 다니던 한지철은 엄마와 결혼 약속을 한 사이였고, 두 사람 사이에는 아이가 있었다.

그 아이가 바로 지우였다.

지우가 네 살이 되던 때에, 한지철은 결국 엄마와 지우를 버리고 SJ 자동차 사 송 회장의 외동딸 송영희와 결혼을 했다.

송영희는 애 딸린 이혼녀로 회사에 놀러 왔다가 한지철한테 첫눈에 반해 결혼까지 하게 되었다.

성격적으로 결함이 있던 송영희는 한지철을 매번 괴롭혔고, 가진 것 없는 한지철은 송영희의 히스테리를 다 받아 주었다. 그러고는 송영희 몰래 엄마를 찾아와서 그가 당한 것 배로 엄마를 괴롭혔다.

어린 딸이 보고 있어도 아랑곳하지 않고 그가 하고 싶은 대로 마음껏 엄마를 유린했고, 폭력도 사용했다.

술에 취한 날이면 어김없이 찾아와서 몇 시간이고 엄마를 괴롭히다 가곤 했다.

지우가 중학생이 되고 나서야 한지철의 발걸음이 뜸해졌다.

하지만 거기서 끝이 아니었다. 송영희의 아들 한현우가 그녀를 알게 되면서부터 집요하게 따라다니며 괴롭히기 시작했다. 돈이면 뭐든 되는 세상이니 전학을 가도 따라다니며 괴롭혔다.

한현우 때문에 늘 칼을 들고 다닐 정도로 힘들게 버텨 왔었다. 지금은 한현우의 희롱을 가볍게 쳐 낼 만큼 단련이 되었지만, 한창 예민한 사춘기 때는 그림자만 봐도 경기를 할 정도로 두려움에 떨었었다.

그녀가 바라는 건 그 두 부자의 파멸이었다.

지우는 가슴을 차분하게 가라앉히며 태혁을 바라보았다.

그녀를 향한 태혁의 냉철한 얼굴은 빈틈없었다. 하지만 어젯밤처럼 그렇게 차갑진 않은 듯했다.

"……어디서 만나는 게 좋을까요."

지우는 간신히 표정을 수습하며 물었다. 자꾸만 고개를 쳐드는 자존심을 짓눌렀다.

"말귀를 잘 알아듣네요. 보기보다. 2년 전 처음 봤던 제우스 기억해요?"

그의 두 눈이 의미심장하게 빛났다. 일부러 그곳으로 장소를 정한 모양이었다.

"네, 기억해요."

"거기에서 내일 8시에 보도록 하죠."

"알겠습니다."

지우는 자리를 털고 일어났다. 여유롭게 웃고 있는 그를 향해 희미하게 미소를 보냈다.

"이리로 나가면 됩니다."

직접 문 앞까지 걸어간 태혁은 아주 친절하게 알려 주었다.

"아, 어제 편의점 물건은 부사장님 필요하시면 쓰세요."

지우의 말에 태혁은 이것 봐라, 라는 표정을 지었다. 지우는 일부러 말을 싹 바꿔 그를 놀렸다.

"이지우 씨. 생리대 필요한 거 아니었습니까. 설마 내일은 아니겠죠."

"그럼 이만 나가 보겠습니다."

차분하게 문을 열고 부사장실을 나섰지만 역시나 그를 당해낼 재간은 많이 부족했다. 귓불이 화끈거릴 만큼 달아올라 고개를 들 수가 없었다.

* * *

태혁은 결재하던 서류를 내려놓으며 의자 등받이에 상체를 기대고 편안하게 자세를 잡았다.

회전의자를 반 바퀴 돌려 창밖을 내다보다 다시 원위치로 돌렸다. 그는 날카로운 눈으로 집무실 공간을 쓱 훑었다.

이곳은 본사에 있는 부사장실에 비해 많이 협소했다.

게다가 회의할 공간이 마땅찮아서 간단한 회의는 여기서 하거나 같은 층에 있는 임원 회의실을 이용했다.

임원 회의실은 부사장인 그가 혼자 쓰는 곳이 아니기 때문에 회의 시간이 타 부서와 겹칠 수도 있고, 여러모로 불편했다.

앞으로 그가 연구소에 머무는 시간은 더 늘어날 것이다. 그렇게 되면 수시로 회의가 열릴 테고. 뭔가 대책이 필요했다.

시간이 좀 걸리더라도 부사장 전용회의실을 따로 만드는 편이 나을 것 같았다.

태혁은 더 망설일 필요 없이 김 실장을 호출했다.

"김 실장님 들어오라고 하세요."

-네, 알겠습니다.

회의실은 그렇게 일단락 지은 뒤 앞으로 그가 해야 할 일들을 머릿속으로 정리해 나갔다.

자동차 산업은 혁명이라고 말할 정도로 성장하고 있었다. 이미 SJ 자동차에서는 자율주행차를 레벨 4단계까지 완성했다는 이야기가 암암리에 나오고 있었다.

자율주행 단계를 몇 단계로 구분하느냐에 따라 다르겠지만, SJ 자동차에서 개발한 단계는 고도 사율수행 단계일 것이다.

K 자동차가 미래차 산업에서 살아남으려면 조직의 변화와 혁신은 필수였다. 하지만 그가 주도적으로 추진하기에는 아직 가진 힘이 부족했다.

기 회장이 경영 일선에서 완전히 물러나게 되면 차기 경영권은 반드시 그가 받도록 해야겠지만, 최악의 경우에는 은찬이 받을 수도 있었다.

물론 그렇게 돼서는 안 되고, 될 리도 없겠지만, 만약을 대비해서 나름의 방안을 마련해 둔 상태였다.

기 회장이 속내를 드러냈으니 이제는 온전히 저를 위해 사용될 비장의 수가 될 것이다.

처음에는 경영권 승계와 상관없이 독자적으로 추진해 왔던 일이었다. 극비에 부쳐진 일이니만큼 기 회장은 전혀 모르고 있었다. 이제 와서 알게 된다 하더라도 수박 겉핥기식일 수밖에 없었다.

태혁은 손목시계를 들여다보며 미간을 찌푸렸다. 김 실장을 호출한 지가 언젠데, 늦다.

그가 다시 인터폰을 하려던 찰나 노크 소리가 울렸다.

똑. 똑.

몇 초 뒤, 김 실장이 모습을 드러냈다.

태혁은 일부러 손목시계를 힐긋 쳐다보았다. 입 밖으로 말을 꺼내진 않았지만, 그 동작만으로도 김 실장은 알아챌 것이다.

"죄송합니다. 말씀하신 내용에 대해 알아보느라 조금 늦었습니다."

태혁은 자리에서 일어나 1인용 소파로 가서 앉았다.

"앉아서 말해 봐요."

김 실장은 긴 소파에 앉은 뒤, 재킷 안주머니에서 봉투 하나를 꺼냈다.

접힌 것을 펴서 태혁이 보기 좋도록 앞으로 내밀었다.

태혁은 그가 내민 서류를 손에 들고 읽기 시작했다.

몇 분 뒤.

태혁은 서류를 내려놓으며 짙은 한숨을 내쉬었다.

"까도 까도 계속 나오는 양파 같네요. 강희선 씨한테 듣긴 했지만, 도대체 투신이라 불리는 그 천재는 뭐 하는 인간입니까."

태혁은 미간을 검지로 문지르며 소파 깊숙이 몸을 묻었다. 그러고는 담배를 꺼내 입에 물었다.

그러자 김 실장이 재빨리 라이터를 갖다 댔다.

한번 김 실장을 힐끔 쳐다본 태혁은 고개를 숙여 담배에 불을 붙였다.

눈을 가늘게 뜨고 김 실장을 바라보던 태혁은 보기 좋은 입매를 위로 늘어뜨렸다.

"김 실장님, 이지우 대단하잖습니까."

"……네?"

태혁은 담배를 재떨이에 비벼 껐다.

"난 이다음에 또 뭐가 있을지 정말 궁금합니다."

"놀랍긴 하네요. 조만간 다른 소식이 또 들어올 거 같습니다."

"듣는 게 내 정신 건강에 이로울지 나쁠지는 좀 생각해 봐야겠습니다."

"특별히 신경 거슬리는 일이라도 있으신지요."

김 실장을 빤히 쳐다보며 한숨을 내쉰 태혁은 혼잣말처럼 말했다.

"그러게요. 내 눈에만 그래 보이는지 모르겠는데, 누군가와 많이 닮았습니다."

의문을 담은 시선으로 태혁을 바라보던 김 실장은 입을 굳게 다물었다.

그 누구라도 절대 건드려서는 안 되는 뇌관과도 같은 사람, 기태혁의 생모를 말하는 게 분명했다.

"지난번에 정비했겠지만, 집무실도 다시 보안 장치 점검하고, 회의실도 바로 옆에 따로 마련하세요. 본사와 비슷하게 해 놓으면 될 겁니다."

"알겠습니다."

태혁이 자리를 털고 일어나자 김 실장도 얼른 몸을 일으켰다.

"시간 되면 알아서 퇴근하시면 됩니다."

"네, 알겠습니다. 시키실 일 있으면 부르십시오."

문이 닫히고 혼자 남게 된 태혁은 싸늘하게 표정을 굳혔다. 일부러 김 실장 앞에서도 태연한 척 굴긴 했지만, 다니엘 비어만과 이지우와의 관계 때문에 속이 복잡했다.

휴.

태혁은 가볍게 한숨을 내쉬며 책상 위에 놓인 휴대전화를 집어 들었다.

지금 뉴욕에 있는 제임스에게 전화를 걸면 그쪽 시각은 자정쯤일 것이다. 자고 있을 시간이긴 했지만 궁금한 건 물어봐야 직성이 풀리는 태혁은 일단 제임스의 번호를 찾아 통화 버튼을 꾹 눌렀다.

휴대전화를 힘껏 움켜잡았다.

"제임스. 나야."

-태혁?

"잤나 보네."

-도대체 지금 몇 시인 줄 알고 전화한 거야.

제임스의 목소리에는 잠기운이 가득했다. 정말 달게 잔 모양인지 깨운 것이 조금 미안해졌다.

"너무 일찍 자는 거 아니야? 뭘 벌써 자."

-무슨 일인데 그래.

제임스가 한숨을 내쉬며 몸을 일으키는 소리가 들렸다.

"정신은 차렸고?"

-잠 다 깼어.

"다니엘 비어만 정보 팔아."

-뭐? 말이 되는 소릴 해. 갑자기 뜬금없이 뭐 하는 거야.

"뭐 하는 거 같은데. 필요하니까 이러는 거잖아."

-안 돼.

단호하게 거절하는 제임스에게 피식 웃음을 던진 태혁은 좀 더 낮고 진지한 목소리로 말했다.

"그럼 한 가지만 묻자. 몇 살이나 됐어?"

-나도 몰라.

"친구라며."

-진짜 몰라.

"거짓말도 하고."

-휴우, 우리랑 비슷해.

"좋아. 그럼 푹 자."

태혁은 재빨리 전화를 끊어 버렸다.

그가 알아보려면 얼마든지 알아볼 수 있지만, 굳이 제임스에게 묻는 것은 제임스에 대한 배려였다.

제임스가 발설하지 않은 것들을 세상 밖으로 내놓을 이유가 없기 때문이었다. 그런데 이번에는 정말 뼈까지 다 발라내고 싶은 심정이었다.

제10화

부사장실을 나온 뒤 곧장 자리로 돌아온 지우는 쉴 새 없이 스케치를 하기 시작했다.

기태혁과의 약속 때문에 떨려 왔다. 일단 이 감정을 스케치로 표현하는 데 전념하기로 했다.

그러기를 몇 시간.

어떤 콘셉트도 없이 마음대로 스케치한 자동차 디자인은 파격적이다 못해 비현실적이기까지 했다.

그녀가 평소 디자인할 때는 차량의 비율이나 유리, 지붕의 크기 등을 미리 정해 놓고 하는데, 지금은 그런 것 따위 다 무시하고 즉흥적으로 떠오르는 형상을 선으로 스케치했다.

날렵하면서도 강렬한 전면부와 길게 뺀 후면부를 보니 땅 위를 날듯이 달리고 있는 표범과도 비슷했다.

헤드램프를 조금 더 날렵하게 빼자 훨씬 더 세련되면서도 남성적인 느낌이 물씬 풍겼다. 브랜드가 추구하는 방향성과는 전혀 상관없긴 했지만, 최적의 비율과 자세만 찾아내면 그럭저럭 써 줄 만하겠단 생각이 들었다.

"디자인 기획 팀에서 아직 컨셉이 내려오지도 않았는데, 벌써 이렇게 멋진 작품을 그려 놓은 거야?"

문철이 언제 다가왔는지 스케치된 것을 유심히 보고 있었다.

"그냥 그려 봤어요."

"이렇게 근사한 차체에 어울리는 실내디자인은 나 아니면 힘들 것 같은데?"

문철은 외장디자인 1팀으로 오기 전 내장디자인 팀에서 몇 년 근무했었다. 그 때문인지 외장디자인을 하면서도 미리 내장에 들어갈 디자인도 같이 구상하곤 했다.

문철이 농담 같은 진담을 하고 있을 때, 옆을 지나가던 연구원 미현이 다가왔다.

"지우 씨, 점심 안 했죠?"

"네, 그냥 생각이 없어서요."

디지털 디자이너인 미현은 지우와 그럭저럭 잘 지내는 디자이너 중 한 명이었다.

"미현 씨는 3D 작업 다 끝났어?"

문철이 여상하게 물어보자 미현이 고개를 저었다.

"벌써 다 할 리가 없죠. 제 몸은 하나거든요. 저는 단지 지우 씨가 걱정돼서 잠시 들른 거뿐이에요. 어서 가서 일할게요. 그렇게 노려보지 좀 마시고요."

"본받아. 이지우 봐, 오매불망 스케치를 죽도록 하고 있잖아. 이선 좀 보라고. 바퀴는 아주 그냥 날아가는 거 같잖아."

"지우 씨 스케치 선이야 말 안 해도 잘 알죠. 어머, 너무 파격적이네요. 완전 섹시한데요?"

"아, 그냥 그려 본 거예요."

"혹시 버리실 거면 저 좀 봐도 될까요? 이거 제가 3D로 구현해 볼게요."

미현이 눈을 빛내며 바라보자 지우는 그림을 내밀었다.

"그렇게 하셔도 상관없는데, 바쁘다고 하셨잖아요."

"사실 기은찬 씨가 스케치한 것을 CAS(3D 디지털)로 구현하라는 지시가 있었어요. 일단 그것부터 하고 이건 제가 시간 날 때 할게요."

"은찬 씨 스케치를?"

문철의 표정에 놀라움이 스쳤다.

지우는 은찬이 낙하산이라는 사실을 연구원 대부분이 모르고 있다는 것을 상기하며 그냥 입을 다물었다.

"연구소장님이 특별히 부탁하니까 어쩔 수 없잖아요. 그럼 저는 바빠서 이만 가 볼게요. 지우 씨, 힘내세요. 팀장님, 저는 빼 주세요. 아시죠?"

미현이 가고 난 뒤, 문철이 작은 소리로 말했다.

"기은찬, 패밀리지?"

문철의 말투는 확신에 가까웠다.

"그러면 어떻고, 아니면 어때요. 우린 우리 할 일만 하면 되죠."

"속 좋은 소리 하고 있네. 새까만 후배가 너 밟고 가도 괜찮아? 너도 그러고 보면 은근히 둔해."

"그런데 미현 씨는 지금 무슨 소리 하는 거예요? 어머, 벌써 퇴근 시간이 다 됐네요. 퇴근 준비 안 하세요?"

"팔자 좋은 소리 한다. 소장님 명령이야. 외장디자인 1팀에서 두 명 본사로 행사 지원하러 가야 한대. 지금 다른 팀에서도 한두 명씩 차출이야."

"그럼 제가 가요?"

"난 은찬 씨를 데려갈까 했는데, 하는 거 보니까 가서 일 시키는 게 아니라 모셔야겠는데?"

"설마요."

"난 만만한 이지우가 좋아. 준비해."

"팀장님!"

"날 애타게 불러도 소용없고, 정 억울하면 소장님한테 가서 따져."

"무슨 행사인지 말도 없고, 제가 뭘 해야 하는지도 알려 주셔야죠."

"가면 다 알게 돼 있어. 오늘 브랜드 체험관을 확장했는데, 오픈식이래. 그런데 중요한 건 정·재계 어지간한 사람들은 다 온다네."

"본사 인원으로 해결 안 되는 모양이네요."

"그렇겠지."

"만만한 게 디자이너야 뭐야."

지우는 투덜대면서도 자리를 정돈하고 나설 준비를 했다.

* * *

행사장에는 수많은 사람으로 붐벼 대고 있었다. 본사의 건물 내부뿐만 아니라 야외에서도 행사로 떠들썩했다.

문철과 지우는 소장이 지시한 대로 각자 맡은 역할을 분담하기 위해 헤어졌다. 지우는 여자라는 이유로 내빈 안내를 담당하게 되었고, 문철은 주차 담당이었다.

날씨가 더운 탓에 그나마 선선한 바람이 부는 야간에 오픈식을 하는 모양인데, 실내에도 똑같은 출장 뷔페가 와서 테이블을 세팅하고 만반의 준비를 하고 있었다.

이 행사의 기획부터 진행까지 전부 기태혁 부사장의 작품이라고 들었다.

실내는 카페, 살롱 등으로 고객들이 이곳에서 휴식을 취하며 차량을 구경할 수 있으며, 다양한 콘텐츠를 제공하는 것이 특징이었다.

실외에는 가든 테마 공간으로 야외 테라스와 자작나무 조경으로 꾸며 놓았다. 실내든 실외든 콜라보레이션을 해서 나중에 다양한 제품을 전시할 예정이라고 했다.

지금 야외 가든에는 임직원들과 정·재계 주요 인사들이 모여들기 시작했다. 지우는 입구에서 그들에게 자리를 안내했다.

야외에는 커다란 스크린이 설치되어 있었고, 그곳에는 K 자동차 사의 홍보영상이 나오고 있었다.

지우는 본사에서 준비한 행사요원의 옷을 입은 탓에 몸이 불편했지만, 간신히 참고 있었다. 흰색 블라우스는 몸에 딱 붙어 숨 쉬기도 어려울 정도였고, 스커트는 무릎에서 한 뼘이나 위로 올라오는 길이라서 더 난감했다.

지우뿐만 아니라 다른 팀의 디자이너도 행사요원으로 참석한

죄로 다 같은 옷을 입고 다녔다. 그런데 유독 그녀 옷이 작아 보였다.

주차장과 가까운 입구에서 손님을 안내하던 지우는 실내와 정원을 연결하는 입구 쪽에 서 있는 태혁을 발견했다.

장신인 그는 사람들 속에서도 유독 잘 보였다. 짙은 블랙의 슈트는 그를 완벽하게 감싸고, 한 치의 빈틈도 없이 완벽하게 보이도록 했다. 평소 날카롭게 번뜩이던 눈빛은 어느 때보다 부드러웠고, 입매도 우아하게 휘어져 있었다.

그와 악수를 하고 지나가는 사람들은 모두 이름만 대면 알 수 있는 유명 인사들이었다.

그의 뒤를 지키는 김 실장도 보이고 보안요원으로 짐작되는 사람도 보였다. 그가 외부 행사에 참석할 때마다 따라다니는 인원만 서너 명은 족히 되지 싶었다.

그가 서 있는 곳에는 더위도 침범하지 않을 것 같은 청량함이 맴돌았다. 강인한 그의 이미지가 주목을 받고 있었다. 지우는 내빈들을 안내하면서도 간간이 기태혁을 찾아 눈으로 좇곤 했다.

"야, 몸매 좋고. 젖통도 큰 게, 빨면 제대로겠네."

순간 지우는 잘못 들었나 했다. 그녀를 조금 떨어진 곳에서 위아래로 훑는 남자는 2년 전 제우스에서 본 치한이나 다름없는 남자였다.

"뭘 봐, 내가 틀린 말 했어?"

지우는 지금 이곳이 어디인지 잊지 않았다. 저런 인간은 상대할수록 더 집요하게 괴롭혔다.

"너 일당 얼마 받아? 나랑 한 번만 하면 큰 거 한 장 줄게. 어때,

꼴리지?"

속으로 미친 새끼라고 욕을 하며 정면을 주시했다. 식은땀인지, 더위 때문인지 땀이 흘렀다.

저 멀리서 마이크 소리가 들려오자 남자는 무대 쪽으로 걸음을 옮겼다. 낮지만 명료한 음성이 가든 가득 울려 퍼졌다. 기태혁 부사장의 목소리였다. 그가 간략하게 설립 취지부터 현재 진행되는 사업까지 핵심적인 것들만 브리핑하고 있었다.

다소 혼란스러울 수도 있는 실외였지만 참석한 사람들 모두 집중해서 그의 말을 경청하고 있었다. 이 자리는 오로지 저 남자를 위한 자리라 여겨질 만큼 중심에 우뚝 선 그였다.

그의 브리핑이 끝나고 이후 식순대로 빠르게 진행되었다. 이제 다들 실내에 차려진 뷔페로 옮겨 가기 시작했다.

환한 조명 아래 자작나무가 아름답게 흔들리고 있었다. 조금 여유를 찾은 지우는 테라스 쪽으로 걸음을 옮겼다.

"이지우 씨."

등 뒤에서 들려오는 소리에 얼른 돌아보았다.

"부사장님."

"오늘 왜 여기 있는 겁니까."

"아, 차출당했습니다. 디자인 팀은 대부분 왔어요."

"그래도 이 말은 해야겠네요. 이지우 씨, 오늘 예쁩니다."

"진심으로 하시는 말씀이세요?"

지우는 부디 어둠이 발개진 뺨을 가려 주기를 바라며 그를 올려다보았다.

그의 시선이 가슴과 허리, 허벅지와 종아리로 차츰 내려갔다. 새카만 눈동자에 담긴 것이 무엇인지 알 수 없을 만큼 눈빛은 짙었다.

"⋯⋯부사장님이야말로 굉장히 보기 좋으세요."

"그렇습니까."

익히 알고 있다는 듯 오만한 얼굴로 내려다보자 역시 그답다는 생각에 웃음이 나왔다.

"이렇게 밖에서 뵈니까 조금 새롭네요."

"쉬어 가면서 해요. 디자이너를 부릴 생각을 누가 했는지 알아봐야겠습니다."

"어차피 회사를 위한 일인데요. 괜찮습니다."

"예쁜 말도 할 줄 알고."

"그런가요?"

"제법이네요. 그럼 나중에 봅시다."

"네."

행사의 주인공이나 다름없으니 바쁠 것이다. 일개 직원에게 다가와 말이라도 건네준 게 고마울 따름이었다.

지우는 테라스 쪽으로 발걸음을 옮겼다. 의자에 앉아 다리를 쉬게 할 생각이었다.

넓은 가든 곳곳에 사람들의 목소리가 간간이 들려왔고, 바람도 시원하게 불어왔다. 이 느낌이 평화롭기도 하고 아늑하기도 했다.

"이지우, 뭐 좀 먹었어?"

"어, 팀장님."

"나 배고프다."

"고생하셨어요. 그럼 잠시만 계세요. 제가 가서 가져올게요."

"그래 줄래?"

"네."

지우는 자리에서 일어나 저 멀리 떨어진 정원과 실내를 잇는 곳으로 향했다. 실외에 차려진 뷔페 음식도 손님들이 모두 실내로 들어가는 바람에 대부분 옮겨 간 상태였다.

이런 날 와인이라도 살짝 한잔하면 좋겠다고 생각하며 지우는 걸음을 재촉했다.

실내는 사면이 투명유리로 되어 있어서 안이 훤히 들여다보였다. 그 안에 사람들에게 둘러싸인 남자가 보였다.

역시나 기태혁이었다.

지우는 흐뭇한 미소가 저절로 입가에 그려졌다. 저 남자는 어딜 가더라도 모두의 중심이 되고 빛이 났다. 앞으로도 쭉 그렇게 됐으면 좋겠다는 생각을 하며 걸음을 재촉했다.

입구 쪽에 다 와 갈 때쯤 그녀의 눈에 이상한 장면이 들어왔다. 지우 앞을 걸어가던 한 행사요원의 어깨를 누군가가 확 끌어당겼다.

"나 찾으러 가는 모양이네."

"놔요. 지금 뭐 하시는 거죠?"

순간 지우는 불길한 예감에 온몸에 소름이 돋았다.

재빨리 주위를 둘러보았다. 그런데 하필이면 사람이 아무도 보이지 않았다. 대낮 같던 조명은 꺼지고 띄엄띄엄 밝혀진 등 때문에 지금 그녀가 서 있는 곳은 어두컴컴했다. 그나마 실외 화장실로 가는 길 쪽이 환했다.

누구라도 지나가는 사람이 있으면 비명을 지르면 달려올 것 같은데, 주위에 아무도 없었다.

저 앞의 여자는 남자에게 붙들린 채 떨리는 목소리로 대항하고 있었다.

"놔! 이거 놓으라고!"

"앙살은. 일단 박히면 좋아할 거야. 따라와."

이 미친놈은 눈동자를 보니 반쯤 돌아가 있었다.

지우는 뭔가 무기가 될 만한 게 없나 주변을 살폈다. 아무것도 보이질 않자 점점 초조해지기 시작했다.

"놔, 이거 놓으라고."

이젠 남자가 여자의 뒷덜미를 움켜잡고는 화장실 쪽으로 끌고 가기 시작했다.

지우는 일단 주변에 도움을 요청하기로 하고 실내행사장 쪽으로 달리기 시작했다. 자신이 서두르지 않으면 행사요원에게 무슨 일이 생길 것만 같았다. 온몸에 피가 바짝 마르고 덜덜 떨려 왔다.

그 순간 입구 쪽에서 기태혁과 김 실장, 그리고 보안요원이 빠르게 달려오고 있었다.

"이지우 씨, 왜 그래요."

"화, 화, 화장실 쪽에 여자가 당하고 있어요. 어서요!"

기태혁이 지우의 어깨를 꽉 붙들고 눈을 맞추었다.

"괜찮아요. 이지우 씨, 아무 일 없을 거니까, 자, 날 봐요. 이지우 씨."

불안함이 극도에 달한 지우는 초조한 눈빛으로 그를 보며 입술을 짓씹었다. 저렇게 완력으로 여자를 어떻게 해보려는 남자를 볼 때마다 지우는 온몸이 굳어졌다. 조금만 정신을 놓으면 이대로 쓰러질 것 같았다.

그가 자꾸 그녀의 이름을 불렀다. 어느새 흐릿해진 시야에 그의 얼굴이 가득 들어찼다. 그녀를 뚫어져라 주시하며 바라본다.

"이지우 씨, 괜찮으니까 날 봐요."

지우는 고개를 끄덕이며 참았던 숨을 토해 냈다. 그가 지켜 주고 있다는 생각이 들자 안도감이 물밀 듯 밀려왔다.

"하아……. 부사장님."

"그래요."

이제야 감각이 제대로 돌아온 듯했다. 조금 선명해진 시야 속으로 기태혁의 강렬한 눈동자가 들어왔다. 그리고 주변 상황도 정확히 파악되었다.

그와 함께 있던 보안요원이 남자를 제압하는 소리가 들려왔다. 여자의 비명도 들려오고 다급함이 그대로 전해져 왔다.

떨리는 숨을 내쉬며 그를 올려다보는 순간 그가 그녀의 어깨를 감싸 안으며 등을 다독였다.

"다행이에요. 당신한테 아무 일이 없어서."

부드럽게 속삭이듯 귓가에 내뱉는 음성에 지우는 꼼짝을 할 수가 없었다. 이건 또 다른 충격이었다. 당혹스러움에 입술을 깨물며 고개를 푹 숙였다.

이런 위로를 받아 본 적이 언제인지 까마득했다. 단단히 감싸 안은 품 안에서 뜨거워지는 눈시울을 식히며 한참을 있었다.

그래, 원래 그는 이런 사람이었다. 잠시 잊고 있었지만, 오래전 처음 봤을 때부터 그랬었다.

그는 지우를 벤치 쪽에 앉힌 뒤 누군가를 향해 손짓했다. 그러자 검정 양복을 입은 남자가 달려왔다.

"여기 지키고 있어요."

"네."

태혁은 지시한 뒤 지우의 뺨을 감싸며 그와 눈을 맞추도록 했다.

"잠시 기다려요. 저쪽에 가서 확인하고 올게요."

그녀가 고개를 끄덕이는 순간 간신히 참고 있던 눈물이 후두두 떨어져 내렸다. 얼굴을 마주하고 있던 태혁이 멈칫하며 표정을 굳혔다.

"……쯧, 뚝."

가볍게 혀를 찬 뒤, 엄지로 눈가를 부드럽게 문지르며 눈물을 닦아 주었다. 그리고 그의 재킷을 벗어 지우의 어깨에 덮어 주었다.

"갔다 올게요."

기태혁은 사람들에게 이런저런 지시를 내리기 시작했고, 그들은 지시에 따라 신속하게 움직였다. 모든 것들이 일사천리로 해결되어 갔다.

지우는 그가 어깨에 덮어 준 재킷이 그라도 되는 양 단단히 여몄다. 가슴 가득 들어차는 온기와 안도감에 두려움이 녹아내렸다.

5년 전 서울 모터쇼에서와 비슷한 상황이었다. 그는 전혀 기억하지 못하는 듯했지만, 그날 느꼈던 고마움과 지금의 마음이 한데 어우러져 벅찰 정도로 가슴이 두근댔다.

다시 가든에 울리는 클래식과 잔잔한 바람을 느끼며 지우는 눈을 감았다. 재킷에 폭 싸여 그를 느끼고 있었다.

"이지우 씨."

지우는 눈을 뜨고 눈앞에 서 있는 그를 올려다보았다. 눈부시도록 하얀 드레스 셔츠를 입은 그가 바람에 흩날리는 머리카락을 쓸어 넘기며 그녀를 내려다보고 있었다.

"집에 데려다줄 테니 일어나요."

"행사장 비우시면 안 되잖아요. 저는 가서 사복으로 갈아입고 가방도 챙겨야 해요."

"김 실장이 데려다줄 겁니다."

"아, 네."

"그리고 그 여자분은 무사하고, 남자는 바로 경찰서로 넘겼습니다."

"네."

지우는 그에게 재킷을 내밀고 자리에서 일어났다.

김 실장은 지우에게 주차장 입구에 있겠다는 말을 전했다.

지우는 인사를 하고 그곳을 벗어났다.

아무 일도 없었던 것처럼 실내행사는 잘 진행되고 있었다.

지우는 뒤를 돌아 그를 보고 싶었지만, 일부러 꿋꿋하게 앞만 보고 걸었다.

옷을 갈아입고 주차장으로 나오자 그곳에 김 실장이 기다리고 있었다. 그는 지우에게 아무런 말이 없었다. 보조석에 앉으려는 그녀를 기어이 뒷좌석에 앉힌 뒤 직접 운전해서 오피스텔 앞에 내려주었다.

집으로 돌아온 뒤 그제야 문철 팀장이 생각났다. 휴대전화에는 괜찮은지 물어보는 문자가 와 있었다. 야외에 있은 탓에 대충 이야기를 들은 것 같았다.

지우는 문철에게 답장을 보낸 뒤 그대로 침대에 몸을 던졌다.

* * *

태혁은 이지우의 모습 속에 어떤 기시감을 느꼈다. 아직 끝나지 않은 행사 때문에 사람들과 인사를 나누는 와중에도 내내 그 생각이 머릿속을 떠나지 않았다.

결코 낯설지 않은 표정, 이와 비슷했던 상황이 생각날 듯 말 듯 애를 태웠다.

저만치 다가오는 남자를 향해 인사를 하고 악수를 나누었다.

비즈니스적인 미소를 지은 채 홀을 다녔다. 태혁은 친구 예성의 무리가 모인 곳으로 가서 잠깐 인사를 하고 다시 바쁘게 움직였다.

"기태혁 부사장님, 오랜만입니다."

태혁은 자신에게 다가오는 남자를 주시했다. 누구더라?

"하하, 아마 기억 못 하실지도 모르겠습니다. 여기 명함입니다."

서글서글한 인상의 남자가 건넨 명함을 받아 들었다. 명함에는 포드 사 한국 지사장이라고 박혀 있었다.

"아, 네. 오늘 와주셔서 감사합니다."

"역시 젊은 분이시라서 그런지 뽑아내는 차마다 감각적이고 세련됐습니다. 좋은 디자이너를 모시고 있는 모양입니다."

"글쎄요. 특정한 누구라기보다는 대체로 팀별 활동이 두드러지긴 합니다."

"역시 그렇군요. 아, 이번에 포드 사에서 머스탱 쿠페 신형을 아주 멋지게 뽑았습니다. 언제 한번 들러 주시면 잘 해서 드리겠습니다."

"그렇습니까. 살 일 있으면 들리지요. 그럼 이만."

태혁은 포드 사 지사장도 차 영업에 열을 올리는 모습에 실소하며 자리를 떠났다. 대부분 자리를 뜬 상태여서 이제 가도 되겠다는 생각을 하며 돌아서는데, 문득 머스탱 쿠페 차가 떠오르며 서울 모터쇼에서 있었던 일이 드문드문 떠올랐다.

하아, 그 여자가 이지우였어?

태혁은 뒤늦게 깨달은 자신의 우둔함에 허탈한 웃음을 터트리며 잠시 걸음을 멈추었다. 오래전 일이라서 또렷하게 얼굴이 기억나는 것은 아니지만, 그때의 상황만큼은 정확하게 기억했다.

이제 막 성인이 된 소녀처럼 여려 보이던 그 여자가 이지우였던 것이다. 지금의 이지우와 그 소녀와의 괴리감에 어질했다.

도저히 같은 여자라고 생각할 수 없을 만큼 그때의 이지우는 순수했었다.

그래서 뭘 하려고 접근했지?

그토록 순수해 보이던 여자가 돈이 필요해서?

그가 가진 권력이 필요해서?

그녀 주위를 맴도는 남자들은 무엇이며, 그걸로도 모자라 자신에게 접근한 이유는?

아니, 그런 질문은 다 집어치우고, 도대체 이지우에게 어떤 일이 있었기에 그런 상황이 닥치며 매번 같은 반응을 보이는 것일까. 어쩌면 그가 이지우에 대해 잘못된 선입견을 가진 것은 아닐까. 다시 만나게 된 시작이 그래서일지도 모른다는 생각이 들었다.

태혁은 모처럼 떠안은 고민거리에 슬그머니 미소를 지었다. 역시 기대를 저버리지 않는 여자였다.

* * *

태혁은 본사로 출근한 모양인지 연구소 내에서는 보이지 않았다. 어제 일의 후유증 때문인지 지우도 자리에 앉아 스케치만 하고 있었다. 오늘 저녁에 보자고 했지만 어제 일도 있고 해서 약속이 유효한지 궁금했다.

퇴근 시간이 다 되어 가도록 그에게선 연락이 없었다. 지우는 퇴근 준비를 서두르며 다시 한 번 더 휴대전화를 확인했다. 바로 그때 휴대전화의 진동이 울렸다.

지이잉, 지이잉.

놀란 지우는 재빨리 전화를 받았다.

"여보세요."

-전화 빨리 받네요.

조금 나른한 목소리가 수화기를 타고 흘러들었다. 목소리에도 표정이 있는 것인지, 웃음기가 밴 그의 얼굴이 선명하게 떠올랐다.

"네. 퇴근하려고요."

-8시에 제우스에서 봅시다.

"네."

-조심해서 와요.

순간 말문이 막혔다. 갑자기 훅 치고 들어오면 어쩌자는 건지.

"아, 네. 그럼 나중에 뵐게요."

전화를 끊은 뒤 지우는 가만히 휴대전화를 가슴에 갖다 댔다. 그 모습을 지나가던 미현이 쳐다보더니 눈을 가늘게 뜨고 다가왔다.

"지우 씨, 바람났죠. 말해 봐요."

"바람은 초저녁에 났었죠."

"이것 봐, 정말."

"먼저 퇴근할게요. 수고하세요."

지우는 오피스텔로 가서 옷을 갈아입고 제우스에 갈 생각이었다. 빠듯하긴 했지만, 시간은 그럭저럭 맞출 수 있을 것 같았다.

* * *

회원제 클럽 제우스.

기태혁이 약속 장소로 정한 곳이었다. 2년이 지났지만, 이곳에 대한 기억은 바로 어제 일처럼 선명했다. 주차장을 지나 입구로 다가가자 검은 양복을 입은 남자 두 명이 지키고 있었다.

"어떻게 오셨습니까. 이곳은 회원제 클럽입니다. 일반인은 들어가실 수 없습니다."

잘 교육받은 종업원은 그녀의 위아래를 쓱 훑고서는 일반인으로 분류하고 아예 접근을 금지했다.

"K 자동차 기태혁 부사장님과 만나기로 했어요. 확인해 봐 주세요."

"아, 그러십니까. 잠시만 기다려 주십시오."

이름값을 아주 톡톡히 해내고 있었다. 종업원들은 그녀를 대하는 표정부터가 달라졌다. 정중하면서도 민첩하게 반응하며 그녀 눈치를 살폈다.

종업원 한 명은 확인하기 위해 가게 안으로 들어갔고, 남은 한 명은 잠시만 기다려 달라는 말을 남기며 막 주차장에 들어서는 자가용을 향해 달려갔다. 그와 만나기로 한 시각은 저녁 8시. 아직 15분 정도는 더 있어야 했다.

아무리 회원제 클럽이라 하더라도 계속 밖에 세워 두진 않겠지?

지우는 평소와 달리 9cm 가보시 힐을 신고 있어서 발이 조금 불편했다. 게다가 잘 입지 않는 타이트한 원피스를 입었더니 몸에 힘을 주느라 몇 배는 더 피곤했다.

약간 어두운 주차장을 보니 이미 많은 차가 들어와 있었다. 그녀가 기다리는 잠깐에도 또 한 대의 고급 승용차가 들어왔다.

SJ 자동차 사에서 나온 신형 고급세단이었다. 돈 많은 젊은층을 겨냥해서 나온 차량이라고 들었다. 세련되면서도 과감한 외형이 눈에 띄었다.

역시나 운전석에서도 댄디 커트의 젊은 남자가 내렸다. 어두워서 자세히 보이진 않았지만 전반적인 모습은 세련되어 보였다.

얼핏 한현우가 생각났지만, 설마 하며 고개를 돌렸다.

언제까지 기다려야 하는지 기태혁에게 전화라도 해 볼까 하다가 그만뒀다.

뚜벅뚜벅.

주차장을 가르며 다가오는 발소리에 지우는 무심한 눈길로 남자의 얼굴을 바라보았다.

두 눈이 마주치는 순간, 지우는 눈을 커다랗게 뜨며 튀어나오려는 소릴 막았다.

"······이지우?"

상대방도 마찬가지로 그녀를 보며 놀란 듯 눈을 커다랗게 뜨고 손가락으로 가리켰다.

한현우.

하필이면 여기서 만날 게 뭐란 말인가.

연구소로 찾아와서 본 지도 얼마 되지 않았는데, 이렇게 또 마주치자 기분이 끔찍했다.

그도 지우 못지않게 놀란 모양인지 헛웃음을 치며 의미 없는 감탄사를 내뱉었다.

"와, 하하."

"······."

"정말 어떻게 여기서 만나냐? 요즘 만나는 남자 있는 거야?"

고급스러운 슈트, 모델처럼 빗어 넘긴 머리, 제대로 놀아 볼 심산인지 아주 잘나가는 제비처럼 입고 있었다.

"너야말로 물 찬 제비 같네."

"뭐? 물 찬 제비? 하하하, 그런 농담도 할 줄 알았어? 사람이 많이 바뀌었네. 어느 놈 작품이야?"

말 같잖은 소리에 대꾸하지 않자, 쓱 가까이 다가온 현우가 지우의 어깨를 잡으며 몸을 아래위로 훑어 댔다.

본능적으로 움찔하던 지우는 그의 손을 쳐 내며 한 걸음 뒤로 물러났다.

팔짱을 단단히 끼고 방어적인 자세를 취했지만, 미친 한현우에게는 무용지물이었다.

"누구 만나러 온 거야? 그런데 옷차림이 그게 뭐냐?"

노골적으로 지우를 훑어 대던 현우는 안주머니에서 지갑을 꺼냈다.

"이런 데 오려면 제대로 갖춰 입고 와야지. 쪽팔리게. 이렇게 입고 다니면 남자가 아무 말 안 해? 이건 대놓고 나 좀 잡숴 주세요, 딱 그거잖아."

"미친. 그만 까불어."

"자, 이걸로 옷이나 사 입어요."

지갑에서 손에 잡히는 대로 수표와 5만 원권을 꺼내더니 그녀 손에 쥐여 주었다.

"뭐 하는 짓이야."

지우는 주먹을 움켜쥔 채 그를 노려보았다.

한현우는 특유의 유들유들한 얼굴을 가까이 들이밀며 작은 소리로 말했다.

"하나를 사더라도 제대로 된 걸 사요. 지난번에 돈 적다고 앙탈 부려 놓고는. 이제 만족해?"

그리고 지우의 어깨를 툭, 툭, 두 번 두드리더니 귓가에 대고 낮게 읊조렸다.

"어디 가서 아버지가 SJ 자동차 한 회장이라고 말하고 다니는 건 아니지? 그래 봤자 사람들이 믿기나 하겠어? 안 그래요, 누나?"

번들거리는 두 눈에 담긴 욕정을 보자 구역질이 치밀었다. 한현우가 저에게 어떻게 했는지, 지난 과거가 쓴물과 함께 올라왔다.

눈을 벌겋게 뜨고 그를 노려보던 지우는 이곳에 온 이유를 상기하며 호흡을 골랐다.

"그렇게 보면 내가 꼴린다고 했잖아. 일부러 그러는 거야, 응?"

지우의 뺨을 톡톡, 두어 번 두드린 뒤 낮게 읊조렸다.

"말 같은 소릴 해. 이 돈, 가져가."

"누나, 오늘은 내가 좀 바쁜데. 다음에 상대해 줄게. 자꾸 앙탈 부리지 말라니까 그러네."

"가져가라고."

지우는 현우의 옷깃을 잡고서는 재킷 주머니에 돈을 구겨 넣었다.

"한현우, 앞으로 이 돈도 생각날 거야. 그러니 잘 챙겨 둬. 여기 저기 뿌리고 다니지 말고."

"씨팔, 위하는 척은."

입이 거친 건 여전했다. 한현우는 매우 못마땅한 표정을 지으며 어쩔까 하는 눈으로 바라보다 옷을 털며 가게 안으로 사라졌다.

악연.

이렇게 지독한 악연이 있을까.

울컥 목이 메어 왔다. 왜 이런 고통을 당해야 하는지, 왜 저들은 저리도 당당한지. 지우는 불공평한 세상에 대고 소릴 지르고 싶었다.

"하아."

한숨을 내쉰 그녀가 다시 주차장 쪽으로 돌아섰다.

"기대를 저버리지 않네요. 이지우 씨."

지우의 눈이 흔들렸다. 새카만 밤을 닮은 눈동자가 그녀를 직시하고 있었다. 언제부터 보고 있었던 걸까. 눈앞이 아득해졌다.

쿵, 쿵, 쿵쿵.

불규칙하게 뛰어 대는 심장 박동 소리가 고막을 울리며 밖으로 튀어나올 것만 같았다. 등골로 진땀이 솟았다.

그녀는 그에게서 눈을 떼지 못한 채 작게 숨만 내쉬었다.

"들어가죠."

차갑게 식은 목소리에 가슴이 지끈거렸다.

아직 서로가 서로를 신뢰하기에는 시간이 부족했다. 이런 사소한 오해에도 그의 표정에는 찬바람이 가득했고, 그의 눈치를 살피는 그녀도 잔뜩 위축되긴 마찬가지였다. 한 걸음 다가섰다고 느꼈는데, 아쉬웠다.

그가 문을 열고 들어서자, 웨이터와 마담이 달려와서 두 사람을 정중하게 룸으로 안내했다.

"부사장님 어서 오세요. 이리로 모실게요."

마담은 지우를 보며 미간을 찌푸리더니 곧 환하게 미소를 지었다.

"어머, 이 아가씨는?"

2년 전 일을 기억하고 있는 모양이었다. 지우는 가볍게 고개를 숙여 인사를 했다.

"늘 먹던 거로."

기태혁은 마담의 말을 일축하며 룸으로 들어갔다. 마담은 우아한 미소를 잃지 않고서 유연하게 대처했다.

곧바로 테이블 위에 술과 안주가 차려졌고, 마담은 둘만 남겨 두고 조용히 물러났다. 태혁은 묵묵히 술을 따르고 그녀 앞으로 잔을 내밀었다. 그리고 그의 잔에도 술을 따른 뒤 얼음이 담긴 잔에 위스키를 부었다.

크리스털 잔에 채워진 황금빛 위스키가 불빛을 받아 아름답게 빛났다. 단정한 손가락 끝에 잡힌 잔은 빙글빙글 돌려지며 얼음을 녹여 내고 있었다.

느긋하게 의자에 기대앉은 그는 위스키를 들이켜며 어떻게 해야 할지 고민하는 표정이었다.

탁.

잔을 소리 나게 내려놓은 그는 재킷을 벗어 옆에 놓으며 넥타이를 느슨하게 당겼다.

셔츠 소매를 걷어 올리자 보기 좋은 근육질의 구릿빛 팔뚝이 드러났다. 다시 잔을 든 손등에도 힘줄이 일었다. 잘 다듬어진 손끝으로 잔의 테두리를 쓱 둥글리다 이내 주먹을 움켜쥐었다.

그도 그녀만큼이나 힘든 거다. 이 침묵을 참아 내기가.

언제까지 이런 침묵을 견뎌야 하나 싶어 먼저 입을 열기로 한 지우는 조심스럽게 말문을 뗐다.

"부사장님."

부르는 소리에 그가 눈썹을 위로 휘며 사납게 바라보았다.

"가게 입구에서 본 남자는……."

"이지우 씨, 누가 듣고 싶다고 했습니까."

"오해하실 것 같아서요. 화나셨잖아요."

"무슨 오해 말입니까. 내가 화를 낸다는 건 이지우 씨가 나와 무슨 관계라도 될 때 말이죠."

지우는 입을 꾹 다물었다.

"그리고 내가 이지우 씨한테 그렇게까지 큰 기대치는 없습니다만."

차라리 화를 내면 더 나을 것 같았다.

그가 내뱉는 한 마디 한 마디가 그녀의 가슴을 쿡쿡 쑤셔 댔다. 마음 같아서는 한 회장과의 사연을 다 털어놓고 싶었다. 하지만 그의 말대로 무슨 관계라고 그걸 다 털어놓겠는가.

지우는 자조하며 술을 들이켰다. 날렵한 턱을 쓸며 그녀를 바라보던 태혁은 테이블 위의 버튼을 눌렀다.

"내가 참으려고 했는데, 사실 돌겠거든."

술을 단숨에 들이켠 태혁은 지우를 매섭게 노려보았다.

똑똑.

노크 소리와 함께 룸의 문이 열렸다.

"부르셨습니까."

웨이터가 정중하게 물었다.

"내가 나갈 때까지 여기 아무도 들이지 마."

"알겠습니다. 그럼 좋은 시간 되십시오."

문이 굳게 닫혔다.

쿵쿵.

그녀의 심장이 무섭게 뛰어 댔다. 지금 그가 한 말은 이 안에서 어떤 일이 벌어지더라도 모른 척하란 소리와 다름없었다.

지우는 잔뜩 경계하며 그를 보았다.

그런 그녀의 시선에 태혁은 도리어 기가 막힌다는 듯 입술을 비틀었다. 그리고 다시 술잔을 가득 채워 단숨에 들이켰다.

기태혁은 한현우와의 관계를 오해하고 있는 게 분명했다. 거칠 것 없는 그가 아닌 척 참아 내려니 화가 나는 거다.

지금까지 보아 온 그는 참는 데 익숙한 사람이 아니었다. 지금 저기서 팔짱을 낀 채 그녀를 노려보고 있지만, 금방이라도 덤벼들 것처럼 사나웠다.

지우는 마른침을 삼키며 침묵했다.

"매번 날 화나게 하네요. 이지우 씨는."

"조금 전에 화 안 나셨다고 하셨잖아요."

"그러게요. 난 이지우 씨 같은 여자를 보면 참을 수 없는 그런 게 있어요."

"……."

깊게 가라앉은 목소리는 금방이라도 폭주할 것처럼 위험했다. 경직된 날카로운 턱선을 치켜들고 그녀를 내려다보는 오만한 시선에는 난폭한 욕정이 가득했다.

"어제도 그렇고요. 만약 이지우 씨한테 무슨 일이 있었다면 참기 힘들었을 겁니다."

"별로 그렇게 보이시진 않는데요."

"도발하는 겁니까."

"조금 서운해서요. 아무 사이도 아닌데 왜 그런 생각을 하셨는지도 의아하고요."

지우는 시선을 떨구었다. 그런 그녀를 말없이 바라보던 그는 나직이 내뱉었다.

"지금 하고 싶은데, 나한테 올래요?"

그가 천천히 넥타이를 흔들어 빼며, 셔츠 단추를 풀었다.

웨이터에게 당부한 이유도 그렇고 지금 던진 말도 그렇고, 그가 하고 싶다는 말의 의미는 분명 섹스였다. 그의 성격상 그럴 수도 있겠다 싶었지만, 지우는 여간 당황한 게 아니었다. 이럴 때는 뭐라고 해야 하는지 알 턱이 없는 지우는 그저 아랫입술만 짓씹으며 아까운 시간만 흘려보냈다.

그는 속물적인 발언을 하고서도 아주 태연했다. 안절부절못하는 그녀를 보면서 슬쩍 웃기까지 했다. 당혹스러움을 감추려 머리카락을 귀 뒤로 쓸어넘기는 등 산만하게 굴자 그가 테이블 위를 톡톡, 두드렸다.

"내가 그리로 가?"

손끝이 파들파들 떨릴 정도로 긴장한 지우의 모습을 말없이 바라보던 그는 피식 웃음을 터트렸다.

"이지우 씨, 나랑 할 생각이 있긴 합니까."

차갑게 꽂혀 드는 시선은 이번이 마지막이라고, 다음은 없다고 경고하고 있었다.

"……네."

순순한 대답에 그가 다시 한 번 더 웃음을 터트렸다.

"그런데 표정이 왜 그래요? 이래서야 제대로 서기나 하겠어요?"

"……부사장님."

태혁은 무감한 시선으로 지우를 쳐다보다 천천히 술잔을 들이켰다. 지우는 단호한 그의 모습에 마른침을 삼켰다.

소파에 기대앉은 태혁은 테이블 위에 올려진 담배를 집어 들고 한 개를 빼물었다.

라이터를 신경질적으로 두어 번 튕기자 파란 불꽃이 모습을 드러냈다. 그는 볼이 홀쭉하도록 필터를 빨아들인 뒤 천천히 연기를 내뿜었다.

가느스름하게 뜬 눈으로 지우를 바라보던 그가 입을 열었다.

"선택해요. 나를 따라나설지, 아니면 여기 남을지. 따라나서면 오늘 밤 나랑 자는 겁니다. 자게 되면 다른 남자들에게서 받은 그 이상을, 원하는 것을 주도록 하죠. 대신 여기 남으면 다신 내 눈에 띄지 말고 숨어 지내야 할 겁니다."

지금이 마지막 기회라는 것을 본능적으로 깨달았다. 그는 여기서 나가는 즉시 내뱉은 대로 이행할 것이다.

이 남자를 믿고, 또 믿었다. 그건 누군가가 강요해서 주어지는 감정이 아니었다. 기태혁이라서 이럴 수 있는 거라고 확신했다.

어젯밤에도 그는 거짓말처럼 나타나지 않았던가. 말은 이렇게 냉소적으로 하지만 속은 그렇지 않다는 걸 이젠 확신할 수 있었다.

그가 설령 그런 마음이 아니더라도 지우는 한 치의 망설임도 없었다. 미소를 지으며 그에게 잔을 내밀었다. 출렁이는 황금빛 잔을 부딪치며 건배했다.

"건배는 하고 가죠."

기꺼이 독주를 삼켰다. 아름다운 남자의 눈동자가 무섭도록 번뜩이며 집요하게 따라붙었다.

제11화

여름밤의 후덥지근한 공기가 둘을 감싸 왔다. 그가 주차장으로 내려서자 수행비서가 그들 앞에 차를 갖다 댔다. 수행비서는 재빨리 차에서 내려 뒷좌석 문을 열었다.

"타요."

태혁이 말했다. 지우는 안으로 들어가서 앉았고, 그는 곧장 그녀 옆으로 자리를 잡고 앉았다.

뒷좌석 문이 닫히고, 수행비서는 운전석에 올랐다.

"집으로 모시겠습니다."

수행비서의 말에 태혁은 고개를 끄덕였다. 그는 차를 빠르게 출발시켰다.

달리는 차 안은 고요했고, 편안했다.

반면 지우의 심박 수는 어느 때보다 빠르게 뛰고 있었다. 짜증스러울 만큼 요란하게 뛰는 소리에 행여나 그에게도 들릴까 봐 힐 끔 쳐다보았다.

그와 눈이 마주쳤다. 깊이를 알 수 없을 만큼 짙은 눈동자가 그 녀를 보며 조용히 물었다.

"왜 그래."

그의 허벅지 위에 올려진 단정하고 커다란 손에 눈길을 주다 천 천히 손을 뻗어 그의 손을 잡았다.

긴장 때문에 착잡해진 그녀의 손이 닿자 그의 손이 움찔했다.

이 손이 얼마나 따뜻하고 든든한지 익히 알고 있었다. 그때 느 낌 그대로였다. 여전히 따뜻하고 부드러웠다. 냉소를 머금고 차갑 게 응수하는 그와 달리, 이 손은 포근하고 든든하기까지 했다.

치우라고 손을 쳐 낼까 봐 조마조마했던 마음이 누그러지자, 이 젠 좀 더 용기를 내어 그의 손과 인사를 했다.

손등을 톡톡 두드리며 부드럽게 어루만졌다. 힘줄이 불거질 만 큼 경직되어 있던 그의 손이 천천히 이완되는 것이 느껴졌다.

이 손의 온기를 고스란히 제 것으로 하고 싶은 욕심이 차올랐 다.

알싸하게 아파 오는 가슴의 통증에 미간을 찌푸렸다.

바로 그때, 그가 손을 움직여 손바닥을 마주 잡았다.

쿵-

심장이 소리를 내며 바닥으로 떨어졌다. 커다란 손은 그녀의 손 가락 사이사이로 파고들어 깍지를 꼈다.

그것도 아주 조심스럽게.

마치 소중한 것을 다루는 것처럼.

외로운 손을 맞잡아 준 그를 올려다보았다. 정면을 주시하던 그의 턱 끝에 힘이 주어졌다.

의식하면서도 아닌 척 그렇게 고집스럽게 앞만 보고 있지만, 깍지 낀 손은 더할 수 없이 견고하면서도 부드러웠다.

이 남자는 달랐다. 그녀가 알던 그 어떤 남자하고도 달랐다.

잘 견뎌 냈다고, 얼마나 힘들었느냐고 위로하는 손이었다.

이 작고 보잘것없는 손을 크고 단정한 그의 손이 꽈악 붙들고 있었다.

심장뿐만 아니라 손끝도 녹아내릴 것만 같았다.

이 기분 좋은 감촉에 흠뻑 빠진 지우는 행여나 그가 손에 힘을 풀까 봐 꼭 잡고 있었다.

오피스텔에 도착할 때까지 그의 허벅지 위에 올려진 두 손은 서로 깍지 낀 그대로였다.

수행비서가 안전하게 주차한 뒤 뒷좌석 문을 열었다. 그제야 마지못해 깍지를 떼며, 태혁이 먼저 내렸다.

"잡아요."

그녀가 내리기 쉽도록 도와주었다. 그의 눈은 9cm 힐에 가 있었다.

"내일 뵙겠습니다."

수행비서가 그들을 보며 인사를 했다.

태혁은 가볍게 응수한 뒤 엘리베이터로 향했다. 그리고 엘리베이터 앞에서 버튼을 눌렀다.

문이 열리자 안에 들어선 그가 카드를 대고 숫자를 눌렀다.

문이 닫히며 엘리베이터가 작동하기 시작했고, 그는 엘리베이터 벽에 비스듬히 기대어 서서 그녀를 내려다보았다. 일부러 정면에 시선을 두고 있었지만, 얼굴에 와 닿는 눈빛은 피부가 따가울 만큼 강렬하게 느껴졌다.

"아까 왜 그랬습니까."

한 손을 바지 주머니에 넣고 바에 엉덩이를 걸친 그가 낮게 읊조렸다.

"부사장님은 어떤지 몰라도 ……저는 손도 안 잡아 본 사람하고 잔다는 건 상상도 못 해 본 일이라서요."

"손잡고, 어깨동무하고, 이마에 뽀뽀하고, 입술에 키스하고, 끌어안고, 뭐, 이런 순서를 밟자는 겁니까."

"꼭 그렇진 않더라도……."

지우는 말끝을 흐렸다.

"왜 그래요. 하기 싫어요?"

"아, 아니에요. 그런 건."

엘리베이터 도착음이 울리고 문이 열렸다. 그는 열림 버튼을 누른 채 지우를 보며 말했다.

"이성이 있을 때 가. 안 그러면 실낱같은 이성이 뚝 끊어질 것 같거든."

지우는 고개를 저으며 먼저 엘리베이터에서 내렸다. 등 뒤로 긴 한숨 소리가 들려왔다.

엘리베이터에서 내린 그는 현관문을 열고 그녀가 들어갈 수 있도록 한쪽으로 비켜섰다. 여기 발을 디디는 순간 빠져나갈 수 없을 것이다.

지우가 아무렇지 않은 척하며 안으로 들어서자 등 뒤로 문 닫히는 소리가 거칠게 들려왔다. 내내 불편했던 힐을 벗고 앞에 놓인 슬리퍼를 신었다.

그가 바로 등 뒤에서 움직이는 것이 생생하게 느껴졌다. 구두를 벗고 거실로 들어선 그는 갑작스럽게 지우를 끌어당겨 품 안에 가 두었다.

"날 봐요."

양손으로 탄탄한 그의 가슴팍을 짚으며 살짝 밀어냈다. 여전히 허리를 잡힌 채라서 살짝 허리를 뒤로 휘었다.

"5년 전."

그가 넌지시 운을 떼듯 입을 열었다.

5년 전? 지우는 혹시나 그가 기억해 낸 것인지 흔들리는 눈으로 그를 올려다보았다.

"서울 모터쇼가 열렸었죠."

입꼬리를 우아하게 휘며 말하는 그를 멍하니 보고만 있었다. 이 후 이어질 말이 무엇일지 듣지 않아도 알 수 있었다.

"……서울 모터쇼에서 울던 여자가 이지우 씨 맞습니까."

"기, 기억나셨어요?"

"하, 맞네."

그는 지우를 품에서 떼어 놓은 뒤 재킷을 벗고 넥타이를 잡아 뺐다.

"편하게 앉아요."

그날 기억을 그가 어떻게 하고 있을지 궁금했다. 그날의 일이 없었다면 지금의 둘 관계도 없었을 것이다.

지우는 그렇게 확신했다.

그는 빈 잔 두 개와 위스키를 들고 와서 탁자 위에 내려놓았다. 그리고 그녀를 손짓하며 불렀다.

"오늘 진하게 회포 푸는 날로 합시다."

"진하게 회포요?"

"어제 비슷한 상황에 놓이다 보니 생각이 문득 스쳐서 긴가민가 했는데, 맞네요."

"고마우신 분이세요."

"그런 말을 바로 앞에 대놓고 잘도 하네요."

태혁은 잔에 위스키를 따른 뒤 그녀 앞에 내밀었다.

"마셔요."

"네."

태혁은 다시 자리에서 일어나더니 미니 바로 가서 가볍게 먹을 치즈와 땅콩 같은 마른안주를 대충 챙겨서 들고 왔다. 아이스 버킷에는 얼음도 가득 담겨 있었다.

"나랑 자는 거 안 두렵습니까."

그가 눈을 똑바로 마주하며 물었다.

"무서우면 세상 여자 남자들이 어떻게 함께 자겠어요."

"그래서 안 무섭다? 믿기는 소릴 해야 믿지."

"부사장님이라면 절 다치게 하시진 않을 것 같아요."

"누가 그래요. 내가 그렇다고."

"그냥 느낌에요."

"내가 원래 흥분하면 난폭해집니다."

"저, 이런 이야기는 좀 민망하네요."

"이지우 씨, 진짜 민망한 게 뭔지 압니까."

지우는 눈을 가늘게 뜨고 그를 쳐다보았다.

"남자가 여자를 안고서도 안 설 때. 그럴 때 쓰는 말입니다. 잘 알지도 못하면서 아는 척하는 버릇이 있네요."

진짜인지 묻고 싶은 마음이 굴뚝같았지만, 또 한소리 들을 것 같아 입을 꾹 다물었다.

"왜, 틀린 말 같습니까."

"네."

"하하, 눈치는 있네요."

순간 지우는 번뜩 머릿속을 스치는 생각이 있어 그를 보고 입을 멍하니 벌렸다.

지금 그가 이러는 걸 보니 저처럼 부끄럽거나 민망하거나 어색해서 이러는 것 같다는 생각이 들었다.

그의 얼굴에 살짝 어린 붉은빛이 그걸 증명해 주고 있었다. 뜻밖의 모습에 지우의 마음도 한결 느긋해졌다.

"부사장님은 5년 전에도 절 도와주셨고, 어제도 도와주셨어요. 그뿐 아니라 지난번 쓰러졌을 때도 저를 도와주셨죠."

태혁은 지우의 말에 하나하나를 떠올리며 자신이 왜 도와주었는지, 원래부터 남 도와주는 걸 좋아했었는지도 생각해 보았다.

행사장에서 이지우가 누구였는지를 깨달았을 때와는 또 다르게 자신을 되돌아보게 되었다.

"나 남 도와주는 거 좋아하는 인간 아닙니다."

"그럼 저한테만 유독 그러시는 건가 보네요."

무심코 툭 내뱉으며 술을 들이켜는 그녀를 가만히 바라보았다.

"이지우 한정이라."

태혁은 턱 끝을 매만지며 지우가 한 말을 곱씹었다.

"그렇게 이타적인 사람은 아니시라면서요."

"건방도 귀엽게 떨고. 계속해 봐요."

느긋하게 소파에 몸을 기대어 얼음이 든 잔을 돌리며 술을 삼켰다.

……이지우 한정.

아니, 그것도 아니었다.

5년 전에는 누군지도 몰랐지 않은가.

그다음에는 화가 나서 달려간 거였고. 그럼 어제는?

행사 내내 가든 쪽을 주시하다가 이지우가 절박하고 다급한 표정으로 달려오는 것을 보는 순간 머릿속은 아무것도 생각나지 않았었다.

오로지 이지우에게 달려가야 한다는 생각뿐이었다. 분명 무슨 일이 닥쳤다고.

이건……!

태혁은 온몸에 전기가 통하는 것처럼 찌릿했다. 이지우가 다치거나 아팠다면 지금처럼 온정신일 수 있을까.

이런 감정을 뭐라고 해야 하는 거지?

여자의 손이 닿아도 싫지 않고 심장이 간질거리는 건 분명 이지우였기 때문이었다.

"이리 와서 키스하죠."

발개진 얼굴의 이지우가 두 눈을 동그랗게 뜨고 그를 보았다. 태혁은 자리에서 일어나 그녀 곁으로 가서 앉았다. 손으로 지우의 눈을 감긴 뒤 비스듬히 고개를 기울여 입술을 맞대었다.

조금 더 격렬하게 부딪치고 싶은 욕구가 치솟았다. 움찔 몸을 떠는 느낌에 손끝이 저릿했다. 힘주어 입술을 밀어붙이자 살짝 입술이 벌어졌다. 혀로 두드리듯 치아를 열고 깊숙이 밀어 넣었다. 말랑거리는 보드라운 감촉, 꿈틀대는 혀를 낚아채고 힘차게 빨아들였다.

저 깊숙이 간질거리는 감각을 주체할 수가 없었다. 지금까지 눌러 온 감각이 태혁을 휘감았다.

안쓰럽고 가여운 이지우의 모습이 어느새 그를 도발하고 자극하는 어엿한 여인이 되어 나타났다.

"아흑."

뇌를 녹여 버릴 것 같은 신음에 태혁은 헛웃음을 삼켰다.

어느 것 하나 그를 자극하지 않는 것이 없었다.

입술에서 귓불로 옮겨간 그의 혀가 진득하니 핥고 빨아들이며 여린 살결에 흔적을 새겨 넣었다.

진득한 소유욕에 발동이 걸리자 전신이 떨릴 만큼 흥분되었다. 이미 뇌관은 터져 버렸다.

오늘 밤 이지우가 말하는 손도 잡고, 영화도 보고, 밥도 먹고 하자던 그런 꿈 따위는 끝장난 거나 다름없었다.

태혁은 입술을 떼어 내며 촉촉이 젖은 얼굴로 올려다보는 그녀를 꽉 끌어안고 소파 위로 밀어뜨렸다.

* * *

지우의 심장이 어지럽게 두근댔다. 애무가 짙어질수록 두근거

림은 커졌다. 목덜미를 부드럽게 핥아 대고 귓불을 자근자근 씹어
댈 때마다 입에선 앓는 소리가 새어 나왔다.

어지럽게 뒤엉키는 동안에도 끊임없이 고개를 쳐드는 의문에
집중할 수가 없었다. 이 남자는 마치 사랑을 나누는 것처럼 자신을
대하고 있었다. 그저 욕정에 이끌려 안는 것이 아니었던가. 사람
마음을 자꾸 헷갈리게 하는 그에게 더한 기대를 품게 했다.

그의 손길에는 어떤 폭력적인 것도 느껴지지 않았다. 거칠게 밀
어붙여도 그녀를 배려하는 몸짓이 자연스럽게 튀어나왔다.

솔직히 겁이 났다.

그녀에게 남자란 그저 발정 난 돼지와 다를 바 없었다.

한 회장이 술에 취해 늦은 밤 연락도 없이 들이닥쳐 엄마를 마
음껏 범하고 짓밟던 짐승 같던 남자의 모습이 아직도 생생했다.

"무슨 생각을 하는 겁니까. 다른 생각을 할 정도로 형편없는 실
력은 아니라고 보는데."

낮게 으르렁거리는 그를 보며 순간 딴생각에 빠져 있었단 사실
을 깨달았다.

"아, 그게 아니라……."

"다른 남자 생각했어요?"

"짐승 같은…… 아앗!"

"건방지게 내 앞에서 잘도 지껄이네요."

그가 목덜미를 이로 힘주어 깨물었다.

"도는 꼴 보고 싶어요?"

가늘게 휘어진 눈매가 예리하게 파고들었다.

"또 이러면 그땐 제대로 각오하는 게 좋을 겁니다."

커다란 손이 지우의 가슴을 움켜쥐었다. 차고도 넘칠 만큼 풍만한 가슴은 악력에 일그러지고 뭉개지다시피 만져졌지만, 손을 떼는 순간 언제 그랬냐는 듯 탄력 있게 흔들리며 모양을 잡았다. 딱딱하게 일어선 유두는 탄탄한 가슴팍에 문질러지고 비벼졌다.

"아훗!"

억눌린 신음이 잇새로 터져 나왔다. 아무리 소리 내지 않으려 해도 민감한 구석구석을 찾아내 집중적으로 공략하니 도저히 참을 수가 없었다.

아랫배가 점점 조여 오고 다리 사이는 흥건하게 젖어 들었다.

근육질의 허벅지가 다리 사이를 뭉근히 비벼 대며 자극의 강도를 높이자 팬티가 젖어 들 정도로 애액이 흘러나왔다.

이미 엉망으로 늘어난 니트 원피스는 다급한 손길에 벗겨졌다.

사이드 조명만 켜진 거실.

벽에 몰린 지우는 정신을 차릴 수가 없었다. 이미 부르틀 정도로 빨린 입술은 말할 것도 없고 잘근잘근 씹힌 유두는 잔뜩 성이 나 있었다.

지금까지 어떻게 참았나 싶게 집요할 정도로 만져 대는 손길에 지우는 몸을 떨었다.

"아흑, 부사장님, 조, 조금만 천천히!"

목덜미를 진득하게 혀로 핥아 대던 그가 어림도 없다는 듯 맹렬하게 빨아 댔다.

"후……. 날 미치게 할 작정입니까."

지우의 턱을 감아쥐며 두 눈을 맞춘 그는 땀에 젖어 엉망으로 헝클어진 지우의 머리카락을 쓸어 넘겼다.

그리고 찬찬히 머리부터 발끝까지 씹어 삼킬 듯 바라보던 그는 이미 흠뻑 젖은 팬티로 손을 내렸다.

"아, 거, 거긴……."

"여긴 왜 안 됩니까."

납작한 아랫배를 슬슬 문지르다 팬티 사이로 파고들었다. 그의 손길을 따라 시선을 내린 지우는 짙은 정장 바지에 얼룩이 묻은 것을 보며 얼굴을 붉혔다.

"야한 소리를 잘도 내고."

질척한 소리가 민망할 정도로 크게 늘렸다. 아래에서 위로 쓸어 올리는 손길에 더욱 많은 애액이 흘러내렸다.

"다리에 힘 빼요. 더. ……후우, 할 만큼 해봤잖아요."

"응, 으흣……."

"여기, 점점 단단해지는데, 빨아 줄까요?"

클리토리스를 집요하게 비벼 대던 그는 손가락 사이에 그것을 끼운 채 사정없이 흔들었다.

빠르게 흔들수록 지우의 몸은 녹아내릴 것처럼 흐물거렸다.

"하, 아흑!"

"후우, 돌겠습니다."

통제할 수 없는 욕망에 터져 나오는 원색적인 말은 오히려 그녀를 더욱 자극했다.

팬티를 벗겨 버린 그는 벽으로 몰아붙이며 그녀의 입술을 삼켰다. 한 손으로 바지 버클을 푼 뒤 지퍼를 내리고 단단히 성이 난 물건을 꺼내었다.

아랫입술을 자근자근 깨물고 혀를 빨아들이며 입안을 휘젓던

입술이 목덜미를 지나 가슴으로 내려갔다. 유륜을 혀끝으로 비벼 대다 젖꼭지를 입안으로 빨아들였다. 쪽 소리가 날 정도로 세차게 빨아들인 뒤 입안에 머금은 채 혀로 비벼 대고 지그시 눌러 대며 끊임없이 자극했다.

"아, 아응."

가슴을 내밀고 그의 머리통을 힘껏 끌어당기며 저도 모르게 애원했다. 결 좋은 새카만 머리카락에 손가락을 파묻었다. 그의 한 손은 집요하게 아래를 문지르며 듣기 민망할 정도로 질척한 소리를 냈다.

가슴에서 얼굴을 떼어 낸 그는 입가의 타액을 손등으로 문지른 뒤 벽면에 놓인 콘솔 위로 그녀를 올려 앉혔다. 차가운 유리에 맨살이 닿자 저도 모르게 움찔 몸을 떨었다.

그는 입고 있던 셔츠를 재빨리 벗어 버리고 그것을 지우 엉덩이 아래로 구겨 넣었다. 살짝 엉덩이를 들자 새하얀 셔츠가 제대로 아래에 펼쳐졌다.

"다리 벌려 봐요. 제대로 볼 수 있게."

잔뜩 갈라진 목소리가 그의 입에서 흘러나왔다. 한 발짝 떨어진 그는 다리 사이를 집요하게 바라보았다. 그 눈길이 닿는 것만으로도 아랫배가 조여 왔다.

지우는 열에 들뜬 눈으로 눈앞의 남자를 바라보았다. 저절로 가슴을 쓸어 보고 싶게 만드는 탄탄한 근육으로 이뤄진 상체는 남자다우면서도 섹시했다. 그리고 골반에 걸쳐진 바지와 열린 지퍼 사이로 드러난 커다란 무언가가 눈에 들어왔다. 그의 손이 느릿하게 쓸어 올리며 부피를 키워 갔다.

"먹고 싶어도 참아. 내가 먼저니까."

바닥에 무릎을 세운 그는 벌어진 다리 사이로 얼굴을 파묻었다. 놀란 지우는 엉덩이를 뒤로 빼며 그를 밀어내려 했다.

하지만 남자는 꿈쩍도 하지 않았다. 오히려 그녀의 허벅지를 더욱 단단하게 붙잡았다.

"아, 부사장님, 그, 그건 아흑, 하지 마세요."

지우는 허리를 뒤틀었다. 그의 입술이, 혀가, 은밀한 그곳을 삼킬 듯 먹어치우고 있었다.

빨리는 적나라한 소리와 벌레가 기어가는 듯한 간지러운 느낌은 점점 강렬해져 왔다. 이러다 미쳐 버리진 않을까 걱정될 만큼 온몸이 떨렸다.

척추를 타고 흐르는 강렬한 전류가 아래에서부터 발끝까지 번져 갔다. 뇌를 관통하는 강렬한 감각에 허리를 튕기며 저도 모르게 애원했다.

"으, 으흑. ……아힛! 조금만 더, ……더!"

게걸스럽게 핥아 대며 빨아들이는 그의 얼굴에도 흥분한 기색이 역력했다. 벌겋게 달아오른 태혁은 지우가 끝까지 갈 때까지 멈출 생각이 없었다.

절정에 오른 여자의 모습이 이렇게 아름다웠는지, 가는 모습만 보고서도 사정할 것 같았다. 한 손으로 제 물건을 쓸어 올리며 정욕에 물든 눈동자로 그녀를 올려다보았다.

"하아, 흐윽, 그, 그만! 아아!"

비명 같은 신음이 터져 나왔다. 그제야 입술을 떼어 내며 상체를 일으켰다.

가냘픈 몸을 떨어대는 그녀를 품에 꼭 끌어안았다. 등을 다독이며 진정될 때까지 놓지 않았다.

긴 한숨을 내쉬며 얼굴을 떼어 내는 그녀를 내려다보았다.

촉촉이 젖은 머리카락을 쓸어 넘기며 드러난 이마에 입술을 내렸다.

"하아, 저만 즐긴 거 같아요."

작은 입술로 웅얼거리더니 한다는 소리가 저랬다.

이제 시작인 걸 모르는 걸까.

태혁은 샤워를 하고 제대로 즐겨 볼 생각이었다. 저도 모르게 입꼬리를 올리며 작게 소리 내 웃었다.

이상하게 가슴이 일렁이며 웃음이 흘렀다.

"씻고 싶어요."

땀에 흠뻑 젖은 그녀가 노곤한 눈을 들어 올리며 말했다.

"같이 씻을까요?"

"아니요. 저는 저쪽 욕실에서 씻을게요."

엉덩이에 깔린 그의 셔츠로 재빨리 몸을 가린 지우는 쏜살같이 욕실로 향했다.

그 모습에 희미하게 미소 짓던 태혁은 바지를 마저 벗어 던지며 다른 욕실로 걸어갔다. 여전히 성이 난 그의 물건이 걸을 때마다 아랫배를 치며 끄덕였다.

태혁은 이제 곧 그녀의 뜨겁고 질척한 곳에 파묻을 생각만으로도 온몸이 짜릿했다. 샤워기 아래에서 차가운 물로 열기를 식히려 해도 풀지 못한 욕망은 쉬이 삭지 않았다.

한참을 서 있다가 욕실을 벗어났다. 흰색 목욕가운을 걸친 채 거실로 나온 그는 지우가 보이질 않자 침실로 향했다.

그가 사용하는 방은 비어 있었다. 예전에 그녀가 잠깐 사용했었던 손님방에 있을지도 모른다. 반쯤 열려 있는 문을 보며 확신했다.

"이지우 씨, 여기서 뭐 하고 있어요?"

문을 활짝 열고 들어갔다. 수줍게 반겨 줄 거라 예상했던 그는 이내 실망 어린 표정을 지으며 한숨을 내쉬었다.

침대에 누워 곤히 잠든 지우의 모습이 눈에 들어왔다.

"쯧, 머리도 안 말리고."

젖은 머리카락을 한 채로 이불도 제대로 덮지 않고 새근거리며 자고 있었다.

감기 걸릴까 봐 실내 온도를 맞추고 이불도 잘 덮어 주었다.

온갖 밉상 짓을 다 하는데 왜 밉지가 않은 걸까.

피식 웃으며 그 방을 나왔다. 그것도 발소리를 죽이며 조심스럽게.

* * *

이른 아침 연구소에 도착한 지우는 최대한 부사장을 피해 다니기로 했다. 무엇보다 산산조각이 난 멘탈을 재수습하는 게 먼저였다.

희선이 말하던 그 오르가슴의 극치를 경험한 지우는 다른 날보다 화장이 더 잘 먹은 것 같은 느낌이 들었지만, 그걸 기뻐하기에는 충격이 더 컸다. 어떻게 입과 손으로 그렇게 될 수 있는지 정말 놀라웠다.

잠깐 틈만 나면 어젯밤으로 돌아가 있었다. 혼자 얼굴을 붉히고 발을 동동거리며 속으로 비명을 질러 댔다.

그런 그녀를 심각한 표정으로 바라보는 문철을 외면하며 태연한 척 굴기도 쉽지 않았다.

그런 한편 금수저 은찬은 본사에 갔는지 코빼기도 보이지 않았다. 덕분에 커피를 직접 사서 마시긴 해야겠는데, 그렇게 돌아다니다 기태혁 부사장을 만나기라도 하면 어쩌나 싶어 움직일 수도 없었다.

"팀장님, 저 금단증상인가 봐요."

"어쩐지. 내가 요즘 애정을 덜 줬더니 그렇게 바로 표가 나?"

"농담이라고 하시는 거예요?"

"진담인데."

"지금까지 커피 뺏어 먹은 거 빨리 내놔요. 당장."

"좀 움직여. 은찬이 없다고 커피도 못 마시니? 같이 가. 어서."

"지우 씨, 나도 한 잔 부탁해요."

미현이 윙크를 날리며 모니터를 가리켰다. 3D로 구현될 자동차 디자인이 보였다. 지우가 어제 스케치한 것을 작업하고 있었다. 어지간히 마음에 든 모양이라 생각하며 문철과 하는 수 없이 연구실을 벗어났다.

"그런데 어울리지 않게 웬 스카프야?"

"네? 어울리지 않다뇨? 언제는 제대로 하고 다니라면서요."

"넌 화장 안 한 게 더 예뻐."

지우는 눈을 흘기며 바라보다 웃음을 터트렸다. 사실 스카프는

옷으로 가릴 수 없는 목 주변의 키스 마크 때문이었다.

"힘들면 말해. 술친구 해 줄 테니까. 골골거리지 말고, 잘 먹고 다녀."

"고마워요, 팀장님."

"와우, 아무리 봐도 같은 남자지만 멋져."

"누가요?"

"저기 오고 있네. 그럼 난 먼저 뛰어가서 인사나 해야겠다. 눈도 장 이럴 때 잘 찍어 놔야지. 안 그래? 너도 달려. 잘 보여야지."

무철이 지우의 등을 탁 밀면서 쏜살같이 앞으로 튀어 나갔다.

지우는 설마 하며 고개를 돌렸다. 그 순간 기태혁과 눈이 마주 쳤다.

지우는 황급히 시선을 떨구며 고개를 돌린 뒤 왔던 길을 되돌아 연구실로 향했다.

그런 지우의 뒷모습을 제자리에 서서 바라보던 태혁은 희미하게 입꼬리를 올리며 미소 지었다.

"도망가는 데 선수인 모양이네."

뒤에 서 있는 김 실장을 향해 태혁은 지시를 내렸다.

"센터장들 11시에 모이라고 하세요."

"알겠습니다."

엘리베이터 안으로 들어간 태혁은 저만치서 힘차게 인사를 해 오는 문철을 보며 살짝 고개를 숙였다.

소리 없이 엘리베이터 문이 닫히고 난 뒤, 태혁은 김 실장에게 물었다.

"조금 전 그 사람, 팀장이라고 했죠."

"네, 맞습니다."

"인사서류 갖고 와요."

"알겠습니다. 그리고 추가로 더 알아보라고 하셨던 이지우 씨 자료가 방금 도착했습니다. 메일로 보내 드릴까요?"

"네. 메일로 보내고, 내가 어제 말한 것들도 최대한 빨리 진행하세요. 박 소장 조사한 자료 준비됐습니까."

"네, 그것도 준비됐습니다."

"챙기세요."

"알겠습니다."

엘리베이터에서 내린 태혁과 김 실장은 곧장 부사장실로 향했다.

평소와 달리 어딘가 모르게 활기차 보이는 부사장을 보며 김 실장은 속으로 짐작만 할 뿐 내색은 하지 않았다. 혹시나 오늘 받은 메일에 우려할 만한 내용이 더 있는 건 아닌지 조바심이 일었다.

태혁은 사무실에 들어서자마자 재킷을 벗고 넥타이를 느슨하게 당겼다. 책상 위에는 그가 검토해야 할 서류가 놓여 있었다.

의자를 끌어내 자리에 앉은 태혁은 그 서류부터 펼쳤다.

대선을 앞두고 각 정당으로부터 정치 후원금 요청이 빗발치고 있었다. 지금 그가 보고 있는 서류 또한 그런 내용이었다.

그가 후원하기로 한 강 의원은 명단에 빠져 있었다. 강 의원의 음흉한 속내가 훤히 보여서 코웃음이 쳐졌다.

강 의원의 딸 강희선과 맞선까지 봤던 태혁은 굳이 사돈지간이 아니더라도 강 의원을 밀 생각이었다.

원래 자식 농사는 마음대로 되지 않는다고 하지 않았던가. 강희선이 그와 선을 보러 나왔을 때는 이미 그녀에게 다른 남자가 있었고, 알려진 연애 전적도 화려해서 어지간한 남자는 명함도 못 내밀 만큼 남성 편력이 대단했었다.

그녀가 전에 만났던 남자들을 보면 아주 소시민적인 남자들이 대부분이었고, 혹시나 성적 취향이 사디스트 쪽인가 의심이 갈 정도였다. 어느 것 하나 공통점이라고는 없는 여자여서 서로 합의하고 그 결혼은 접기로 했었다.

덕분에 이지우도 만나게 되었고.

사실 그녀가 원하는 것이 무엇이든 여기까지 올 수 있었던 건 다름 아닌 이지우의 끈질긴 의지 때문이었다. 긴 시간 동안 기회를 노리고 적절한 때에 파고드는 것은 아무나 할 수 있는 일이 아니었다. 차고 넘치는 돈을 조금 나눠 준다고 해서 문제될 것은 아무것도 없었다.

일단 태혁은 김 실장이 보내온 메일부터 확인하기로 하고 컴퓨터에 접속했다. 비번을 해제하고 잠시 기다리는 동안 의자에 느슨하게 기대었다.

무의식적으로 벽면에 놓인 장식장을 쳐다보다 새로운 무언가를 발견했다. 자리에서 일어나 그쪽으로 다가갔다.

그의 눈길을 사로잡은 것은 이번에 출시될 자동차 모델의 미니어처였다. XC-70 시리즈 속에서 XC-70Ⅳ 모델이 자리를 떡하니 차지하고 있었다.

클로이 모델로 제작되고 난 뒤 기술자가 그보다 훨씬 작은 크기로 만든 모형이었다. 장식장에는 지금까지 K 자동차 사에서 만든 자동차 모형이 하나도 빠짐없이 진열되어 있었다.

한 걸음 물러서서 신차 XC-70Ⅳ 디자인을 유심히 살폈다. 젊은 세대를 겨냥했기에 과감하면서도 세련되었다.

특히 이지우가 강력히 주장했던 헤드라이트 디자인을 고수한 것은 탁월한 선택인 듯했다.

당시 SE 팀과 회의할 때, 남자들 속에서도 기죽지 않고 당당하게 제 할 말을 다 하던 이지우의 모습은 꽤 인상적이었었다. 그 때문에 그녀에 대한 부정적인 이미지가 많이 상쇄되긴 했었다. 아무튼 이지우에 한해서 너그러워지는 제 마음이 신기할 따름이었다.

자리로 돌아가서 책상 위에 놓인 휴대전화를 물끄러미 내려다보았다. 문자라도 한 통 보내 볼까 하고 턱 끝을 매만지며 잠시 고민하던 찰나, 문밖에서 인기척과 함께 노크 소리가 들렸다.

똑. 똑.

"들어와요."

성 대리와 김 실장이었다.

성 대리는 커피를, 김 실장은 결재 파일을 들고 있었다.

"이리로."

성 대리가 커피를 책상 위에 조심스럽게 내려놓은 뒤 집무실을 나갔고, 문이 닫히는 걸 확인한 김 실장은 그제야 손에 든 파일을 책상 위에 내려놓았다.

"뭡니까."

"네, 서문철 씨 인사서류입니다."

"아."

태혁은 고개를 끄덕인 뒤 인사서류를 펼쳤다.

서문철에 대한 첫인상은 평범했다. 특별히 인상적이거나 기억에 남는 수준이 아니었지만 최근 들어 이지우와 함께 있는 모습을 몇 번 목격하면서 눈여겨보게 되었다.

태혁은 집중해서 빠르게 읽어 나가기 시작했다.

서문철. 대학을 나온 뒤 미국으로 유학을 다녀오고, K 자동차에 입사한 이래 지금까지 꾸준한 실적을 올리며 인정받고 있었다. 지금은 팀장 대리를 하고 있지만, 큰 이변이 없는 한은 올해 정식으로 팀장에 오를 수 있을 것이다. 가족관계를 들여다보던 태혁은 그가 아직 미혼이란 사실에 주목했다.

탁.

가만히 그 부분을 보고 있던 태혁은 소리 나게 파일을 덮으며 김 실장에게 내밀었다.

"잘 봤습니다."

평범한 집안의 장남. 앞으로 부모님을 부양해야 하고, 밑으로는 나이 터울이 많은 여동생도 챙겨야 한다. 그런 남자에게 이지우가 과연 끌릴까. 만족할 수 있을까.

아무리 생각해도 그건 아니었다.

이지우가 어떤 여자인지 잠시 잊고 있었다. 그녀라면 저런 평범한 남자에게 끌릴 리도 없을뿐더러, 설령 끌린다 하더라도 만족하진 못할 것이다.

그렇다는 건 더는 신경 쓸 필요가 없단 소리였다.

태혁은 한결 개운해진 표정으로 모니터를 주시하며 김 실장을 향해 말했다.

"수고했어요. 나가 봐요."

"네."

태혁은 포털 사이트에 뜬 검색 순위 1위를 보며 마우스를 클릭했다.

기사를 들여다보던 태혁의 눈이 가늘어졌다. 아침 차 안에서 김 실장이 전해 준 주요기사를 읽어 보긴 했지만, 다시 봐도 의심스러운 부분이 있었다.

가벼운 한숨을 내쉰 태혁은 아직 나가지 않고 자리를 지키고 있는 김 실장을 보며 미간을 찌푸렸다.

"실장님, 뭐, 더 할 얘기가 남았습니까."

태혁이 눈썹을 위로 치켜세우며 김 실장을 쳐다보았다.

"아, 아닙니다. 더 시키실 일은 없으십니까."

"그것보다…… 봤습니까."

책상 위에 팔꿈치를 올린 그는 양손을 깍지 낀 채 김 실장을 쳐다보았다.

"……."

"그래, 보고 나니 무슨 생각이 들던가요."

태혁은 김 실장의 의견을 듣고 싶었다. 예의 그 서늘한 시선으로 김 실장을 쳐다보며 입에서 떨어질 말을 기다렸다. 김 실장도 우리나라에서는 최고의 엘리트 코스를 밟아 온 인재였다.

"뭘 말씀하시는지……."

김 실장이 되묻자, 그제야 태혁은 자신이 주어를 빼고 말했다는 것을 깨달았다.

조금 전 모니터를 힐끔대더니 제대로 보지 못한 모양이었다.

"SJ 자동차가 고도 자율주행 차량뿐만 아니라 시스템에 인공지능까지 부여해서 올해 안에 내놓겠다고 큰소리치고 있는데, 가능하리라고 봅니까."

"아, 그, 그건."

뭔가 다른 데 정신을 팔고 있는 모습이었다. 태혁의 눈이 서서히 갸름해졌다. 전에 없이 산만하고 집중하지 못하는 모습을 보니, 예감이 좋지 않았다.

"내가 지금 벽하고 얘기하는 겁니까, 김 실장님."

태혁의 목소리가 낮게 깔렸다.

"죄, 죄송합니다."

"일부러 모른 척하는 것도 아니고."

태혁은 무의식적으로 손가락을 톡, 톡 두드리며 김 실장을 쳐다봤다.

"제 생각에도 SJ 자동차가 말하는 그 부분은 조금 과장이 섞인 것 같습니다."

태혁의 입가가 비뚜름하게 한쪽으로 치켜 올라갔다.

"고도 자율주행 차량에 인공지능 탑재 차량입니다. 그런데 조금 과장이라니요. 그나저나 지금쯤이면 회장님한테도 들어갔을 텐데, 조만간 날벼락이 떨어질 것 같네요."

"연락이 오는 즉시 말씀드리겠습니다."

"아니면요."

사자 앞에 놓인 토끼처럼 어깨를 움츠린 김 실장은 따가운 시선을 피했다.

긴장하고 있는 김 실장에게서 시선을 떼어 낸 태혁은 짧게 한숨을 내쉬었다. 조금 더 지켜봐야겠지만, 그가 추진하는 일을 지금 알리기에는 시기상조였다.

태혁은 근본적으로 이 기사 내용을 믿지 않았다. 겉으로 볼 때, 한현우가 연구개발 본부장에 앉은 뒤부터 SJ 자동차는 빠른 속도로 발전하는 것처럼 보였다.

발표 내용대로라면 SJ 자동차는 자동차 업계에서 짧게는 10년, 길게는 20년 이상을 앞서고 있단 소리였다. 한현우가 천재이거나, 세기의 천재를 만나지 않은 다음에야 불가능한 일이었다. 그러나 나이도 한참 어린 한량에 불과한 한현우가 그런 업적을 세울 리 만무했다.

어젯밤에도 클럽 제우스로 출근하던 그를 보지 않았던가.

태혁은 커피 잔을 들어 한 모금 삼키며 맛을 음미했다.

그런데 이지우와는 무슨 사이일까.

어젯밤에는 그대로 덮어 둘 요량이었는데, 아무래도 그냥 넘기기엔 무리인 것 같았다. 태혁이 김 실장을 보며 말했다.

"지금 이지우 씨 오라고 하세요."

"네, 알겠습니다."

내내 눈길이 가고 마음이 가니 곁에 둘 수밖에.

그녀를 무작정 밀어내기보다는 일단 받아들이기로 한 것은 감정에 충실해지고 싶었기 때문이었다. 자신을 굳이 억압할 필요도 없을뿐더러, 여자도 자신에게 원하는 목적이 있으니, 그걸 적당히 만족시켜 주면 이 관계는 계속될 것이다.

그렇다고 그녀의 방종을 다 받아들이겠다는 말은 아니었다. 과거의 일은 묵인하되, 앞으로 벌어질 일은 그의 통제하에 둘 참이었다. 그를 출세의 수단으로 잡았든, 물주로 잡았든 상관없었다. 그녀는 분명 그에 합당한 대가를 치를 테니까.

태혁은 의미심장한 미소를 지으며 메일 창을 열었다. 김 실장이 보내온 메일을 클릭하며 자료를 내려받았다.

제12화

"자, 여기."

문철이 커피를 내려놓으며 눈을 곱지 않게 떴다.

"아니, 따라오다가 왜 갑자기 돌아갔어? 이거 완전히 고단수야."

"미안해요. 대신 맛있게 마실게요."

지우가 눈을 곱게 접으며 미소를 짓자 문철이 사레들린 것처럼 헛기침을 해 댔다.

"왜 안 하던 짓을 하고 그래, 사람 놀라게."

"제가 뭘요? 저 바쁜데 이만 가 주시죠, 팀장님?"

"앞으로 똑바로 해. 팀장 알기를 우습게 알고 기어오르지? 아주 그냥 버르장머리가 없어."

"커피 한 잔 사 주시고 너무 큰소리 내시는데요."

"내가 그랬나? 아무튼 넌 얼굴이 무기니까 조심해. 그나저나 미현 씨 커피는 왜 빼먹은 거야. 큰일 났네."

문철은 혼잣말을 해 대며 자리를 떴다.

그 모습을 보며 슬며시 미소 짓던 지우는, 책상 위에 놓인 인터폰이 울리자 재빨리 수화기를 들었다.

"네, 이지우입니다."

-김 실장입니다. 지금 부사장실로 곧바로 와 주시기 바랍니다.

"지금요?"

-무슨 곤란한 이유라도 있습니까? 위에는 말해 두겠습니다.

"아, 아니에요. 가겠습니다."

지우는 수화기를 내려놓은 뒤 두근대는 가슴을 지그시 눌렀다. 점점 호흡이 가빠지고 손바닥에서는 진땀이 차올랐다.

이른 아침부터 저를 부르는 이유에 대해 생각해 보려 해도 머릿속은 백지장처럼 아무것도 떠오르지 않았다. 자리를 털고 일어난 지우는 일단 부사장실로 향했다.

부사장실 입구에는 김 실장이 나와 있었다.

"어서 와요."

"안녕하세요, 김 실장님."

"부사장님께서 기다리고 계십니다. 어서 들어가 보세요."

"네."

김 실장이 문을 열고 그녀가 안으로 들어가기를 기다렸다. 지우는 차분하게 마음을 가라앉히며 안으로 들어섰다.

탁.

등 뒤로 문이 닫혔다.

냉정하고 고요한 눈동자가 그녀를 향해 있었다.

짙은 색의 재킷을 벗고 클래식한 맞춤 베스트를 입고 있는 모습은 도발적이면서도 금욕적으로 보였다. 한 치의 흐트러짐도 없이 단정하게 빗어 올린 헤어스타일은 그와 아주 잘 어울렸다. 가슴이 두근거릴 만큼 매력적인 모습이었다.

지우는 오만한 지배자처럼 바라보는 강렬한 시선에 마른침을 삼키며 얼어붙은 듯 제자리에 서 있었다.

느긋하게 기대앉은 태혁은 그녀를 향해 미소를 보냈다. 하지만 웃음으로 위장한 그의 눈동자에는 가학적인 욕구가 넘실거렸다.

지우는 피가 차갑게 식는 것 같았다.

"이리 와서 앉아요."

낮고도 그윽한 음성이 지우의 정신을 일깨웠다. 천천히 그가 있는 곳으로 다가갔다.

"앗!"

거리가 가까워지자 그가 팔을 붙들어 그의 허벅지 위에 앉혔다.

"여기 말입니다."

1인용 소파에 앉아 있던 그의 허벅지 위에 앉혀지자 얼굴이 새빨갛게 달아올랐다.

"부, 부사장님."

"말해요."

그녀의 허리를 커다란 손으로 단단히 붙들고 올려다보던 그는 단단히 경직된 그녀의 허리를 쓰다듬으며 비식 웃었다.

"새벽에 왜 그렇게 도망갔어요?"

"부, 부끄러워서요."

지우는 솔직하게 말했다.

그러자 그가 가볍게 웃었다.

"여기서 다릴 벌리고 내 걸 받아들이는 건 안 부끄러운가 봐요."

"……!"

"내가 못할 거 같아요?"

"앗!"

태혁은 강한 힘으로 지우를 끌어당겨 허벅지 위에 앉혔다. 놀란 지우는 짧게 비명을 지르며 버둥거렸다.

"쉿!"

단단한 팔로 그녀를 붙잡으며 귓가에 대고 속삭였다. 탄탄한 허벅지 위에 앉혀진 지우는 발갛게 상기된 얼굴로 태혁을 바라보았다.

"느껴져요? 내내 이런 상태였는데."

딱딱하게 부푼 것이 그녀의 골반 아래를 찔러 댔다.

"저, 부사장님, 잠시만요."

뜨거운 숨결이 귓바퀴에 닿았다. 간지러움에 어깨를 움츠리며 그의 품에서 떨어지려 하자 단단한 손이 지우의 허리를 꽉 붙들며 놓질 않았다. 아슬아슬하게 경계를 넘나들며 위태로운 말을 쏟아 내는 그의 행동 때문에 지우는 정신을 차릴 수가 없었다.

"옷이 구겨질지도 모르는데 ……."

"누구 옷 말입니까, 아무래도 이렇게 만져 대면 구겨지겠죠."

그의 손이 스커트 아래를 파고들었다.

"아앗!"

스커트를 걷어 올린 태혁은 허벅지 사이로 손을 밀어 넣으며 예민한 부위를 움켜쥐었다.

"앞으로 또 그럴 겁니까."

성적 긴장감을 불러일으키는 저음의 목소리는 어젯밤 수없이 들었던 그 목소리였다. 상상할 수도 없을 만큼 은밀한 곳을 애무당하고 흐느끼던 제 모습이 눈앞에 파노라마처럼 펼쳐졌다.

그런 그녀를 주의 깊게 바라보던 그가 입꼬리를 씩 올리며 시선을 맞대었다. 둘만 공유할 수 있는 의미심장한 눈빛을 주고받았다.

"왜 대답이 없습니까, 얼마나 혼이 나야 정신을 차릴까요."

아래를 파고드는 손길이 더욱 집요해졌다. 자칫하다간 스타킹이 찢어질 것 같았다.

"벌써 축축하게 젖었네요. 쯧, 이렇게 흘리고 다니면 어쩌자는 건지. 시간만 많으면 남김없이 빨아먹을 텐데, 아쉽게도 오늘 해야 할 일이 많습니다."

귓가에 숨을 불어넣던 그가 웃음 띤 얼굴로 바라보며 여상하게 말했다.

"오늘 신차 주행테스트가 있습니다. 같이 가도록 하죠."

"제가요?"

"그때는 스타킹, 팬티 다 벗고 와야 합니다."

그는 아주 당연하다는 듯 태연하게 굴었다. 그녀가 마치 제 소유라도 되는 양 구는 모습에 할 말을 잃고 말았다.

아무래도 이 남자에게 적응하려면 시간이 꽤 걸릴 것 같았다.

특히 외모와 어울리지 않게 툭툭 내뱉는 천박한 말투가 압권이었다.

"자, 일어나 봐요."

지우가 균형을 잡을 수 있도록 그녀의 손을 잡고 부축하며 그도 몸을 세웠다. 옷매무시를 단정하게 정리해 주고 앞 머리카락도 뒤로 쓸어 넘겨주는 다정한 손길에 지우는 점점 얼어붙었다.

"내 여자 하기로 했잖습니까. 새삼스럽게 굴긴."

이마에 도장 찍듯 입술을 꾹 누른 태혁은 의미심장한 눈길로 그녀를 바라보았다.

"주행테스트 끝난 뒤 백화점 갑시다. 뭘 갖고 싶은지 생각해 놔요. 아, 그리고 그 스카프, 잘 어울려요."

손가락을 스카프 안으로 밀어 넣은 그는 정확히 키스 마크가 난 자리를 더듬었다.

"다음부터는 살살 빨아야겠어요. 피부가 너무 여려서. 소파에 편안하게 앉아요."

그가 소파를 가리켰다. 지우는 좀 더 가까운 곳에 앉으며 내내 생각했던 말을 내뱉었다.

"부사장님, 그런 식으로 말하지 않았으면 좋겠어요."

순간 그의 얼굴에 슬쩍 비웃음이 스쳤다. 그걸 알면서도 지우는 자신이 한 말을 거두지 않았다.

"이지우 씨."

그가 나직한 소리로 불렀지만 그 목소리 끝에는 짜증이 묻어 있었다.

"내가 빨아 주니 뭐라도 된 것 같습니까."

지우의 눈가가 잘게 경련했다. 어금니로 속살을 지그시 깨물며 그를 올려다보았다.

"쯧, 감당 못 할 소릴 잘도. 그만 나가 봐요. 여러 터져서는."

그는 매몰차게 자리에서 일어나 창가로 향했다.

지우는 차갑게 뒤돌아서서 창밖을 내다보는 그의 뒷모습을 말없이 바라보았다. 지금 이대로 나가면 끝일지도 모른다는 생각이 들었다. 어떻게 여기까지 왔는데, 그럴 순 없었다. 앞으로 뭐라도 되면 될 거 아니겠는가.

"……부사장님."

일단 그를 불렀다. 뜻밖에 갈라진 목소리가 흘러나왔다. 그는 듣고서도 못 들은 척했다.

"지금 이 상태로는 못 나가겠어요."

그가 뒤를 돌아보며 미간을 좁혔다. 의중을 알 수 없다는 듯 바라보는 시선에는 기가 막힌다는 표정도 뒤섞여 있었다.

제법 오랫동안 두 사람은 서로를 바라보았다.

창틀에 기대어 서 있던 태혁이 먼저 침묵을 깨고 말했다.

"못 일어나겠습니까."

"아니요, 일어날 수 있어요."

지우는 낮게 한숨을 내쉬며 자리에서 일어났다. 그가 깜짝 놀랄 만큼 숨김없이 직설적으로 말하는 것을 모르는 것도 아니면서 괜히 나댔다는 생각뿐이었다.

천하의 기태혁을 누가 이긴단 말인가.

"이제 11시면 임원들이 올 겁니다."

군말 말고 나가라는 소리였다. 지우는 차분하게 문으로 향했다.

"좋습니다. 고치도록 노력해 보죠."

지우는 걸음을 멈추었다. 방금 자신이 들은 소리가 맞는지 뒤를 돌아보았다.

그가 창틀에 서서 묘한 눈길로 웃고 있었다.

"나중에 봅시다."

지우는 대답 대신 고개를 끄덕이며 환하게 미소를 보냈다.

* * *

K 자동차그룹은 기 회장 아래 기태혁 부사장이 총괄하고 있으며, 기태혁 부사장 밑으로 총 일곱 개의 센터가 포진해 있었다. 그 외 디자인 연구소를 비롯해 특허담당 등 별도의 기구가 있었다.

태혁은 오늘 회의에 참석한 일곱 명의 센터장, 그리고 디자인 연구소장을 불러 오전 11시부터 회의를 계속해서 이어 갔다. 점심 시간도 건너뛰고 오후 3시까지 연속으로 이어졌다.

회의가 끝나고 난 뒤 문을 나서는 센터장들의 얼굴은 초주검이 되어 있었다.

물론 회의실 안의 공기도 후끈할 정도로 달아올라 있었다.

태혁은 막 나서려는 박 소장을 지목해서 큰 소리로 불렀다.

"박 소장님은 남으세요."

"아, 네."

다시 자리로 돌아와 엉거주춤 자리에 앉았다.

"저, 무슨 일로 남으라고 하셨는지."

"나한테 할 말 없습니까."

박 소장은 날카로운 태혁의 눈빛에 기죽지 않고 나름 당당하게 고개를 들며 그를 바라보았다.

"이미 보고는 다 드렸습니다만."

태혁은 회의실에서 좀처럼 피우지 않던 담배를 꺼내 입에 물었다.

"재떨이 좀 가져다주시겠습니까."

박 소장의 안면에 실금이 갔다. 그런 심부름을 아무리 부사장이라고 하지만 나이도 새파란 것이 시키니 그럴 것이다.

태혁은 라이터를 테이블 위에 두드리며 그를 빤히 바라보았다.

"네."

마지못해 일어난 박 소장은 회의실을 나가더니 이내 빈손으로 들어왔다.

"박 소장님, 왜 빈손입니까."

"밖에 대기하고 있는 비서에게 시켰습니다."

"아, 그래요. 기분이 별로이신가 보네요. 재떨이 심부름이나 하니까."

담배를 입에 물고 있던 것을 빼내며 탁자 위에 툭, 던졌다.

"하실 말씀이 뭔지."

박 소장이 손목시계를 들여다보며 태혁을 재촉했다.

똑. 똑.

회의실 노크 소리와 함께 김 실장이 재떨이를 들고 들어왔다.

"여기 있습니다."

"김 실장님."

"네, 부사장님."

"재떨이 가져오라고 누가 시켰습니까."

"아, 박 소장님께서……."

박 소장은 지금 뭐 하는 짓이냐는 얼굴로 두 사람을 보며 인상을 구겼다.

"내가 시켰습니다. 안 됩니까."

박 소장이 아주 도전적으로 나왔다.

태혁이 미간을 확 구기며 눈을 치켜떴다.

"위아래 없이 날뛰는 폼이 아주 가관입니다. 박 소장."

"뭐, 뭐라고요?"

"귓구멍이 막혔습니까."

"허, 참 나. 살다가 이런 대우 받기는 처음이네."

"이런 경우 처음이라고 했습니까. 그렇겠죠. 그게 당연한 거고. 그런데 왜 디자이너들 마음대로 차출해서 행사장에 보냈습니까."

"그, 그건, 어차피 회사 일 아닙니까. 그 정도는 할 수 있지요."

박 소장의 대답에 태혁의 얼굴은 더할 나위 없이 싸늘해졌다. 속에서 끓어오르는 걸 꾹 내리누르고 있긴 하지만 언제 터질지는 장담할 수 없었다.

"박 소장, 부사장이 골치가 아파서 담배를 피우며 속 좀 달래보겠다는데, 마침 재떨이가 없어서 가져다 달라는 건 회사 일 아닙니까."

"그거랑 어떻게 같습니까."

"안 같으면요."

"엄연히 그건 업무 외가 아닙니까. 누가 그런 심부름하러 회사

다닙니까."

"그럼 김 실장님한테는 왜 시켰습니까."

"그거야, 원래부터 김 실장은-"

"됐고, 긴말할 거 없습니다. 자기 몸 귀한 줄만 알았지. 쯧, 나가 보세요."

더는 말해 입만 아플 거란 판단을 내린 태혁은 뒤도 돌아보지 않고 자리에서 일어났다.

"부사장님, 이런 식으로 제 얘긴 들어 보지도 않고 그러시면 어쩌자는 겁니까."

"마저 할까요, 그럼."

"할 이야기가 있으면 다 하고 풀어야죠."

"누구 대가리에서 나온 발상인지, 그날 행사장에 가 보니 아주 가관이더군요."

"그, 그건!"

"내 말 안 끝났습니다. 그러니까 입 처닫고 들어요. 본사에서는 주차요원으로 남자 두 명이 필요하다고 했다는데, 여자 디자이너 들은 왜 데려가서 옷 같잖은 옷 입혀서 성희롱당하게 하고, 성폭행 까지 당하게 한 겁니까."

"……!"

"이제 말해 봐요. 내가 알아듣기 쉽게."

"재, 재수가 없으려니까 그런 일이 생긴 거지, 제가 그럴 거라고 미리 알고 그런 것도 아니잖습니까."

"하아……."

이런 반응을 보일 거라 예상했지만, 재차 확인받으니 화도 나질 않았다. 태혁은 박 소장을 마치 벌레를 보는 듯한 눈빛으로 바라보다 한숨을 내쉬었다.

"좀 많이 화가 나네. 씨팔! 참으려니까."

태혁의 욕설에 인상을 일그러뜨린 박 소장은 자리에서 일어나며 소릴 버럭 질렀다.

"뭐? 씨팔이라고 했어? 나이도 어린 새끼가 사람을 뭐로 보고. 내가 나 위해서 그랬어? 회사 위해서 그랬잖아."

"일은 개좆같이 해 놓고, 이젠 대들기까지. 나이 어린 새끼한테 해고당하는 기분이 어떤지도 느껴 보고, 이 바닥에 다시는 들어올 수 없다는 게 어떤 건지도 느껴 보고, 그래도 뭘 잘못했는지 모르겠으면 그냥 그대로 살다 죽어요."

"뭐, 뭐? 날 자를 수 있으면 얼마든지 잘라 봐."

"김 실장, 서류 주세요."

태혁은 김 실장으로부터 받은 두툼한 서류를 박 소장 앞에 던졌다.

툭.

테이블 위에 떨어진 것을 주워 든 박 소장은 그걸 보더니 사시나무 떨듯 떨어 댔다.

그런 그를 향해 싸늘한 웃음을 던진 태혁은 자리를 털고 일어났다. 아무래도 이참에 더러운 기분을 확 날려 버려야 할 것 같았다.

* * *

다시 부사장실로 돌아온 태혁은 뒤따라 온 김 실장을 향해 말했다.

"C 지구로 이지우 씨 오라고 하세요. 주행테스트 함께할 겁니다. 그리고 옷 준비해 주세요. 바로 갈아입고 가게."

"알겠습니다."

김 실장은 지시대로 바쁘게 움직였다. 부사장의 드라이빙복은 그가 원하면 언제든지 주행을 할 수 있도록 준비되어 있었다. 김 실장은 그가 옷을 갈아입는 것을 도우며 C 지구에 연락해서 테스트할 차를 준비하도록 했다.

정장을 벗고 드라이빙복으로 갈아입은 태혁은 거친 남성미를 고스란히 드러냈다. 짙은 눈썹과 날카로운 눈매가 은색 점퍼와 잘 어울렸다. 눈을 번뜩이며 달려들기 직전의 맹수 같았다.

"차 키 줘요."

김 실장이 건넨 차 키를 들고 주차장으로 향했다. C 지구까지 가려면 차로 이동해야 했다.

C 지구에는 차량 충돌 시험장과 주행 시험장이 있었다. 주행 시험장 쪽으로 이동한 태혁은 K 자동차 소속 드라이버로부터 테스트할 차량을 인계받았다.

위장막을 덮어쓴 차량이 그를 기다리고 있었다.

위장막은 디자인 유출 방지를 위해서 씌워 놓았다. 운전석에 올라탄 태혁은 모자를 깊게 눌러쓰고 시동을 걸었다.

먼저 시속 250Km 고속 주회로를 달리며 테스트할 생각이었다. 도로의 경사각이 40도가 넘는 이곳은 대표적인 고속 주행도로였다.

핸들 위를 잡고 있던 태혁은 이지우가 걸어오는 모습을 보며 슬그머니 미소 지었다.

일부러 모자를 더욱 깊숙이 눌러쓰고 차에서 내렸다.

그녀는 저를 알아보지 못하고 주위를 두리번거렸다. 전문 드라이버가 눈을 빛내며 지우에게 다가가려는 것을 보고 태혁이 한 손을 들어 더 다가오지 못하게 막았다.

그제야 눈치를 챈 드라이버는 다시 룸으로 들어갔다.

"저, 기사님. 혹시 부사장님 오셨나요?"

"혼 좀 나야겠습니다."

태혁은 모자를 벗으며 지우를 향해 환한 미소를 보냈다.

때마침 불어오는 바람에 흐트러진 머리카락을 쓸어 넘겼다.

"부사장님?"

깜짝 놀란 지우는 태혁의 머리부터 발끝까지를 유심히 살폈다.

"와, 너무 멋져요."

태혁은 지우의 반응에 일언반구 대꾸도 없이 휙 돌아섰다.

그리고 시승차 앞으로 걸어가더니 무뚝뚝하게 한마디 던졌다.

"타요."

시동을 걸어 둔 시승차에 오른 태혁은 옆에 앉은 지우를 찬찬히 훑어본 뒤 안전벨트도 한 번 더 챙겼다.

태혁은 출발할 생각을 하지 않고 지우를 갸름하게 뜬 눈으로 바라보았다.

"사람을 아주 제대로 들었다 놨다 하는 게……."

태혁은 갑자기 그가 한 말이 생각나, 지우의 스커트 아래로 시선을 옮겼다.

미간이 급격히 좁아졌다.

설마, 정말 그랬을까 봐.

"여기까지 뭐 타고 왔습니까. 셔틀?"

연구소 내 각 지구를 도는 셔틀이 15분 간격으로 있었다.

"네, 셔틀 타고 왔어요. 전화받고 나오는데 막 셔틀이 오더라고요."

"그럼 스타킹, 팬티는 어쨌습니까."

"그건 그렇게 하기엔 너무해서요. 죄송해요. 그래도 스타킹은 벗었어요."

지우는 발갛게 물든 뺨을 양손으로 두드리며 수줍은 듯 고개를 숙였다. 그런 지우를 바라보던 태혁은 핸들 위에 올려진 손에 힘을 꽉 주었다.

"후우."

그의 입에선 긴 한숨이 새어 나왔다.

"꽉 잡아요."

오로지 정면을 주시한 채 액셀러레이터를 힘껏 밟았다. 제대로 테스트를 하려면 시속 250km까지 속도를 올려야 하지만 일부러 그렇게 하지 않았다. 정밀한 테스트는 어차피 소속 드라이버가 할 테고, 그는 고속으로 주행하며 차의 느낌이나 엔진의 힘을 체감하는 것이 주된 목적이었다.

그가 속도를 올리기 시작하자 지우는 쉴 새 없이 소릴 지르며 '더 빨리'를 외쳤다. 옆으로 45도 기울어진 경사로에 접어들자 마치 롤러코스터를 탄 것처럼 비명을 질러 댔다.

"아악! 처, 천천히 달려요! 까악!"

그런 지우를 힐끔 쳐다본 태혁은 속도를 조금 줄여 나갔다. 그리고 다시 평탄한 코스에 접어들자 속도를 끌어올렸다.

"하하, 더 빨리! 부사장님, 달려요!"

"하하하, 그러죠."

태혁은 가뿐하게 스피드를 끌어 올렸다. 이제 보니 스피드광이 될 소질이 다분해 보였다.

겁을 먹기보다는 오히려 신나서 드라이빙을 즐기는 모습이 신선했다. 그도 지우 덕분에 모처럼 소리 내 웃으며 달릴 수 있었다.

다시 출발점으로 돌아온 그는 차를 세운 뒤, 몸을 틀어 지우를 바라보았다.

"그렇게 좋습니까."

지우는 눈에 물기를 머금은 채 고개를 끄덕였다.

"답답했던 가슴이 뻥 뚫리는 기분이었어요. 고맙습니다, 부사장님."

"앞으로 종종 태워 줘야겠네요."

상기된 지우의 얼굴을 빤히 바라보던 태혁은 헝클어진 그녀의 머리를 귀 뒤로 넘겨 주었다.

"꼼작 말고 여기 있어요. 차 가져올 테니."

태혁은 운전석에서 내린 뒤 그의 차가 주차된 곳으로 향했다.

아찔한 고속 주행은 짜릿한 오르가슴과 비슷하단 생각을 했다. 분명 지우의 스커트 안은 촉촉이 젖어 있을 것이다.

상상만으로도 아랫배가 간질거리며 뻐근해져 왔다.

이후 있을 시간에 대한 기대감이 점점 고조되어 갔다.

한편, 지우는 세계적으로 유명한 스타급 카레이서보다 기태혁 부사장이 더 멋지다고 생각하며 그의 날렵한 몸매를 감상하고 있었다.

문득 자신에게 이런 면이 있었나 싶게 음흉하게 느껴져 아무도 보는 사람 없는 차 안에서 혼자 조심스럽게 그를 힐끔대었다. 그는 어떻게 보아도 비주얼이 모델급이었다. 특히 드라이빙복을 입은 저 모습은 사진을 찍어 두고 싶을 만큼 섹시했다.

그에게선 거칠고 야성적인 매력이 물씬 풍겼다.

반면 고속 주행하는 동안 유연하게 핸들을 돌리고 능숙하게 기어를 조작하던 모습은 세련되면서도 군더더기가 없었다.

저 멀리 노을이 지는 배경을 등지고 그의 차가 빠르게 다가왔다. 바짝 옆에 차를 세운 그는 부사장이라는 사실을 잊은 건지, 일개 직원에 불과한 그녀를 직접 에스코트했다.

부사장의 차로 옮겨 탄 지우는 이런 저를 호기심 어린 눈으로 바라보는 직원들의 시선을 피해 고개를 푹 숙인 채 손끝을 더듬었다.

태혁은 드라이버와 주행테스트 결과를 간략하게나마 브리핑한 뒤에 차로 돌아왔다.

"이제 가죠."

한 줄기 시원한 바람 같은 그의 미소가 가슴 깊숙이 흘러들었다.

차는 C 지구를 벗어나서 정문과 가까운 A 지구 쪽으로 달려가고 있었다. 국내 최대 규모의 연구단지는 자세히 보면 잘 꾸며진 휴양림처럼 보이기도 했다.

이곳을 2년 넘게 다녔지만, 워낙 부지가 넓은 탓에 아직 가 보지 못한 곳도 많았다. 차창 밖으로 시선을 돌린 채 이리저리 구경하며 부산스럽게 움직이던 지우는 순간 멈칫했다.

운전하는 데 자신이 방해가 되는 건 아닌가 싶어 운전석 쪽으로 힐끗 쳐다보았다. 그런데 부사장이 눈을 가느스름하게 뜬 채 쳐다보고 있었다.

뭔가 할 말이 가득한데 참고 있는 것 같았다.

거만하게 내려다보는 시선에도 사람을 잡아끄는 매력이 있어 속절없이 심장이 뛰어 댔다.

"처음 와 본 것도 아니고, 여기 직원 맞습니까."

중저음의 목소리는 가차 없었다. 엉뚱한 상상이나 하지 않았으면 괜찮을 텐데, 여간 무안한 게 아니었다.

"워낙 넓으니까요."

변명 아닌 변명을 해 댔다.

"하긴."

그는 입꼬리를 슬쩍 올리며 미소를 지었다.

이 남자, 어제 이후로 부쩍 가까워진 느낌이었다.

어제 그와 보낸 시간이 절대 헛되지 않았다는 걸 증명하기라도 하듯 그와의 관계는 한 단계씩 나아가고 있었다.

그가 제 영역 안으로 그녀를 들여놓기 시작했다.

지우도 그를 향해 미소를 보냈다. 심장을 간질이는 바람이 불어왔다.

흥분으로 들뜬 열기가 바람에 적당한 온도로 식어 갔다.

태혁은 차창 틀에 왼쪽 팔꿈치를 올린 채 여유로운 자세로 운전하고 있었다. 그는 바람에 흩날리는 머리카락을 간간이 쓸어 넘기면서도 바람이 좋은지 창문을 올리지 않았다.

바람에 헝클어진 머리카락이 앞이마를 가리자 한결 어려 보였다. 마치 짓궂은 사내아이처럼 에너지가 넘쳐흘렀다.

지금 이 평화로운 상태가 아주 마음에 들었다. 지우는 콧노래를 흥얼거리며 다시 오지 못할 이 순간을 즐겼다.

그런데 어느 순간부터인지 핸들 위에 올려진 손이 그녀가 부르는 노래에 맞춰 까딱이고 있었다. 문득 그 사실을 깨달은 지우는 입을 다물었다. 부끄러움에 얼굴이 화끈 달아올랐다.

"……노래도 부르고."

그가 그녀를 바라보며 낮게 웃음을 터트렸다.

"아, 그, 그게……."

지우는 발갛게 달아오른 뺨을 양손으로 두드리며 아랫입술을 깨물었다. 믿기지 않게도 그가 가볍게 소리 내 웃었다. 마음을 뒤흔드는 웃음소리였다.

지우는 조심스럽게 그를 바라보았다. 한결 부드러워진 얼굴 위로 웃음의 잔상이 떠돌고 있었다.

"부사장님도 웃을 줄 아시네요."

횡단보도 앞에서 천천히 차를 세운 그는 한쪽 눈썹을 위로 휘며 가만히 바라보았다.

"이지우 씨, 나를 뭐로 보는 겁니까."

"평소에 잘 안 웃으시는 거 같아서요. 죄송합니다."

"죄송씩이나."

태혁은 피식 웃으며 정면을 주시했다.

횡단보도에는 견학 온 사람들이 무리를 지어 길을 건너고 있었다. 종종 볼 수 있는 광경이었다. 사전 예약만 하면 누구라도 와서 볼 수 있었다.

다만, 그들이 다닐 수 있는 곳은 제한되어 있었다. 그리고 휴대 전화나 녹음기, 카메라 같은 건 아예 사용할 수 없었다.

사람들은 풍동 시험장에서 나와 다시 그들이 타고 온 차로 가고 있었다. 선두에 선 연구소 직원과 인솔자 대표가 이들을 통제하고 있었다.

그런데 인솔 직원이 부사장의 차를 알아본 모양인지 차를 자꾸만 힐끔대며 쳐다보았다. 직원은 인솔자에게 뭐라고 말을 하더니 차를 향해 달려오기 시작했다.

왜 오는 거지? 아는 사람인가?

옆에 앉은 태혁은 비릿하게 웃음을 머금으며 남자를 주시하고 있었다. 40대 초반 정도로 보이는 남자는 부사장과 친한 사이인지 뛰어오면서부터 환하게 웃고 있었다.

남자는 숨을 헐떡이며 차를 붙잡았다. 운전석 쪽 창문에 양손을 올린 채 거친 숨을 쏟아 냈다.

"하아, 크헉, 조카 맞네. 아니, 김 실장은 어쩌고 직접 운전해?"

"손 좀 치워 주시죠."

"어? 아, 하하. 내가 너무 반가운 나머지 말이야."

지이잉.

차창이 올라가자 짙은 선팅이 된 창문이 내부를 가렸다.

"잠시만 있어요. 더우면 에어컨 틀고."

그는 지우에게 가라앉은 목소리로 말한 뒤 벨트를 풀고 차에서 내렸다. 한 발 물러서 있던 남자는 부사장이 내리자 반색을 하며 떠들었다.

"하하, 매형 말로는 조카가 연구소로 출퇴근……."

쾅.

다소 거칠게 문이 닫혔다. 남자가 하는 말꼬리가 잘렸지만, 앞서 들은 것만으로도 대충 알 것 같았다.

기태혁에게 접근하기 위해 나름 조사한 바에 따르면 저 남자는 분명 기 회장의 애첩이나 다름없는 조 여사의 하나밖에 없는 남동생일 것이다.

잘난 매형을 둔 덕에 한자리 얻은 모양인데, 부사장의 입장에서는 썩 유쾌하지 않을 것 같았다. 등을 보이던 부사장은 남자와 뭐라 대화를 나누더니 얼마 있지 않아 차에 올랐다.

남자는 잠깐 열린 문틈 사이로 부사장의 차에 타고 있는 여자가 누구인지 보느라 정신이 없었다.

지우는 고개를 살짝 숙이며 인사를 건넸다. 태혁은 문을 닫고 천천히 차를 출발시켰다.

표정을 보니 아무렇지 않은 것 같아서 내심 안도하는데, 그가 시선을 의식한 것인지 고개를 돌려 눈을 맞추었다.

"이 시간 이후 일정 있습니까."

똑바로 바라보는 눈동자는 대담할 만큼 짙었다. 심장을 관통당한 것처럼 저릿한 통증이 일었다.

"……다시 연구소로 들어가 봐야 하지 않을까요?"

"이지우 씨."

"네."

"바로 퇴근합시다."

뭔가에 자극을 받은 그는 차의 속도를 높였다.

차는 연구소 밖을 순식간에 벗어났다.

* * *

……둘 다 이래도 되는 걸까.

지우는 태혁의 옷차림을 보는 순간, 설마 저렇게 입고 다닐 건가 싶어 슬쩍 걱정이 되었다.

"저, 부사장님은 그러고 다니실 건가요?"

여전히 드라이빙복을 입고 있는 그는 제 모습을 힐끔 내려다보았다. 은갈치색의 상의와 연결된 하의는 그보다 짙은 색이긴 했지만, 너무 눈에 띄는 복장이었다.

태혁은 그녀가 던진 질문의 저의를 바로 알아채고선 되물었다.

"멋지다면서요. 거짓말입니까."

"그게 아니라, 너무 튀어서요."

"그래서 안 멋지단 말입니까."

가느스름하게 좁힌 눈길로 그녀를 쳐다보며 물었다.

지우는 고개를 저었다. 괜한 소릴 해서는.

쓴웃음을 지으며 시선을 밖으로 돌렸다.

러시아워가 시작되기 전에 나와서인지 서울 시내에도 차는 그렇게 막히지 않았다. 태혁은 일단 집으로 가서 옷부터 갈아입고 근사한 곳에서 저녁을 먹을 생각이었다. 아니면 그 전에 뜨겁게 시간을 보낸 뒤 식사를 하러 가도 괜찮을 테고.

차근차근 계획대로 실행하기로 한 태혁은 주차장에 차를 세운 뒤 지우를 바라보았다.

"내릴래요?"

망설이는 그녀를 보며 피식 웃고 말았다.

"기다려요. 데려가고 싶지만 그러면 식사도 제대로 못 하고 굶길 거 같아서요."

"다녀오세요. 그럼 저도 잠시 집에 들렀다가 이리로 올게요."

"그럴래요?"

"네."

"그럼 정확하게 30분 뒤에 오피스텔 입구에서 봅시다. 로비 쪽에서."

"네. 나중에 뵐게요."

지우는 차에서 내린 뒤 그녀 집으로 향하는 엘리베이터 앞으로 걸어갔다.

태혁은 그런 그녀의 뒷모습을 말없이 지켜보다 걸음을 옮겼다.

제13화

정확하게 30분 뒤.

지우는 로비에 내려왔다. 로비 쪽에서 보자고 했으니 그도 곧 이리로 올 거라 생각하며 주위를 둘러보았다.

바로 그때 지우의 휴대전화가 울렸다.

Rrrrr. Rrrrr.

화면에 뜬 이름은 기태혁 부사장이었다. 혹시나 약속이 취소된 건 아닌가 하는 생각에 금방 시무룩해졌다.

"여보세요."

-목소리가 갑자기 왜 그래요?

"어디세요? 전 지금 로비인데."

-밖으로 나와요. 오피스텔 입구에 차 대 놨으니까.

"아, 네."

-이지우 씨, 조금 전 목소리가 이상했는데, 왜 그랬어요?

"그래요? 전 잘 모르겠는데요."

지우는 통화를 하며 회전유리문을 열고 밖으로 나갔다.

비상등을 켠 채 대기 중인 그의 차가 보였다.

"아, 전화 끊고 바로 차로 갈게요."

-그래요.

태혁은 지우가 차 문을 열고 타는 것을 보며 입꼬리를 휘었다.

"어서 와요."

새카만 눈동자로 핥듯이 바라보는 시선에 움찔 몸을 굳혔다. 지우의 그런 동작을 알아차린 그는 핸들 위에 올려진 손을 톡톡 두드리며 고개를 갸웃했다.

"왜 그러는 겁니까."

"옷차림이 바뀌셔서요."

"아, 너무 편하게 입은 거 같습니까."

"그건 아니지만, 부사장님이야 뭘 입으셔도 옷걸이가 받쳐 주시잖아요."

지우는 말을 내뱉으면서도 아차 싶었다. 부사장한테 옷걸이란 표현을 쓰다니. 이제 단단히 미쳐 간다는 생각뿐이었다.

"그렇다더라고요."

하지만 그는 아무렇지 않다는 듯 고개를 끄덕였다.

"누, 누가 그런 말을 했어요?"

그는 핸들을 우아하게 돌리며 도로에 합류했다.

"가령 전 여친이나 그런 사람을 묻는 거라면, 그렇다고 해 두죠."

지우는 그의 입에서 전 여친이란 말이 나오자 눈이 휘둥그레졌다. 곁눈질하며 쳐다보던 그가 끼어들기에 성공한 뒤, 지우의 얼굴을 똑바로 보며 물었다.

"왜요. 난 사귀던 여자도 없었을 것 같습니까. 이지우 씨, 많았잖습니까."

"그랬나요? 잘 모르겠네요. 그게 많은 건지는."

이럴 때 같이 쿨하게 굴어 주는 편이 덜 어색할 것 같아 일부러 목소리 톤을 조금 올려 대답했다.

그는 핸들 위에 올린 손을 톡톡 두드리더니 그녀를 향해 웃었다.

"이지우 씨. 일부러 그러는 겁니까."

"뭘 말씀하시는지……."

"내 앞에서 남자 몇 명이었는지 숫자나 세고."

"부사장님은 자꾸 혼란스러운 말만 하세요."

오해할 말만 골라서 하며, 일일이 저런 말에 반응하다간 심장이 남아나질 않을 것 같았다.

그도 그녀의 말에 뭔가를 느낀 모양인지 한참 동안 말이 없었다. 차는 어딘가로 계속 달리고 있지만, 목적지는 알 수가 없었다.

"한식 좋아합니까."

"……네."

"그래요. 그럼 집밥처럼 소박하면서도 맛깔나게 하는 한정식집이 있는데 그리로 가죠."

"전 아무 데나 상관없어요."

"이지우 씨."

그의 목소리가 낮게 깔렸다. 그는 사람을 들었다 놨다 하는 과외라도 받는 것인지 지우의 심장을 제멋대로 주무르고 있었다.

"아무 데나, 라고 말하면 난 차를 곧장 돌려 오피스텔로 가고 싶은데. 그런 식으로 도발하면 어쩌자는 겁니까."

"배고파요."

지우는 다른 할 말이 없어 얼굴을 붉히며 말했다. 그러자 그가 허탈한 듯 피식 소리 내 웃었다.

* * *

집에서 얼마 떨어지지 않은 곳에 그가 말한 한정식집이 있었다. 그가 차를 세우자 종업원이 달려와서 문을 열었다.

"내리죠."

"네."

솟을대문을 통과하면 기와집으로 된, 고풍스럽고 사찰 같은 느낌이 드는 집이 나왔다.

"마치 딴 세상에 뚝 떨어진 기분이에요."

지우는 주위를 둘러보며 말했다.

"나도 그래서 자주 오는 편이에요. 겉은 이래도 음식은 소박하고 맛있어요. 가죠."

그가 안으로 들어가자 신발을 벗고 들어가는 룸으로 안내했다. 자리를 잡고 마주 보고 앉자, 곧이어 주인으로 보이는 여자가 들어와서 그를 보며 인사를 했다.

"부사장님, 그럼 늘 드시는 거로 하시겠습니까."

"특별히 잘해 주셔야 합니다."

"네. 그럼 즐거운 시간 되십시오."

개량한복을 입은 여자는 단아하고 아름다웠다. 중년을 넘어선 나이이지만 그 아름다움은 세월도 비껴간 듯했다.

기태혁과 둘을 놓고 보니 정말 신기하게도 어울렸다.

혹시나 둘 사이에 야릇한 일이 있는 건 아닌지 하는 생각이 들 만큼 여자의 시선이 끈적했다는 느낌이 뒤늦게 들었다.

"이지우 씨."

그가 눈을 맞대며 이름을 불렀다. 재빨리 그런 생각에서 벗어난 지우는 그를 보며 아무렇지 않은 척했다.

"생각보다 예민하네요. 물론 어제도 알아채긴 했지만."

"무슨 말씀이신지."

"방금 왔다 간 여자분 말입니다."

"네."

"기 회장을 혼자서 흠모했었죠. 지금은 모르겠는데, 제 모습에서 기 회장의 모습을 느끼나 봅니다."

지우는 마치 제 머릿속에 들어왔다 나간 사람처럼 구는 그를 보며 흠칫했다.

"……네."

"그러니까 이지우 씨 생각하는 거 다 보입니다. 사람들이 그런 말 안 하던가요? 예전에 만나던 남자들이나 친구들이."

친구들이 저더러 한 말은 한결같이 너무 순진하다는 것이었다. 물론 잘 모르는 친구들은 스폰서를 둔, 잘나가는 끼 많은 여자라고 보았다. 내숭을 잘 부리는 여자.

"내숭을 잘 부린다던데요."

"끼 부린다는 말이네요. 그럼 지금도 나한테 일부러 끼 부리는 겁니까."

그의 질문이 끝나고 곧바로 음식이 들어왔다. 저녁에 먹기에 부담 없는 음식이었다.

복국에 복어 튀김, 보기에도 맛있어 보이는 반찬들. 하나같이 정갈하고 먹음직스러웠다.

"어서 들어요."

"네."

지우는 앞접시에 복어 튀김을 하나 집어다 놓고 고추냉이 장에 찍어 먹었다.

입안에 넣자마자 녹아내리는 것처럼 식감이 좋았다.

"아, 맛있어요."

그가 입꼬리를 희미하게 올리며 또 하나를 집어 그녀 앞에 놓았다.

"잘 먹는 여자가 보기 좋습니다."

"잘 먹겠습니다."

지우는 그가 빤히 보고 있자 넘어가지 않았다.

"그렇게 보시니까 음식이 어디로 들어가는지 모르겠어요."

"그런 사람치고는 잘 먹는데요."

"그거야."

그는 물잔을 들어 입을 적시며 말했다.

"식기 전에 어서 먹어요. 살 좀 쪄야겠습니다."

"안 돼요. 여기서 더 찌면."

"나올 곳 들어갈 곳 확실하지만, 전체적으로 보면 마른 체형입니다. 2년 전에는 아니었는데 말입니다."

2년 전이라는 그의 말이 목에 탁 걸렸다.

지우는 젓가락을 내려놓으며 그를 빤히 올려다보았다.

"왜 그래요."

"흠집 난 물건 취급 안 하신다고 하셨잖아요."

"이지우 씨 은근 뒤끝이 있네요."

"없다고는 말 못 해요."

"좋은 버릇 아니니까 버려요. 뒤끝은 나 하나로 충분하니까."

"부사장님 뒤끝 있는 거랑 저랑 무슨 상관인지."

"둘 다 그러면 곤란하지 않겠습니까."

"……네."

그 이후로 둘은 다시 식사를 이어 갔고, 시간은 쏜살같이 흘렀다. 그는 간간이 전화를 받았고, 그럴 때마다 낮고도 명확한 목소리로 지시를 내렸다.

늦은 저녁에도 일 때문에 통화하는 그를 보자 왠지 안쓰럽다는 생각이 들기도 했다.

"그래서, 속상했습니까."

갑자기 묻는 말에 지우는 눈을 동그랗게 뜨며 바라보았다.

"무슨 말씀이신지. 아!"

"내가 2년 전에 했던 말 때문에 다이어트했습니까."

"열심히 살았죠. 그러다 보니까 저절로 빠지더라고요."

그는 고개를 끄덕이더니 단호한 목소리로 말했다.

"일어날까요?"

"네."

지우는 그를 따라 나오다 무심코 문이 열려 있는 반대편의 룸을 쳐다보았다. 얼핏 스쳐보다 깜짝 놀란 지우는 황급히 고개를 돌리며 발걸음을 빨리했다. 다행히 룸 안에 있던 사람에게 들키지 않았지만 놀란 심장은 터져 나올 것만 같았다.

한 회장을 보았다. 특유의 야비한 눈을 휘며 웃고 있었다.

천천히 뒤를 따르며 걷던 지우는 갑자기 속이 더부룩하며 올라올 것만 같았다. 하얗게 질린 채로 그를 향해 양해를 구하고 화장실로 달려갔다.

의아한 눈길로 바라보던 태혁은 그를 따라 나온 주인 여자 때문에 지우의 뒤를 따라가는 것을 멈추었다.

"요즘 회장님은 잘 계시죠?"

"네, 잘 계십니다."

"주차된 차들이 많은 걸 보니 여전히 잘되나 봅니다."

"오늘은 자동차 업계가 모이는 날인가 보네요. 한 회장님도 오랜만에 오셨고."

"그래요?"

"네, 전 고마운 일이죠. 잊지 않고 찾아 주시니. 거래처 사람들과 여기서 만나면 그분들이 다른 분들과 또다시 찾아오시니까 꾸준히 장사가 되는 거 같아요."

태혁은 하얗게 질린 지우가 걸어오는 것을 보며 얼굴을 굳혔다.

"그럼 가 보겠습니다."

"네, 조심해서 들어가세요."

태혁은 지우를 데리고 주차요원이 미리 준비해 둔 차에 올랐다.

"괜찮아요?"

"네."

"아닌데. 뭐가 괜찮다는 겁니까."

"좋아졌어요."

"내가 부담스러워서 식사도 제대로 못 할 정도입니까."

"그런 거 아니에요."

"집으로 가야겠네요."

"네."

두근거리는 가슴이 진정되긴 했지만, 한 회장을 보면 아직도 이런 극렬한 반응인 것이 지우에게도 충격에 가까웠다.

"이지우 씨. 어디 아픕니까."

"아니에요."

"오늘은 들어가서 아무 생각 말고 푹 쉬어요. 내가 양보하는 건 줄 알고."

오피스텔로 가는 동안 태혁은 지우의 손을 가만히 잡고 있었다.

"이지우 씨."

"……네."

"나 양보 막 하고 그런 사람 아닙니다."

태혁은 가만히 허벅지 위에 올려진 지우의 손을 찾아 깍지를 꼈다. 그러자 그를 힐끔 쳐다보는 것이 느껴졌다. 태혁은 부드러운 미소를 지으며 정면을 주시했다.

처음 그녀와 손을 잡았던 날, 태혁은 그 느낌을 생생하니 기억하고 있었다. 차 안에서 지우가 먼저 그의 손을 잡았었다. 자그마한 손이 제 손등을 덮는 순간 방심한 틈을 타 허를 찔린 기분이었는데. 그래서 저답지 않게 조금 당황했었다.

다정한 손길도 끈적이는 손길도 아닌 그저 덤덤히 올려 둔 그녀의 손은 작고 차가워서 도리어 제 온기를 뺏어 가는 기분이 들었었지만, 마치 처음부터 제 손 위에 달린 혹처럼 하나인 기분이 들기도 했었다. 그래서 떼어 낼 수가 없었다.

그 용기가 가상해 그다음에는 그가 손을 뒤집어 하나하나 깍지를 꼈었다. 그러자 가슴 깊숙한 곳에서부터 온기가 차오르는 느낌이 신기하기도 하고, 간지럽기도 해서 일부러 얽힌 손가락에 힘을 꽉 주었었다.

지금도 그때처럼 손가락에 힘을 주어 꽉 붙들었다. 차게 식은 그녀의 손이 점점 제 온기를 받아 따뜻해졌다.

"손이 차네요."

"긴장해서 그런가 봐요."

"오늘 왜 이렇게 안쓰럽지?"

그가 한쪽 손으로 지우의 머리카락을 쓸어 올리며 툭 내던지듯 말했다.

"갑시다."

주차장에 도착한 그들은 차에서 내렸다. 순순히 따르는 모습을 보며 잠시 망설였지만, 이내 고개를 저었다. 오늘만 있는 것도 아니고, 어쩐지 보내 줘야 할 것만 같아 제 욕구를 지그시 눌렀다.

지우의 집 앞까지 함께 온 태혁은 차분한 시선으로 그녀를 보며 물었다.

"그거 압니까."

"네?"

"그날 차에서 갑자기 내리라고 했던 이유."

"2년 전에요?"

태혁은 지우의 손목을 잡고 끌어당겨 품 안에 가두었다.

"느껴집니까. 이래서, 여기가 이렇게 불편하게 지금처럼 그래서. ……그러니까 어서 들어가요. 내가 잡아먹기 전에."

그는 등을 떠밀다시피 해서 그녀를 집 안으로 밀어 넣었다. 저렇게나 어려워하고 불편해하니, 태혁은 조금 시간을 두기로 하고 어렵게 돌아섰다.

* * *

이른 새벽부터 나온 태혁은 운전대를 잡은 김 실장을 보며 말했다.

"매일 이 시간에 출근해야겠습니다."

낮게 깔린 태혁의 목소리가 고요한 차내에 울렸다.

"네, 알겠습니다. 아, 오늘 울산 공장장이랑 약속되어 있으십니다."

"알겠습니다."

생산라인에 문제가 있는 건 아니지만 매번 있어 왔던 계약직원과 정직원과의 마찰 문제에 대해서 지금은 어떤지 상태를 파악해야 했다. 제품의 질을 높이기 위해선 생산직원들의 마음이 편해야 하는 건 두말하면 잔소리였다.

그리고 간 김에 노조위원장도 만나 봐야 했다.

어차피 일과 관련된 것이니만큼 당연히 그가 다 감당해 내야 할 부분이었다. 특별히 새로울 것도 없었다.

태혁은 시트에 몸을 깊숙이 묻은 채 차창 밖으로 시선을 던졌다. 생각이 자연스럽게 이지우에게로 흘러갔다.

이지우에 대한 의문은 여전히 남아 있는 상태였고, 다니엘 비어만에 대해서는 말도 꺼내 보지 못했었다. 둘 사이에 오간 감정적 교류와는 별개로 그녀를 둘러싼 의문의 고리는 계속해서 밝혀낼 생각이었다. 제 감정도 어디까지 가는지 좀 더 두고 보고 싶었다.

그렇게 하기로 일단락 짓자 한결 마음이 편해졌다.

"차 막히는 걸 피하려면 이 시간에 나가는 게 맞는 것 같은데, 운동이 문제네요."

"도착하는 대로 알아보겠습니다."

한마디 하면 척 알아듣는 김 실장이었다. 그가 다닐 만한 수영장을 알아본다는 소린데, 그 주변에 괜찮은 곳이 있을 리 만무했다.

"연구소 내에 수영장 있잖아요."

"아, 네. 있습니다."

흐음, 어쩐다.

태혁은 어떻게 해야 할지 잠시 고민했다.

직원복지 차원에서 수영장, 헬스장, 실내 스쿼시 코트, 사우나

시설까지 골고루 갖춘 연구소는 종종 기사에 소개되곤 했었다.

"연구소 수영장은 어떤가요?"

"설마 그곳을 이용하시게요."

"안 됩니까."

"그건 아니지만, 직원들도 같이 이용해서 부사장님이 이용하시기에는 조금 우려됩니다."

"뭐가요."

태혁의 짙은 눈썹 끝이 묘하게 치켜 올라갔다.

"저, 아무래도 여직원들도 있고 괜한 말이 나돌까 봐. ……아닙니다. 앞서서 괜한 걱정을 한 모양입니다."

태혁의 날카로운 시선에 김 실장은 땀을 삐질 흘리며 제가 뱉은 말을 철회했다.

"별걱정을."

룸미러로 김 실장의 눈과 태혁의 눈이 마주쳤다.

"연구소 수영장을 당분간 다녀 보도록 하죠."

"오늘부터 이용하실 겁니까."

"일찍 출근하는 거 보면 모릅니까."

"네, 도착하시는 대로 준비하겠습니다."

태혁은 옆에 놓인 태블릿 화면으로 시선을 돌렸다.

어느새 차가 연구소 앞에 도착했고, 태혁은 김 실장이 문을 열어 주기 전 차에서 내렸다.

태혁은 곧장 지하 수영장으로 향했다. 지하에 들어서자마자 약간의 비릿한 물 냄새와 소독약 냄새가 훅 끼쳤다.

김 실장을 기다리는 동안 수영장을 내려다볼 수 있는 통유리창 앞으로 다가갔다. 슈트 바지 주머니에 한쪽 손을 찌른 채 유리 벽 아래를 내려다보았다.

여름철이라서 그런지 사람들이 제법 많았다.

50m 레인이 총 열 개. 나름 초급, 중급, 고급으로 나뉜 모양인지 북적대는 레인은 따로 있었다. 남자 수영강사가 호루라기를 불자 킥 판을 잡고 일렬로 줄을 서서 발차기를 하며 출발했다.

시설은 호텔과 비교해서 크게 떨어지지 않았지만, 시끄러운 것도 그렇고 일반 직원들과 같이 샤워장을 이용한다는 것도 조금 마음에 걸리긴 했다.

지금 시각이 6시 30분을 넘어가고 있었다. 마침 김 실장이 운동 가방을 들고 다가왔다.

"부사장님, 여기 있습니다. 그리고 이건 라커 키입니다. 안에 들어가시면 임원용 탈의실과 샤워장이 따로 있습니다. 크게 불편하진 않으실 겁니다."

"수고했어요. 그럼 나중에 봅시다."

은색의 수모와 검은색의 타이트한 수영복으로 갈아입은 태혁은 샤워기 아래에 섰다.

수영으로 다져진 몸은 매끈하고 탄탄했다. 손에 군살 같은 건 잡히지 않았다. 가볍게 스트레칭을 하며 심호흡한 태혁은 수경을 쓴 뒤 수영장으로 향했다.

샤워장에서 복도를 몇 번 꺾어 나가야지만 수영장이 나타났다.

남자 샤워실 입구와 여자 샤워실 입구가 나란히 있어도 이런 구조라면 크게 문제 될 건 없어 보였다. 어디 손볼 곳은 없는지, 수영장 내부를 눈으로 쓱 훑어보던 태혁은 비교적 양호한 내부를 보며 만족스러운 미소를 지었다.

다른 수영장을 알아볼 필요 없이 이곳을 이용하기로 했다.

풀 사이드에 선베드 몇 개만 놓아두면 중간에 쉴 수도 있고, 한결 편하게 수영장을 이용할 수 있을 것 같았다.

그렇게 주위를 둘러보던 것을 멈추고 풀에 뛰어들까 생각하며 다가가는데, 바로 옆 샤워실 입구에서 한 여자가 걸어 나왔다. 막 수영장에 들어서는 여자를 본 순간 태혁은 움직임을 멈추고 도리어 한 발 뒤로 물러섰다.

여자는 긴 머리카락을 위로 말아 올리며 능숙하게 수영모를 쓰더니, 가느다란 팔에 걸어 놓은 수경을 단단하게 이마에 얹었다.

늘씬한 몸매는 비쩍 마른 모델과 달리 부드러운 곡선을 그리고 있었다. 눈부시도록 새하얀 피부에 맺힌 물방울들이 가슴골과 목덜미를 따라 흘러내렸다.

입구 쪽 벽에 기대선 태혁은 슬쩍 수경을 밀어 올렸다. 곧 그의 입술 끝이 미묘하게 치켜 올라갔다.

여자는 엉덩이 팬티 선 부위를 양쪽 손가락으로 탁, 튕겨 내더니 그를 지나쳐 상급 레인 쪽으로 향했다.

하, 이건 뭐 하자는 거지? 이지우.

마치 어제 일찍 보내 준 저를 비웃기라도 하듯 이 시간에 수영장에 나타나서 저렇게 야한 몸을 다 드러내고 있다니.

태혁은 주먹을 불끈 쥐었다.

그래, 스포츠는 스포츠로 봐야겠지.

그런데 저는 그렇다 치더라도 저기 저 자식은 뭐야.

중급 레인에서 대놓고 지우를 힐끔대는 것을 보니 머리꼭지가 반쯤 돌 것 같았다. 주황색 레인 위에 양팔을 걸친 채 게슴츠레하게 지우를 훑어 대는 시선이 여간 눈에 거슬리는 게 아니었다.

그걸 아는지 모르는지 태혁과 마찬가지로 검은색 수영복을 입은 지우는 레인 앞에서 가볍게 몸을 풀고 있었다.

딱딱하게 경직된 태혁은 수경을 고쳐 쓰고 지우에게 다가갔다. 바로 옆 레인에 서서 그녀를 바라보자 시선을 의식한 그녀가 말없이 그를 바라보더니 손을 올려 입을 막았다.

그리고 이내 수경을 들어 올렸다.

"……부, 부사장님?"

"소리 낮추죠. 내가 여기 있다는 거 광고할 생각 아니라면."

태혁의 말투가 제법 사납게 튀어 나갔다.

"죄, 죄송해요."

"수영 제법 하나 봅니다."

지우의 아래위를 노골적으로 훑으며 비아냥거리듯 말하자 그녀의 얼굴이 새빨개졌다. 귓불까지 발개진 모습을 보자 정말 이건 뭐 하자는 건가 싶어져 화가 났다.

침대에서 제 아래 깔려 신음하고 울먹이던 여자가 여기서 손바닥만 한 수영복으로 간신히 주요 부위만 가리고 있는 꼴이라니.

"아, 네. 뭐, 적당히요."

수영을 열심히 했다고 했었지. 그제야 생각이 난 태혁은 혹시나 하고 물었다.

"언제부터 여기 수영장 다녔습니까."

"입사해서 얼마 안 있어서요."

그럼 그사이 도대체 몇 놈이나 봤단 말인가. 차라리 시멘트를 부어 수영장을 메워 버리고 말지.

태혁은 자조 섞인 미소를 지었다.

"오전은 조금 한산한데, 퇴근 후에는 사람이 더 많아요."

"그렇습니까."

태혁은 짙은 눈썹을 위로 휘며 못마땅한 눈빛으로 지우를 보다가, 수경을 다시 한 번 더 고쳐 쓰며 말했다.

"계속 위에 서 있을 겁니까. 다 벗고서는. 누구 좋으라고."

그 말을 끝으로 그가 멋지게 풀로 뛰어들었다.

지우는 멍하니 서서 그의 말을 되새기다, 얼른 풀 안으로 뛰어내렸다.

말을 해도 무슨. 수영장에서 옷을 입고 수영하란 말이야.

혼잣말로 투덜대다 그가 수영하는 모습을 보며 입을 벌렸다.

수영선수라고 해도 될 만큼 정확하고 힘찬 동작으로 버터플라이를 하며 우아하게 물살을 가르고 있었다.

빠른 속도로 턴을 한 태혁은 스타트 지점을 향해 오고 있었다.

탄탄한 흉곽이 양팔을 벌린 채 물 위로 솟구쳐 오를 때마다 물 위로 솟아오르는 돌고래 같았다.

점점 가까워질수록 지우의 심장은 빠르게 뛰어 댔다. 거침없이 힘차게 솟아오르는 모습에 넋이 나갈 지경이었다.

"와아!"

어느새 수영장 안에 있는 사람들 모두가 태혁을 보고 있었다.

주목받기 싫어하던 남자치고는 꽤 요란스러운 등장이었다.

그는 스타트 지점에서 또 턴을 하며 앞으로 뻗어 나갔다.

뒤에서 보는 모습도 앞모습 못지않게 멋졌다. 어깨의 유연성과 힘, 뛰어난 균형 감각과 발차기, 심지어 웨이브까지. 어느 것 하나 부족함이 없었다.

다시 스타트 지점으로 돌아온 태혁은 수영장 위 타일에 양쪽 팔을 걸친 채 거친 숨을 내쉬었다.

"하아, 하아."

지우는 태혁을 향해 엄지손가락을 척 내밀었다.

"너무 멋져요."

그가 수경을 벗어 던지더니 수모도 벗어 버렸다.

놀란 지우는 다 기어들어 가는 소리로 태혁에게 말했다.

"사, 사람들이 알아봐요. 그래도 괜찮으세요?"

"다시 말해 봐요."

"네?"

젖은 머리카락을 헝클어뜨리며 얼굴 위의 물기를 쓸어내리더니 거친 목소리로 말했다.

"제가 실수했나요? ……머, 멋지다는 말요?"

"그런데 표정이 왜 그렇습니까."

"……부사장님이 최고로 멋있어요."

그가 턱 끝을 손으로 매만지다 눈을 빛내며 다가왔다.

"그렇게 멋있었습니까."

지우는 흠칫 몸을 떨며 그에게서 본능적으로 멀어졌다.

"그, 그런 거 같아요."

"이지우 씨, 보통 여우가 아니네요. 알고 있었지만."

정교하게 빚은 듯한 근육이 꿈틀대며 그녀를 압박하듯 다가왔다.

"……부……사장님?"

"말해요."

둘 사이를 가르고 있는 주황색 레인까지 다가온 그는 양손으로 가뿐하게 레인을 들어 올린 뒤 고개를 숙여 레인을 통과했다.

둘 사이의 공간은 30cm도 채 되지 않을 만큼 가까웠다.

태혁은 얼굴을 쓸어내리며 물기를 제거했다. 숨을 채 고르지 않은 탓에 그의 흉곽이 부풀어 올랐다 가라앉기를 반복했다.

"이지우 씨."

낮게 깔린 목소리는 끝이 갈라져 있었다.

"네."

벽으로 바짝 물러선 지우는 그와의 간격을 넓히기 위해 안간힘을 썼다. 하지만 거리가 더욱 좁혀졌다. 그가 움직일 때마다 허벅지가 스쳤다. 매끄러운 살결이 닿자 전기가 통하는 것만 같았다.

당황한 지우의 얼굴이 화끈 달아올랐다. 그런 그녀를 마뜩잖은 눈빛으로 바라보던 태혁은 다시 말을 이어 갔다.

"나중에 부를 테니 내 방으로 와요. 줄 게 있으니까."

아니, 그 말을 하려고 그렇게 뜸 들인 거야?

지우는 잔뜩 날을 세운 채 떨었던 자신이 바보처럼 느껴졌다.

그는 다시 수모를 쓰고 수경을 쓴 뒤 아무 일 없었다는 듯 옆 레인으로 건너갔다. 그리고 지우를 보며 도발하듯 씩 입꼬리를 올리더니 배영을 하며 앞으로 나아갔다.

남자들이 배영하는 모습을 보면 저절로 눈살이 찌푸려지곤 했었다. 그런데 마치 보란 듯이 천장을 향해 누워 유유자적하듯 팔을 휘젓자 괜히 그녀의 얼굴이 달아올랐다.

배영을 하며 앞으로 나아가는 그를 잠시 노려본 지우는 수경을 내려쓴 뒤 그를 따라잡기 위해 전속력으로 나아갔다.

수영 실력이 상당한 그녀는 금방 태혁을 따라잡았고, 조금 더 속도를 높이며 발을 힘차게 굴렸다.

이건 누가 봐도 고의로 보일 만큼 노골적인 행동이긴 했지만, 나름 소심한 복수이기도 했다.

첨벙, 첨벙.

일부러 발장구를 치며 나아가자, 뒤따라오던 그의 얼굴 위로 흠뻑 물이 튀었다. 지우는 가던 것을 멈추고 뒤를 돌아보았다.

"어머, 죄송합니다."

태혁은 제대로 물을 먹은 모양인지 멈춰 서서 그녀를 말없이 응시했다.

"배영은 조금 보기 민망해요."

왜 그랬는지 타당한 이유를 말하자 그는 두말하지 않고 자유형을 하나 싶더니 깊숙이 잠수를 했다.

그리고 곧이어 그녀의 허벅지에 닿는 손길에 흠칫했다. 그나마 비명을 지르지 않을 수 있었던 건 누군지 알 것 같아서였다. 그는 지우의 허벅지와 엉덩이로 손을 더듬대다가 부드럽게 허리를 어루만지며 다시 손을 내렸다.

아!

순간 다른 촉감에 지우는 흠칫했다.

분명, 입술이었다. 그의 입술이 아랫배를 꾹 누르고 가슴을 살짝 머금었다가 언제 그랬냐 싶게 저만치 멀어져 갔다.

다시 물 위로 올라온 그는 그녀를 향해 입꼬리를 올리며 미소를 짓더니 자유형으로 물살을 갈랐다.

그녀는 이렇게 더 서 있다간 또 당할지도 모른다는 생각에 재빨리 자유형을 하며 앞으로 나아가기 시작했다.

턴해서 스타트 지점으로 돌아온 지우는, 먼저 와서 기다리고 있는 그를 향해 눈을 슬쩍 흘겼다.

"아침부터 너무 힘 빼지 말고 그만하죠."

"이제 겨우 한 번 왕복했어요."

"한 번이면 충분해요. 나갑시다. 차라도 같이 마십시다. 샤워하고 부사장실로 와요."

지우는 대답 대신 고개를 저었다.

"오늘은 곤란할 것 같아요. 디자인 연구소가 발칵 뒤집혔어요. 어제 소장이 회의 다녀온 뒤로 직원들 긴장 타고 있거든요."

"그래요? 그 양반이 아직도 정신을 못 차렸나 보네요. 일단 알겠습니다. 그럼 저녁에 같이 퇴근합시다. 도망갈 생각 말고."

그가 먼저 풀 모서리를 잡고 위로 올라갔다.

"자, 잡고 올라와요."

그가 커다란 손을 내밀며 기다렸다. 지우는 그 손을 꽉 붙들고 한쪽 손으로 모서리를 짚었다.

살짝 몸을 띄우자 휙 위로 잡아당겨졌다.

"물가에 내놓은 아이 같단 말이 이제야 실감 나네요."

그는 손을 힘주어 꾹 잡은 뒤 놓아주었다.

지우는 저도 모르게 두근거리는 가슴을 손으로 지그시 눌렀다.

"나중에 봐요. 이지우 씨."

"네."

존재감이 뚜렷한 그의 모습은 수영장의 공기를 단숨에 바꿔 놓았다. 여자들은 선망의 눈길로 바라보았고, 남자들은 질투 어린 시선으로 보았다.

-2권에서 계속-